AS MIL MORTES
DE CÉSAR

AS MIL MORTES DE CÉSAR

Max Mallmann

Rocco

Copyright © 2014 *by* Max Mallmann

Direitos desta edição reservados à
EDITORA ROCCO LTDA.
Av. Presidente Wilson, 231 – 8º andar
20030-021 – Rio de Janeiro – RJ
Tel.: (21) 3525-2000 – Fax: (21) 3525-2001
rocco@rocco.com.br
www.rocco.com.br

Printed in Brazil/Impresso no Brasil

preparação de originais
NATALIE ARAÚJO LIMA

CIP – Brasil. Catalogação na fonte.
Sindicato Nacional dos Editores de Livros, RJ.

S71m   Souto-Pereira, Max Mallmann, 1968-
           As mil mortes de César/Max Mallmann.
       – Rio de Janeiro: Rocco, 2014.

        ISBN 978-85-325-2884-1

        1. Romance histórico brasileiro. I. Título.

               CDD – 869.93
13-06696   CDU – 821.134.3(81)-3

Para Dindi

*Nenhum dos assassinos sobreviveu
por mais de três anos depois do crime;
nenhum morreu de causas naturais.
Condenados todos, pereceram cada um
de modo diverso;
alguns em naufrágio, outros em combate
e outros se suicidaram com o mesmo punhal
que havia matado César.*

Divus Julius, em De vita Caesarum *(Da vida dos césares)*
Suetônio

*... mas, ai de mim! eu não sou Sêneca,
não passo de um Suetônio
que contaria dez vezes a morte de César,
se ele ressuscitasse dez vezes,
pois não tornaria à vida,
senão para tornar ao Império.*

Anedota pecuniária, em Histórias sem data
Machado de Assis

QapwI' ghaH Heghpu'wI' Qav.
(Vencedor é quem morre por último)

Provérbio klingon

Sumário

Memória do sangue 11
21 e 22 de junho do ano 69 d.C.

Um bicho da terra tão pequeno 27
5 de abril a 21 de junho do ano 69 d.C.

Por um punhado de denários 61
23 de junho a 15 de agosto do ano 69 d.C.

O chamado de Catulo 111
16 de agosto a 21 de outubro do ano 69 d.C.

Coisa do pântano 155
21 a 29 de outubro do ano 69 d.C.

O leite da adversidade 187
Final de outubro a 27 de novembro do ano 69 d.C.

A queda da Casa de Ísis 215
28 de novembro a 1º de dezembro do ano 69 d.C.

Mas os tigres vêm à noite 229
3 e 4 de dezembro do ano 69 d.C.

As cruezas mortais que Roma viu 239
5 a 19 de dezembro do ano 69 d.C.

Como bate meu coração? 265
20 e 21 de dezembro do ano 69 d.C.

Boca escancarada cheia de dentes 285
22 de dezembro do ano 69 d.C. a 13 de março do ano 70 d.C.

NOTAS DIVERSAS 307
(ou A Terra, O Homem e Os ovos de Páscoa)

Personagens 325

Cidades mencionadas 331

Medidas romanas 333

Agradecimentos 335

Memória do sangue

21 e 22 de junho do ano 69 d.C.

1

Entre os vermelhos do poente e os azuis do Mar Tirreno, voa um abutre-cinéreo, sozinho no céu, distante do ninho, asas quase imóveis na garupa do vento.

Muito abaixo do abutre, um homem caminha na praia. Tem os cabelos desgrenhados e a barba disforme de quem desistiu de cuidar de si mesmo. Veste uma túnica sebenta e traz nos ombros, como toga, a coberta de sela de um cavalo. À guisa de calçado, tem os pés envoltos em trapos. Sob as dobras da toga improvisada, esconde um punhal de legionário; na túnica encardida, sobre o coração, exibe uma medalha de bronze em forma de abutre.

A desembocadura do Canal do Norte interrompe o caminho do homem. Ele vira de costas para o mar e caminha rente ao canal, até encontrar um pescador que, dentre os tantos que há por ali, parece o mais pobre e o menos inteligente. O homem lhe dá uma moeda de cobre. O pescador aceita, recebe o passageiro no pequeno bote de cipreste e o conduz ao lado oposto.

Na outra margem, o homem faz um desvio de seis milhas romanas, a pé em terreno arenoso, para contornar os muros de *Portus Augusti*, o porto novo. Já é noite alta quando ele chega à beira do Canal do Sul, onde um pescador menos cooperativo que o primeiro lhe cobra duas moedas de cobre: uma para o transporte, outra para não fazer perguntas. Por sorte, o homem possui essa quantia. Por azar, não tem mais nada além disso. Com cenho franzido e lábios apertados, ele cruza o Canal do Sul no barco do pescador ganancioso, e põe os pés na *Insula Portuensis*, onde as lápides da necrópole reluzem debaixo da lua.

Há uma estrada reta e calçada que o homem evita, preferindo se esgueirar entre os jazigos. Com algum remorso, ele rouba a tábua que assinalava a sepultura recente de um marinheiro.

Depois de uma milha romana e meia, surge enfim o velho Tibre, duas vezes mais largo, perto da foz, que os canais que o homem acabou de transpor.

Agarrado à tábua, ele se joga no rio.

Com braçadas de quem não sabe nadar, e usando a tábua para manter-se à tona, ele chega semimorto ao outro lado, onde está o porto antigo, que desde o tempo dos reis é chamado de Óstia, a boca do Império, que a tudo engole.

O homem recupera o fôlego, torce a água dos andrajos e se dá por satisfeito: entrou incógnito. Saindo das docas, ele se mete no entrecruzado de ruelas. Avança a passo hesitante; não sabe aonde ir. O beco que escolhe logo se divide em dois, e o troar de cascos nas pedras do calçamento o faz se esconder na sombra de um alpendre.

Entre os prateados da lua e o negrume das trevas, um cavalo espavorido emerge da bifurcação à esquerda, arrastando um cadáver decapitado. A trilha de sangue cintila ao luar.

Se o homem fosse sábio, tomaria o caminho da direita. Mas, além de não ser sábio, é curioso. Seguindo o rastilho de sangue, ele marcha para a esquerda.

II

Aulus Vitellius Germanicus *Imperator* Augustus, que mais tarde, permitindo-se uma autolisonja, acrescentaria César a seu nome, foi reconhecido imperador pelo Senado em abril, mas só chegou a Roma em junho com o verão, parecendo ele mesmo o próprio verão: úmido, pesado e asfixiante.

Marchavam com o novo líder do Império sessenta mil legionários, algumas dezenas de senadores, outros tantos cavaleiros e várias centenas de músicos, gladiadores, aurigas, histriões, prestidigitadores, bailarinos, poetas e, sobretudo, cozinheiros. Quando lhe faltavam sete milhas romanas para alcançar os muros da Urbe, Vitellius recebeu o presente que mais esperava: a notícia de que as legiões do Oriente lhe haviam jurado fidelidade. O novo imperador deteve seu cortejo e entregou-se a uma festa de comilança desmedida e atrações circenses, igual, senão maior, às outras tantas que havia promovido em honra a si mesmo no caminho entre a Germânia Superior e o coração do Império.

A proximidade da Urbe e a extravagância dos festejos atraíram os plebeus romanos, ansiosos para ver de perto o césar da ocasião, terceiro a conquistar o poder desde a morte do infausto Nero, apenas um ano atrás. A plebe citadina achou graça da aparência poeirenta, barbuda e bárbara dos legionários da Germânia. Estes, cansados da marcha, oprimidos pelo calor e bêbados por conta das comemorações, não tiveram muita paciência com as brincadeiras do populacho.

Cerca de mil cidadãos foram massacrados naquele dia, num estúpido ceifar de vidas que lembrou a chacina dos marinheiros neronianos diante da Ponte Mílvia, promovida por Galba, sucessor de Nero, em agosto do ano precedente. Naqueles tempos, até mesmo dar boas-vindas ao imperador podia ser perigoso.

Longe, muito longe dos muros da Urbe, vagavam desertores das tropas derrotadas. A esses, restava apenas a triste batalha pelo pão do dia seguinte.

Vita Dolentis, de Quintus Trebellius Nepos.

III

Guiado pela lua e pelo olfato, o homem acompanha a trilha de sangue até diante de um armazém perto do cais, onde se depara com uma cabeça humana na ponta de uma estaca. No meio da estaca há uma tabuleta na qual, em letras de carvão, está escrito *debitor* (devedor).

– Está olhando o quê?

O homem se volta na direção de quem perguntou. Vê três carregadores do porto, que dividem entre si um odre de vinho.

– Queria apenas apreciar a paisagem – o homem responde, louco de vontade de beber um pouco daquele vinho, por mais aguado e vinagrento que fosse.

– É amigo do defunto?

— Felizmente, não.
— Ele não pagou a taxa do *Collegium* — diz o carregador mais velho.
— Uma atitude pouco sábia.
— Você tem cara de que também quer morrer — sibila o carregador mais jovem, por entre os poucos dentes que possui.
— Quero um emprego — o homem olha de viés para o crânio na estaca. — Tenho vários talentos.

O terceiro carregador, o mais gordo, desata a rir, contagiando o mais jovem:
— Talento para quê? Pedir esmola?
— Não quero esmola — o homem protesta com voz firme, mas seu último pilar de dignidade desaba em seguida: — Aceito um gole de vinho. Por favor?
— Vá embora — diz o mais velho, num tom de desprezo amargo que quase parece dó.

Com muita saliva e acidez estomacal, o homem engole sua vergonha e obedece. Caminha sem luz e sem rumo, até escolher uma viela silenciosa e razoavelmente seca onde acha possível se aninhar, esquecer a sede e tentar dormir.

— Irmão, aleluia! — grita-lhe uma voz esganiçada por entre as sombras.

Movido pelo instinto, o homem agarra o pescoço do vulto gritante.

IV

Ancus Marcius, quarto rei da era quase mítica em que Roma teve reis, mandou construir as primeiras fortificações na foz do Tibre. Assim nasceu Óstia, há mais de sete séculos. Quatorze milhas romanas distante da Urbe pela Via Ostiense, foi pela boca de Óstia que nosso antigo povoado de pastores conquistou o *Mare Nostrum*.

Por iniciativa do imperador Claudius, abriu-se o porto novo, um pouco ao norte. As obras foram concluídas no principado de Nero, e o porto novo ganhou o nome de *Portus Augusti*. Depois da grande reconstrução empreendida por Trajano, passou a chamar-se *Portus Traiani*, magnífica obra do engenho de nossos melhores sábios, com sua bacia perfeitamente hexagonal. Desde então, e cada vez mais, não é pela boca de Óstia que Roma fala ao mundo.

Cinquenta anos atrás, no entanto, durante a guerra civil, *Portus Traiani* ainda era *Portus Augusti*, e Óstia era uma boca loquaz. Em Óstia viviam os mercadores mais ricos, em Óstia luziam os melhores prostíbulos, em Óstia lançavam-se as mais altas apostas. Da boca de Óstia, ouviam-se todas as línguas do mundo. E qualquer deus estrangeiro, até o mais mesquinho, recebia louvor.

Naqueles dias, tanto quanto hoje, Óstia era infestada de cristãos.

Vita Dolentis, de Quintus Trebellius Nepos.

ν

Depois de sacudir, torcer e espancar a criatura gritante que o incomodara, o homem se retrai, freado pela dúvida de ter agido com um pouco de exagero. Seu suposto adversário, um baixinho franzino que em plena forma já era inofensivo, agora que foi moído de pancadas mal tem forças para se reerguer. O homem o ajuda.

– Não se grita assim num beco escuro – ele diz, à guisa de desculpa.

– A palavra é luz – retruca o espancado.

– Perfeito. Então apague suas palavras que vou dormir ali no canto.

– Você viu os homens do *Collegium*.

– Sim, eu vi.

– O *Collegium Gerulorum* explora os estivadores. Cobra taxas abusivas. Mata quem não colabora.

– Parece um bom negócio.

– Temos de nos unir contra essa injustiça!

– Eu e você?

– A nossa classe.

– Que classe? A dos indigentes?

– A classe dos trabalhadores autônomos.

– Entendi. Em Óstia, os mendigos preferem ser chamados de "autônomos". É ridículo, mas faz sentido.

– Temos um líder.

– O líder dos mendigos? Desculpe. Dos autônomos?

– De todos os povos do orbe.

– Pouco modesto, o seu líder. Cuide para que ele não perca a cabeça.

— Nosso líder é Christus, que morreu na cruz.

A mão direita do homem volta como garra ao pescoço do baixinho:

— Cristão filho da puta, já tive problemas demais com a sua laia. Desapareça da minha frente, senão eu corto seus bagos e jogo aos peixes!

O baixinho foge. O homem, agora dono do beco, escolhe o canto menos desconfortável de uma das paredes. Senta-se, embrulhado na velha coberta que ele faz questão de chamar de toga. Tenta relaxar os ombros. E sabe que não vai dormir.

VI

Yehoshua Ben Yosef, Iesous Khristós e Iesus Christus são alguns nomes do antagonista do Império, em hebraico, grego e latim, respectivamente. Tão grande é o número de seus adeptos que hoje pouca diferença faz se de fato houve um homem de carne e osso que inspirou as lendas que dele contam. O Christus que ameaça Roma não é um homem, é uma ideia. Perigosa ideia, que despreza o mundo concreto e afirma que uma existência de privação e sofrimento servirá de passagem a um diáfano paraíso celeste no além-túmulo. O canto sirênico dos pregadores cristãos enfeitiça de tal forma a plebe que muitos desses pregadores enriquecem: apoiados nas escrituras de seu credo, eles convencem o povo simplório a lhes doar até a última moeda. Como resultado, é fácil encontrar hordas de famintos em volta de gordos divulgadores do reino de Christus.

O que será das poucas virtudes republicanas que nos restam, se um dia Roma – que não permita o destino – tiver um imperador cristão? Em nome de sua fé, ele esbulharia o Império, decuplicaria os impostos, arrancaria miolo de pão da gengiva dos bebês e seria aplaudido, porque, segundo a crença cristã, quanto maior o sofrimento do povo, mais curto é o caminho do céu.

Será esse nosso futuro? A resposta, infelizmente, não virá da cabeça de nossos melhores, mas do coração de nossos iguais. Bemvindos à região do inesperado.

Vita Dolentis, de Quintus Trebellius Nepos.

VII

O amanhecer rebrilha branco nas lajes lodosas. Sentado à beira do cais, o homem derrama no Tibre o sal de uma lágrima, que se juntará ao sal do *Mare Nostrum*. E ao sul, bem mais ao sul, beijará as praias da Sicília.

Na Sicília, em Siracusa, há uma família que não tem notícias dele: a esposa grávida, bárbara da Germânia precariamente civilizada; a mãe melancólica, mal-humorada e eventualmente bêbada; a irmã ansiosa, que tem uma desgrenhada feiticeira parta como amante e um pequeno árabe como filho adotivo; e a ex-escrava que toma conta de tudo, por ser a única dotada de algum senso. Não é a mais convencional das famílias, nem a mais adequada a um cavaleiro romano, mas é a família pela qual ele se dispõe a sacrificar a vida. A saudade o impele ao mar, o amor o mantém distante: ele se queda no porto.

Derrotado na guerra, desertor das legiões e jurado de morte pelo novo imperador, ele sabe que os seus estarão mais seguros se pensarem que ele morreu.

Mesclado à escória ostiense, ele viverá em discreta miséria, incapaz de qualquer gesto que o denuncie, pelo tempo que for necessário.

Ou não.

– Pelo amor de Cibele, vão embora! – uma voz aguda corta o cais.

Trazendo numa cesta os pães que acabou de comprar, a menina magra e morena, com um barrete frígio sobre os cabelos crespos e pulseiras de casco de boi a sacolejar nos braços, tenta fugir de um grupo de pescadores.

Mais além, um sacerdote itinerante balança um turíbulo fumacento enquanto, com voz rançosa, oferece serviço em troca de moedas:

– Preces a Plutão pelos mortos! Preces a Plutão pelos mortos!

Barcos atracam e zarpam, sobem e descem o Tibre ou lançam-se ao mar. Sacos e ânforas são carregados e descarregados nos ombros de estivadores que compraram a licença do *Collegium Gerulorum*. Plebeus sem dinheiro para a licença tentam alugar os músculos para qualquer um que os contrate. Nas vielas entre os armazéns, prostitutas vendem um instante de alheamento. Grandes negócios e pequenos crimes se misturam sob o sol. É um dia de verão como os outros em Óstia.

Um dos pescadores agarra pelo braço a menina morena. Ela tenta se soltar. Pães caem da cesta. O pescador encosta um gancho de atracagem no rosto dela. A menina começa a tremer como um filhote de pardal que tombou do ninho.

— A bruxa pagã está com medo?

— Vamos ver o que ela esconde! – diz um segundo pescador, que mete outro gancho de atracagem por entre as pernas da menina e tenta erguer-lhe a túnica.

— Eu não fiz nada! – ela protesta.

— Criatura do inferno! – acusa um terceiro pescador, que manda com toda força um soco no estômago da menina. Ela se dobra e cai de joelhos, tossindo e chorando. O pescador que desferiu o soco dá um safanão no barrete frígio, entranha os dedos no cabelo da coitada e a ergue num arranco. Ela grita de medo e agonia.

"Não vou me meter", pensa o homem. "Não vou me meter. Não vou me meter. Não vou me meter. Não vou me meter... Ah, foda-se."

O homem se levanta e caminha a passos medidos até o sacerdote itinerante.

— Preces a Plutão pelos mortos! Preces a Plutão pelos mortos!

— Quero encomendar uma prece.

— O nome do falecido, qual é?

— Não é um só – o homem avalia os pescadores: o mais barbudo tem uma faca no cinto. Dois carregam varas compridas com um gancho de ferro na ponta. E há um último aparentemente desarmado, embora bem mais forte que os outros. – São quatro.

— Que lástima... Quais os nomes?

— Não sei.

— Quando foi que eles morreram?

— Em breve.

O sacerdote, confuso, observa com mais atenção o possível cliente e se assusta com os olhos dele, castanhos e fugidios como os de uma ave de rapina.

— Posso fazer desconto para grupos – ele diz, quase gaguejando.

— Tanto faz – rebate o homem, enquanto se afasta. – Não sou eu quem vai pagar.

O mais barbudo dos pescadores sacode a menina pelos cabelos e chuvisca cuspe no rosto dela enquanto vocifera:

— Aberração pagã, você se entrega ao sacramento do batismo?

— Entrego o quê?

— Nega que Iesus Christus é ao mesmo tempo carne e deus?
— Carne de quem?
— Matem esse demônio — o mais barbudo joga a menina para os outros.
— Soltem a moça.

Os quatro pescadores e a menina olham com surpresa para o mendigo esfarrapado que se aproximou.

— Isso não é da sua conta, irmão — diz o mais barbudo.
— Não sou seu irmão — das dobras da toga, o homem saca o punhal. E diz, com voz cavernosa: — *Veni cum papa!*

Um dos pescadores avança e tenta golpear o homem com o gancho de atracagem; o homem contém o gancho com a mão esquerda e chuta o pescador no entrepernas, bem a tempo de se esquivar do gancho do segundo pescador e furar-lhe o pescoço; o mais barbudo tenta esfaqueá-lo; o homem apara o golpe com a guarda do punhal e crava os dedos da mão esquerda nos olhos do barbudo; em seguida, dá uma punhalada no flanco do primeiro atacante, chuta a cabeça do segundo que, caído, tentava estancar o sangue do golpe no pescoço, e crava o punhal no peito do barbudo. Para surpresa do homem, o quarto pescador, justamente o mais forte, não entra na luta: ergue as mãos num pedido de clemência e foge correndo. Dos outros três, o apunhalado no pescoço acaba de morrer, o apunhalado no flanco estrebucha, encomendando-se aos céus com voz engasgada, e o barbudo, apunhalado no peito, reúne forças e praguejа contra seu algoz:

— Pagão maldito... Deus chamará seu nome no Juízo Final.

Num gesto quase gentil, o homem puxa a lâmina do meio das costas do barbudo, pousa-a debaixo do queixo dele e a enfia bem devagar, ao mesmo tempo em que aproxima seus lábios do ouvido da vítima e confessa baixinho:

— Diga a seu deus que meu nome é Publius Desiderius Dolens, plebeu da Suburra por nascimento e cavaleiro romano por mérito. Eu estava louco de vontade de contar isso a alguém.

Quando termina de limpar a lâmina do punhal na barra da túnica do barbudo morto, o homem se lembra da donzela que acabou de salvar. Ela não fugiu, o que seria uma atitude sensata; apenas recolheu os pães que haviam caído da cesta e se manteve impávida a três passos da matança.

— Você ainda está aí? — o homem pergunta.

Ela faz que sim com a cabeça.

– Machucou-se?
– Acho que não – ela diz, ajeitando na cabeça o barrete frígio.
– Como você se chama?
– Pândaro.
O homem observa a menina mais atentamente:
– Um nome grego...
– Vem de um personagem da *Ilíada*. Um arqueiro famoso.
– Soa meio esquisito para uma mulher.
– Eu sou homem.

VIII

Cibele *Magna Mater*, deusa do povo frígio que há séculos atrai seguidores romanos, é a soberana das profundezas da terra, das umidades do solo, dos charcos e grutas. Seu esposo é Átis, deus do mundo vegetal e condutor da carruagem cibélica, puxada por leões. Durante uma crise de ciúme, Cibele castrou e matou Átis. Depois se arrependeu e o fez reviver. A crise do casal ecoa eternamente na roda das estações. No outono, a vegetação é castrada; os galhos secam e as folhas caem. No inverno, a terra sofre com a falta de companhia. Na primavera, a vegetação renasce conciliadora, cobrindo a terra de flores. E, no verão, o mundo vegetal empina, entumesce e se derrama em sementes a quem quiser recebê-las, atiçando o ciúme da terra. E assim recomeça o ciclo.

Em honra a Átis, o desafortunado consorte, todos os sacerdotes de Cibele, conhecidos como *galli*, são eunucos. A maioria se submete à castração ainda na puberdade e, debaixo do característico gorro vermelho da Frígia, cultiva com gosto uma aparência andrógina.

Vita Dolentis, de Quintus Trebellius Nepos.

IX

O turíbulo não balança mais. Na ponta da corrente, o receptáculo de incenso apenas vibra, sem sair do lugar, sacudindo as brasas em perfeita harmonia com a tremedeira que acometeu o sacerdote de Plutão.

– Pensei que seriam quatro – diz o homem, diminuindo o passo ao se aproximar do sacerdote. – Mas foram três.

Morto de medo, o sacerdote só consegue fazer um vago gesto de bênção.

– E você, como se chama? – Pândaro, quase a correr, segue seu inesperado herói.

– Não me chamo.

– O que foi que você falou na orelha do cristão?

– Pergunte a ele.

– Você salvou minha vida. Não vai pedir nada?

– Não.

– Um pedaço de pão, pelo menos?

O homem se vira bruscamente, encarando o jovem eunuco, que se retrai diante daquele par de olhos cor de lodo que parecem sugar o mundo num torvelinho de ódio, medo e loucura:

– Eu aceitaria um gole de vinho – ele diz, com voz turva.

– Que tal um emprego? – Pândaro arrisca.

X

Marcus Junius Brutus, remoto antepassado de minha mãe, mandou edificar, nos tempos da velha República, o templo de Cibele *Magna Mater* em Roma, no Monte Palatino. Ouvi dizer que Adriano, nosso querido imperador, pretende erigir em breve outro templo a Cibele no porto de Óstia, antigo centro de adoração à deusa.

O ritual mais importante do culto a Cibele, convém lembrar, envolve o sacrifício de um touro. Enfeitado com flores, o animal é conduzido a uma plataforma de madeira repleta de pequenos furos. Os oficiantes do culto o degolam; o sangue da vítima verte pelos furos, chovendo sobre fiéis escolhidos que, nus sob a plataforma, dançam e cantam ao receber as gotas do batismo vermelho.

Nos dias da guerra civil, quando Publius Desiderius Dolens vivia escondido em Óstia, o templo de Cibele ocupava improvisadamente o segundo andar de uma casa de cômodos perto do cais.

Suponho que não era fácil obrigar o touro a subir as escadas.

Vita Dolentis, de Quintus Trebellius Nepos.

XI

O *archigallus*, sumo sacerdote de Cibele em Óstia, exagera um tanto na maquiagem e usa dois ou três anéis de osso de boi em cada dedo, incluindo os dedos dos pés; tem um sorriso gentil e é gordo e suave como uma tia-avó.

– A *Magna Mater* o recompensará, meu rapaz, por ter salvo a vida de nosso pequeno Pândaro – o *archigallus* pousa a mão no ombro do desconhecido, mas logo se arrepende, por conta da sujeira dos andrajos dele, e discretamente limpa a mão na própria túnica. – Não entendo o que os cristãos têm contra nós. Andam cada vez mais agressivos. Quem o deus deles pensa que é, para exigir exclusividade?

– O deus cristão é pouco sociável – o homem resmunga, e faz menção de sair.

Pândaro o segura pelo braço e lança um olhar comprido ao *archigallus*:

– Eu disse que ele poderia trabalhar aqui.

– Você é seguidor de Cibele?

– Tenho minhas simpatias pela deusa Ops – diz o homem. Ops é a deusa das colheitas e da prosperidade, e de imediato o homem, arruinado e maltrapilho, sente-se ridículo ao invocar o nome dela. – Mas nem sempre sou correspondido.

– Ops e Cibele são deusas da terra – alegra-se o *archigallus*. – A terra que dá os homens à luz e os recolhe na treva. Isso faz de você nosso irmão. Ou nosso primo, pelo menos. – O *archigallus* não resiste e aborda o tema que mais o perturba: – Há quantos dias você não toma banho?

– Muitos além dos que eu poderia suportar.

– Então? – Pândaro saltita diante do sumo sacerdote: – O senhor não vai contratá-lo? O templo precisa de um vigia. Ele pode espantar os cristãos, disciplinar as orgias, conduzir os touros e ainda lidar com as reclamações dos vizinhos. – Pândaro segura o queixo do homem: – Quem não sentiria medo dessa criatura?

Contrariado, o homem se liberta com um safanão.

O *archigallus* o encara nos olhos. A primeira coisa que percebe é uma leve assimetria no alinhamento entre eles: a ossatura da face do homem é meio torta, o que dá um toque desagradável a um rosto que, por trás da barba e da sujeira, até poderia ser belo. Não eram olhos para se encarar por mais que um instante.

— Diga seu nome — o *archigallus* ordena.

— Ele não diz — conta Pândaro. — Eu já tentei.

— Não posso contratar quem não conheço.

— Custa muito dizer o nome? — Pândaro dá um tapa no braço do homem.

O homem pensa em rebater: "Sou anônimo." Um laivo de presunção, porém, o leva a querer formular essa resposta em grego, idioma que a aristocracia romana gosta de cultivar. Seria mais elegante, e inclusive mais misterioso, lançar evasivas gregas. Infelizmente, o homem não é aristocrata de nascença, teve uma educação precária e domina mal o grego, a ponto de não saber que a tradução grega do latim *anonymous* é simplesmente *anónymos*. Ele sabe apenas que a palavra grega para "nome" é *ónoma*. Seus esforços para parecer bilíngue e declinar corretamente o substantivo *ónoma* fazem com que, em vez de *anónymos*, ele gagueje algo parecido com *adámastos*, o que impressiona muito o *archigallus*.

Adámastos é "indomado" em grego. É com esta alcunha que ele se tornará conhecido em Óstia. Adámastos, o indomado, o selvagem.

O *archigallus*, num volteio solene, pega uma jarra de cobre de um pequeno altar lateral no *atrium* do templo e serve um pouco de líquido rubro num caneco de barro:

— Beba, meu filho.

O homem, sedento de vinho, bebe tudo num gole só, engasga e cospe:

— É sangue!

— Sangue do touro sacrificial — retruca o *archigallus*, ultrajado.

— Muito rude da sua parte cuspir a oferenda — diz Pândaro, para logo em seguida se voltar ao *archigallus*: — Mesmo assim ele está contratado, não está?

Enquanto recupera o fôlego, o homem, agora Adámastos, antes Publius Desiderius Dolens, se lembra com mágoa do que fez de sua vida, do que poderia ter feito e de quem era até dois meses atrás. Dois meses apenas, de muitas más memórias.

Um bicho da terra tão pequeno

5 de abril a 21 de junho do ano 69 d.C.

1

Anêmonas do bosque e pervincas em flor, cornisos vermelhos, rosas-caninas e abrunheiros. Nas terras da Transpadana, a primavera, em toda a sua exuberância, jaz pisoteada pela cáliga das legiões.

Doze milhas romanas distante da cidade de Cremona, numa planura entre vinhedos e matagais, há uma aldeia que nasceu no entorno de um antigo templo consagrado aos gêmeos semideuses Cástor e Pólux. Em honra ao templo, a aldeia se chama *Locus Castorum*.

Ao norte e ao sul de *Locus Castorum*, os dois comandantes se posicionaram. De um lado, Cécina Alienus, antigo *legatus* da Germânia Superior no principado de Galba e agora líder de uma das três divisões das tropas de Aulus Vitellius, o ávido Vitellius, que foi saudado imperador pelos homens de armas das duas Germânias. Do outro, Suetonius Paulinus, condutor de um aglomerado de pretorianos, urbanicianos e legionários de província, todos ferozmente fiéis a Salvius Otho, o verdadeiro imperador, assassino de Galba, aclamado pela guarda pretoriana e, ao menos por enquanto, reconhecido pelo Senado.

Cécina arquitetou uma emboscada que arrasaria as forças inimigas, mas seus planos foram entregues a Suetonius Paulinus por espiões othonianos, como era de se esperar numa guerra civil, já que muitos combatentes têm laços de amizade, simpatia, vizinhança ou parentesco com o outro lado. Pela mesma razão, as contramedidas de Suetonius Paulinus foram delatadas a Cécina. Assim, o elegante jogo de tabuleiro imaginado pelos estrategistas se transformou numa pancadaria sem muito propósito, com leve desvantagem para os vitellianos.

— Não se fazem mais guerras como antigamente — suspira um jovem tribuno das legiões othonianas, empertigado em seu cavalo branco, sobre uma colina que lhe fornece visão e distância para criticar a desleixada formação de combate das centúrias.

— Eu estive nas guerras de antigamente — diz um tribuno mais velho. — A única diferença é que não havia romanos do outro lado. Fora isso, era a mesma merda.

O tribuno mais velho, montado num cavalo baio pesadão e lento, tem um brilho cínico nos olhinhos castanhos e várias medalhas penduradas no arnês. Quase todas são condecorações de mérito legionário, menos duas: um amuleto em forma de martelo, de feitura nitidamente germana, e um feio abutre de bronze.

— Foi você que serviu na Germânia? — lembra-se o tribuno jovem. — Deve ser difícil guerrear contra os antigos companheiros.

— Servi na Germânia Inferior — o mais velho corrige. — Os homens de Cécina são da Germânia Superior.

— Qual é a diferença?

— Não muita. Só a que existe entre meter a espada na garganta de um amigo ou na de um estranho.

— E se você tiver de lutar contra as legiões da Germânia Inferior?

— Lembrarei dos amigos, lembrarei dos inimigos... De você, não sei se vou lembrar.

Até os cavalos percebem a reação de desconforto do tribuno jovem. O mais velho sorri, conciliador:

— Seu cognome, garoto, qual é mesmo?

— Carbo — diz o jovem, intimidado.

— Você é da casa dos Papirius?

O garoto assente com a cabeça.

— Conheço a mansão da sua família. Quando criança, eu entregava pão na porta de serviço.

— Você é filho de plebeus?

O tribuno mais velho estufa o peito sob a couraça, se apruma na sela de seu cavalo preguiçoso e recita:

"Fui dos filhos aspérrimos da Terra,
qual Encélado, Egeu e o Centimano."

O jovem tribuno se retrai. O mais velho percebe que a frase de efeito fez efeito. Ele quis dizer: "sou mais do que pareço; sou um titã", o que, para além do efeito, não significa muita coisa, mas dá algum tempero à verdade, que seria simplesmente: "nasci na Suburra e sou filho de um padeiro que endoidou."

– Com licença – o mais velho resolve coroar sua breve vitória com uma saída teatral. – Vou ver se mato alguém. Ave!

Ele espeta os calcanhares no cavalo e desce a colina, apenas até achar uma videira mais robusta. Apeia, prende a rédea no tronco da videira e segue a pé. Seu cavalo, o baio velhusco apropriadamente chamado *Languidus* (fraco), com boa vontade serve apenas como animal de transporte, não de batalha. E ele, que há menos de um mês é cavaleiro romano, se orgulha de ser homem da infantaria.

Ao alcançar as fileiras de apoio da linha de ataque, ele é logo reconhecido e saudado: "Ave, Tribuno!", "Ave, Publius Desiderius Dolens, carniceiro de Bonna!", "Ave, Dolens, abutre das legiões!" Para surpresa dos que o saúdam, ele se enfia na massa de legionários e prossegue às cotoveladas até a primeira fila, nas fuças do inimigo.

Lá está Quintus Trebellius Nepos. Com a mão direita, o jovem centurião empunha uma espada rubra de sangue; com a esquerda, se apoia na bengala.

– Ave, tribuno! – Nepos diz, saudando com a espada.

– Roubaram seu escudo, centurião?

– Com o joelho que eu tenho, um ponto de apoio – ele cutuca a relva com a ponta da bengala – vale mais que uma zona de proteção.

– Garoto, no mercado de apostas das coortes urbanas, a sua morte nesta batalha está cotada em cinco para um.

– Considerando minha vocação para decepcionar os outros, acho que não morro.

– Vem aí mais uma onda de ataque. Vamos ver como você se vira.

– Tribuno, seu lugar não era na retaguarda, junto com os outros oficiais superiores?

– Vir a uma batalha e ficar na retaguarda é como entrar numa orgia só para assistir.

– Eu sei que o senhor é dado a bravatas, mas essa supera a maioria das outras.

– Tenho outro motivo para me postar na linha de frente: é menos humilhante morrer em combate do que levar a culpa pelo vexame que vocês estão prestes a dar.

– Então morreremos todos. Na minha centúria, ninguém recuará um passo.

As fileiras de escudos do inimigo vitelliano avançam aos urros.

Os homens que Desiderius Dolens comanda pertencem às coortes urbanas, guarda do Senado encarregada de vigiar o *Forum Romanum*, proteger as estátuas dos césares e escoltar figurões aos prostíbulos. Dolens, que por quase duas décadas serviu nas legiões da margem oeste do Reno, repelindo os bárbaros da margem leste, teve apenas um ano para transformar os frouxos urbanicianos em guerreiros de verdade. Diante da nova arremetida do adversário, ele duvida ter conseguido.

– Corneteiro! – Nepos ordena: – Avançar!

Na centúria de Nepos, e em todas as outras dezessete centúrias urbanicianas, soa o toque das cornetas.

Com uma pele de urso por cima do elmo e um desdentado sorriso infantil entre as bochechas, Flavus Smerkjan, o imenso *signifer* das coortes urbanas, brande o estandarte das legiões do Senado: a cabeça de touro dourada sobre fundo vermelho. O urro de guerra dos urbanicianos é tão alto quanto o do inimigo.

"Talvez eles tenham aprendido alguma coisa", Dolens pensa consigo. A morte, indesejada e sedutora, outra vez lhe sorri. Ele saca seu gládio e avança contra os vitellianos, rugindo:

– *Veni cum papa!*

ll

Publius Desiderius Dolens foi o homem que me ensinou a perceber as nuances da morte. A morte dos outros, óbvio. Nas coortes urbanas, sob o comando dele, embora nem sempre com a aprovação dele, conduzi vários cristãos ao ferro da tortura. Dolens nunca gostou desse trabalho. "Em toda a minha vida, só matei quem tentou me matar primeiro", ele insistia em dizer, embora isso não fosse totalmente verdade. O policiamento urbano era-lhe como um exílio. E a guerra, por menos que ele a desejasse, o fazia sentir-se em casa.

Em *Locus Castorum*, Dolens testemunhou meu batismo em combate. Levando em conta meu joelho entrevado, pode-se dizer que, se nunca pude ser bom guerreiro, também não fui de todo mau.

Na verdade, alguns anos antes, eu já havia estado numa frente de batalha, ao lado de meu tio Maximus, naquele tempo governador da Britânia. Só que, em vez da espada, eu esgrimia a pena: era o escrivão da intendência do quartel.

Aos vinte e três anos, em *Locus Castorum*, eu me perguntava se o sulco de sangue do corte da espada não seria uma assinatura mais honesta que o risco de tinta da ponta da pena.

Hoje sei a resposta.

Vita Dolentis, de Quintus Trebellius Nepos.

III

O clangor de trompas e trombetas, o baque de escudos, o urro escarrado entre dentes, o zunir da espada que busca o corte por cima e a estocada de viés, os arquejos e impropérios, o choque de ferros e couros e bronzes e joelhos, o tranco das botinas cheias de cravos que rasgam a relva.

Trinta e três mil homens suam, se empurram, xingam as mães uns dos outros e, quando possível, tentam enfiar o gládio na garganta mais próxima.

O vermelho de penachos e estandartes e tripas evisceradas se revolve sobre o verde, debaixo do azul, que paira insensível.

Roma victor (Roma vencedora)*!*, no meio do caos grita um ingênuo. *Roma victi* (Roma vencida)*!*, rebate um cínico. E estão certos os dois, porque o sangue que verte de um lado e verte do outro é o sangue de Roma.

IV

Gaius Trebellius Longinus, senador da República, foi meu pai, e Silana, da casa dos Júnios, minha mãe. Brutus, assassino de Julius César, era meu tio trisavô pelo lado materno, mas a família não gosta de lembrar disso.

Cresci no conforto dos que têm o destino muito bem definido, até quebrar a perna na Britânia.

O joelho inútil, a pouca aptidão guerreira e os pendores filosóficos me tornaram o oposto do que se esperava de mim. O que me restava? Nada, senão envelhecer num cargo obscuro da burocracia do Império.

Afrontei meu pai, renunciei aos privilégios da família e me alistei como legionário recruta no estrato mais baixo das legiões. Queria provar meu valor a todos, subindo degrau por degrau, com minha perna manca e sem favor de classe, cada posto do *cursus honorum*.

No meio do meu caminho, veio a guerra civil.

Vinte e dois dias antes de *Locus Castorum*, no amanhecer da véspera dos idos de março, eu arrastava minha perna e meus medos pelas vielas de Roma.

Havia brigado com Tristanus, meu camareiro, amigo, secretário e, naquele tempo ainda, meu escravo. Ele tinha certeza de que eu morreria na guerra, e insistia em me acompanhar para morrer comigo. Obriguei-o a permanecer na Urbe, pois alguém, na minha ausência, tinha de cuidar da casa Trebélia, já que Sálvia Othonis, a madrasta que meu defunto pai me deixara, mal havia completado 17 anos e de modo algum era confiável.

O futuro me afligia, o passado me açoitava e o presente era uma nuvem de vinho e autoindulgência. Empurrado por algum gênio trôpego, esmurrei a porta da livraria do judeu Shlomo.

Se o velho livreiro estivesse em casa, teria me expulsado a pontapés. Mas, pela graça dos deuses, ele havia ido a Pompeia em busca de manuscritos. A filha dele, Yehudit, me recebeu. A bela Yehudit, com seus cabelos revoltos, era quem eu queria ver nas minhas últimas horas antes de partir.

Temerosa das sombras, Yehudit afugentava o medo com canções em hebraico, acompanhando-se por acordes do *kinnor*, a pequena harpa judia.

Ela tocou e cantou para mim. E acalmou as sombras que me mordiam a alma.

> *Shama'tee sheDud haNa'im*
> *acord pla'im leElokim.*
> *VeShe'ata sone tavim yode'ah?*
> *Acord a'agum uMistori,*
> *minor nofel,*
> *mz'or mamree,*
> *uMelech mevulbal shar haleluya.*
> *Haleluya, haleluya, haleluya, haleluya.*

Nenhum esforço de memória me é necessário para lembrar dos versos, porque Yehudit os canta até hoje. Posso até me arriscar a traduzi-los:

> "E ouvi que havia um secreto acorde
> com que a Deus o rei Davi acode.
> Mas você nem gosta de música, não é?
> É algo assim:
> a quarta, a quinta,
> se a menor cai, a maior empina.
> O rei perdido compõe uma Aleluia.
> Aleluia, aleluia, aleluia, aleluia."

E, na estrofe seguinte:

> "Sua fé era forte, mas você queria provas.
> Você a viu no terraço sob a lua nova.
> A beleza e a nudez o derrubaram.
> Ela o amarrou
> numa simples cadeira
> ceifou seu trono e sua cabeleira
> e de sua boca sorveu uma Aleluia.
> Aleluia, aleluia, aleluia, aleluia."

Naquela noite, verteu-se o sangue da virgindade de Yehudit. E, da cama de Yehudit, marchei para a guerra.

Vita Dolentis, de Quintus Trebellius Nepos.

v

Ao norte, já se podem ver as pontas da paliçada do acampamento de Cécina.

Joelhos cravados nos flancos do cavalo; o penacho do elmo a drapejar ao vento; a espada apontando o sul, direção oposta à da fuga dos legionários, que debandam de volta à paliçada. Em meio às desfeitas fileiras da infantaria, o tribuno vitelliano tenta aos berros conter o pânico das tropas, numa tola esperança de contra-ataque.

Os últimos a resistir são os últimos a morrer: não há ironia ou poesia, apenas simetria crua no fim de uma batalha.

Com olhos no desespero da retaguarda, o tribuno vitelliano se descuida do açodamento da vanguarda, até que uma ponta de lança lhe perfura a axila do braço que empunha o gládio. Fisgado numa nesga de carne que a loriga não protege, o tribuno se debate como um peixe no arpão, até que tomba do cavalo. Sua derradeira vista é a do inimigo que sustém a lança: um centurião baixo e trôpego que, metido na couraça, mais parece um caranguejo.

Trebellius Nepos, o pequeno centurião, saca o gládio, golpeia a garganta do tribuno e o entrega ao oblívio.

No rosto de Nepos, mesmo sob a crosta de lama, não se pode ver rancor, piedade ou triunfo; apenas o melancólico alívio pela execução do dever.

– Meu garoto! – Dolens grita de longe, também coberto de lama e mais ainda de sangue, porém feliz como uma criança a quem os pais deixaram brincar na chuva. – Pena que não apostei em você!

– Eu avisei, tribuno! – Nepos grita de volta, acenando o gládio com o sangue morno do inimigo. – Minha vocação é decepcionar os outros.

Cinco legionários vitellianos, desgarrados da retirada, correm para alcançar suas centúrias. No caminho deles, e de costas para eles, está Desiderius Dolens.

Num giro de corpo, Dolens abre com o gume do gládio a garganta do vitelliano mais próximo, que cai borbotando sangue em frente aos companheiros. Os quatro restantes se detêm, em posição de ataque, diante do inimigo othoniano.

– Ave, companheiros – Dolens diz. – Posso ajudá-los?

Temerosos e confusos, os sobreviventes não respondem.

– O acampamento de vocês fica logo ali – Dolens aponta com o polegar esquerdo por cima do ombro. – Se conseguirem chegar vivos, digam a Cécina que, até o pôr do sol, a cabeça dele estará na ponta de uma lança.

Dolens baixa a espada e faz uma mesura, como se fosse o porteiro de uma casa de termas indicando o caminho do *tepidarium*.

– Tenham a bondade, senhores.

A indecisão entre correr para salvar a vida ou atacar o tribuno cujos olhos lampejam de loucura durou menos que um instante.

Os quatro vitellianos disparam como lebres rumo à paliçada.

– Centurião! – Dolens grita a Nepos. – Reagrupe as fileiras. Esta noite, os troncos da paliçada de Cécina serão a lenha que vai aquecer nosso jantar.

Uivam as cornetas, embora não com o chamado que Dolens esperava: é o toque de meia-volta. Dolens se exaspera, estupefato:

– Quem foi o filho da puta que mandou recuar?

VI

Gaius Suetonius Paulinus, senador da República, herói das guerras na Britânia e comandante othoniano, ordenou inesperadamente a retirada quando seus legionários já estavam diante das fortificações do acampamento de Cécina.

Ao conselho de guerra, e ao próprio Otho, Suetonius Paulinus argumentou que a cavalaria pretoriana, sob o comando do senador Marius Celsus, havia sofrido grandes perdas durante a batalha e não estava em condições de apoiar a infantaria num ataque frontal. Sem proteção da cavalaria, os legionários poderiam ser massacrados num contra-ataque vitelliano assim que as forças de Cécina conseguissem se reagrupar. Tal explicação pareceu razoável a Otho e a seus comandantes, inclusive a Verginius Rufus, o mais experiente de todos. A óbvia exceção foi Marius Celsus, que não gostou de ser parcialmente culpado por uma vitória inconclusa.

Entre Marius Celsus e Suetonius Paulinus, a questão cingiu-se ao nível das antipatias pessoais; entre os legionários, chegou à beira do motim.

Vita Dolentis, de Quintus Trebellius Nepos.

VII

O caneco de vinho tomba, deixando na mesa uma poça rubra que faísca na luz do candeeiro. Desiderius Dolens, que provocara o pequeno acidente por conta de seu gesticular exaltado, apoia a boca do caneco na borda da mesa e, com o bordo da mão, varre o vinho, tentando recolher pelo menos um pouco.

— A única coisa mais triste que vinho desperdiçado é sangue desperdiçado — ele diz.

Plotius Firmus concorda, num menear de cabeça.

— Vinho, já sabemos que você não desperdiça — diz Papirius Carbo, tentando soar simpático.

A mirada de ódio que Dolens lhe dirige provoca no jovem tribuno um arrepio que vai da nuca ao esfíncter.

É noite alta e a lua crescente ilumina medos e rancores no acampamento othoniano.

Dolens, Papirius Carbo e alguns outros tribunos e centuriões, como Trebellius Nepos e Julius Atticus, estão reunidos na tenda de campanha do *praefectus praetorianus* Plotius Firmus.

— Hoje — Dolens retoma os argumentos e o gestual —, era o nosso dia. Hoje, a vitória ergueu o vestido, abriu as perninhas e ficou esperando, toda feliz. E nós, o que fizemos? Brochamos! Rejeitamos a vitória, e ela nunca vai nos perdoar.

— Suetonius Paulinus teve razões táticas para decidir pela retirada — argumenta o centurião Nepos.

— Fodam-se as razões — Dolens rebate. — Foda-se a tática. Se o inimigo pode ser morto, você o mata!

— Mas a que custo?

— A qualquer custo!

— Tribuno — Plotius Firmus se apruma o mais que pode no banquinho —, por acaso sua questão pessoal com o outro lado não está influenciando o seu julgamento?

— Qual questão? Nas tropas de Cécina, não conheço ninguém. Se fosse nas tropas de Valens... Meu sogro e todos os meus antigos companheiros da *Legio Prima Germanica* estão marchando com Valens. Eu poderia ser acusado de simpatizar com o lado vitelliano, e não de querer arrasar com todos eles.

– Você me contou que está jurado de morte por Vitellius.
– Eu contei?
– Contou.
– Foi no meio de outro porre.
– É verdade?
– Claro que é verdade.
– Então? Essa é a questão pessoal. Você encara qualquer recuo diante de Vitellius como uma ameaça à sua vida.
– Sempre pensei que era com esse espírito que uma guerra devia ser travada.
– Não é o medo e nem a raiva que vencem uma guerra. É a paciência.
– Paciência é uma virtude rara entre os que vão morrer.
– Justamente por ser rara, é preciosa. – Plotius Firmus se inclina sobre a mesa e sacode o braço de Dolens. – Não é só nossa vida que está em jogo. É a nossa reputação, porra! Precisamos acalmar as tropas!
– Diga ao seu amigo Suetonius para entupir todo mundo de vinho e providenciar uns jogos de arena. Sempre dá certo. – Dolens se desvencilha de Plotius Firmus e volta a encher seu caneco. – Inclusive comigo.
– Vinho é fácil de conseguir – Plotius Firmus rebate. – Mas, e jogos de arena, neste fim de mundo?
– Tenho uma sugestão – diz o centurião Julius Atticus, piscando seus olhinhos vesgos.

VIII

Gaius Fabius Valens, comandante da mais poderosa das três divisões do exército de Aulus Vitellius, fez contato com as forças de Cécina por volta dos idos de abril. Antes do encontro, tanto nas tropas expectantes quanto nas tropas salvadoras, eclodiram diversas tentativas de motim, geradas pela pouca fé nos oficiais. Mas, quando os legionários das duas divisões se uniram, a esperança de vitória cicatrizou os arranhões na disciplina. Para os legionários vitellianos, suas muitas coortes, legiões e tropas auxiliares uniam-se como os dedos da mão da vitória, que se fechava em punho para desferir o soco fatal na cara de Otho, o usurpador.

Os dois principais comandantes vitellianos, porém, enquistavam-se como unhas encravadas no punho da vitória: embora lutassem sob a mesma bandeira, Cécina e Valens se odiavam.

Do lado othoniano, os muitos comandantes ao menos conseguiam tolerar uns aos outros quando obrigados a permanecer no mesmo recinto. Já os legionários afiavam suas espadas com pedra, água e ódio, pensando, não na garganta do inimigo, mas na dos próprios comandantes.

Vita Dolentis, de Quintus Trebellius Nepos.

IX

O imperador bêbado arremessa um punhado de moedas de ouro sobre os lutadores.

— Dez áureos em Spartacus!

Em volta da arena, muitos imitam o gesto de Otho César, igualmente ruidosos no entusiasmo, porém mais econômicos na quantia, cada um de acordo com a soberba das insígnias que carrega no peito ou com o peso da bolsa que carrega no cinto.

Suetonius Paulinus, Verginius Rufus, Marius Celsus e Licinius Próculo, legados de legião, lançam uma moeda de ouro cada um. Tribunos, tais como Plotius Firmus, Papirius Carbo ou Desiderius Dolens, arriscam moedas de prata. Centuriões, a exemplo do estrábico Julius Atticus, jogam bronzes. Legionários fazem voar seus cobres.

Trebellius Nepos é centurião, mas foi arrastado a contragosto para ver a luta e não aposta nada. Diante do desprezo dele e da euforia de todos, Aníbal e Spartacus correm e mostram os dentes.

Otho César, aquartelado próximo ao povoado de Bedríaco, trezentos e cinquenta milhas romanas distante da Urbe, ressentia-se da falta dos jogos de arena. No entanto, por maior que fosse o seu gosto por extravagâncias, ele entendia que obrigar os legionários, no meio dos muitos deveres da guerra, a serviem de babás para leões devoradores de homens seria provavelmente uma decisão impopular.

Ainda assim, desesperado por qualquer divertimento que o aliviasse dos temores quanto ao futuro, Otho ordenara a seus homens que buscassem lobos e ursos na mata, mas a própria marcha ruidosa das tropas havia espantado da Transpadana qualquer animal grande o bastante para merecer o esforço da caça.

Foi o centurião Julius Atticus quem deu a ideia de capturar os ratos-do-campo que atacavam as carroças de suprimentos e treiná-los para o combate. Ele batizou seus dois roedores mais robustos com o nome de antigos inimigos da velha Roma republicana.

A arena onde "Aníbal, o castanho" e "Spartacus, o cinzento" foram jogados é um buraco no chão com vinte palmos de diâmetro e dez de profundidade, escavado em frente à tenda de campanha do imperador. Os gritos da plateia e as moedas que lhes chovem sobre o lombo assustam os ratos, que, ao invés do combate, preferem tentar a fuga, escalando as paredes do buraco. Julius Atticus usa seu báculo de centurião para empurrá-los de volta.

Sem alternativa, Aníbal e Spartacus se enfrentam. Erguidos nas patas de trás, eles estendem um para o outro as patas da frente. Não chegam a se tocar, mas sua postura os faz incrivelmente parecidos a lutadores gregos de *pankration*. A plateia humana urra, animalesca.

Em vez de se empurrarem, se arranharem ou tentarem morder o pescoço um do outro, os dois ratos empinam os focinhos e se mantêm de pé, eretos e imóveis com os bracinhos estendidos, encarando-se mutuamente de soslaio e roçando de leve os bigodes, como que esperando para ver quem pisca primeiro. Para eles, isso é uma luta.

Para a plateia, é uma decepção.

Depois de um instante que parece uma hora aos olhos sedentos de sangue dos apostadores, os ratos desistem um do outro e correm em direções opostas. Se ratos piscam, e se algum deles piscou, não foi possível determinar.

Trebellius Nepos ri com gosto.

Julius Atticus, aflito, volta a cutucar seus atletas com o báculo. Otho César, com um gesto, manda que ele pare.

– Perdeu a graça – Otho ajeita sua peruca e diz, depois de um arroto.

Julius Atticus percebe que sua vida passou a valer menos que a vida dos ratos.

– Qual é o seu nome, centurião? – Otho pergunta.

Os olhinhos vesgos de Atticus piscam muitas vezes antes que ele consiga responder:

— Manius Julius Atticus, senhor. Centurião *pilus prior* da primeira centúria da primeira coorte das coortes urbanas.
— Você me decepcionou, centurião. Você me decepcionou muito.
— Peço perdão, senhor.
— Mate-se – Otho ordena.

Atticus lança um olhar de pânico suplicante a Desiderius Dolens.

Dolens bufa, contrariado, esfrega as botas na terra como um touro que pateia antes de arremeter, apruma a coluna e estende o braço:

— Ave, César! Peço permissão para falar.
— Conheço você – Otho retruca, depois de beber mais um cálice de vinho misturado com ópio. – Gosto de você. Até lembro seu nome. Nolens!
— Publius Desiderius Dolens, tribuno angusticlávio, comandante das coortes urbanas e superior hierárquico do centurião Atticus.
— Deixe as formalidades e vá direto ao assunto, Volens.
— O centurião Atticus é meu subordinado. Se algo que ele fez desagradou a César, é meu dever alertar que a responsabilidade também é minha.

Nepos, estupefato, crava as unhas no cabo da bengala. Ele sabe que Dolens é mais fiel aos legionários que aos comandantes, mas não esperava uma atitude suicida.

— Você não quer que ele se mate – Otho resume, balançando ebriamente a cabeça sob a peruca.
— Preferia que não, senhor.
— Muito bem, tribuno. Sejamos generosos. Cinco dias de limpeza de latrinas para o seu centurião vesgo e cinquenta denários de multa para você.

Sob a luz das tochas, Dolens, do fundo da sua pobreza, empalidece:

— Desculpe, senhor, mas não tenho essa quantia.
— Você está abusando da minha paciência, Pollens.
— Eu sei, senhor.
— Cinco dias de limpeza de latrinas para você, então. E quinze dias para o vesguinho.

Limpeza de latrinas é uma *munerum indictio*, uma tarefa adicional degradante, reservada apenas a legionários rasos ou, no máximo, a suboficiais. Obrigar um tribuno e um centurião a encher e a despejar além-muros baldes e baldes de excrementos é uma humilhação que ultrapassa a fronteira do absurdo.

Alguns presentes, como Nepos e Plotius Firmus, deixam escapar murmúrios de discordância. A maioria, porém, faz força para não deixar escapar o riso.

– Quinze dias...? – Julius Atticus se queixa para Dolens, aos resmungos.
– Preferia morrer, filho da puta? – Dolens sussurra de volta. – Eu devia era pegar aqueles ratos e socar os dois no seu cu!
– Alguém tape esse buraco – Otho César ordena, abanando a mão num gesto enojado em direção à arena. – Com os ratos dentro. – Ele dá um sorrisinho maldoso: – E com as moedas também!

Cada apostador, em silêncio diante do *princeps*, rói-se de arrependimento pela aposta. Quatro legionários armados de pás obedecem a ordem cesárea, enterrando duas pequenas vidas e um não pequeno prejuízo coletivo. Esse é o fim cruel de "Spartacus, o cinzento" e "Aníbal, o castanho".

X

Manius Julius Atticus, sem saber, prestou um favor à causa othoniana. Diante do espetáculo de um centurião e de um tribuno atolados na imundície das latrinas, a flor da revolta murchou. Na mente simples dos legionários, ecoava o seguinte pensamento: "Se até os figurões vão à merda, é porque existe justiça." Otho, o justo, era capaz de punir qualquer um que merecesse, sem se preocupar com o cargo. Ao contrário de Vitellius, o inimigo, que aos altos oficiais só distribuía lisonjas.

Otho César, entre os legionários, passou a ser venerado como um semideus. Entre os comandantes, no entanto, ele continuou a ser tratado, respeitosamente, como um semi-idiota.

Vita Dolentis, de Quintus Trebellius Nepos.

XI

Na manhã de primavera que sucedeu à noite da peleja dos ratos, o sol é uma ofensa aos que estão de ressaca. Dolens, que, com trinta canecos de vinho no fígado, tivera de acordar duas horas antes do amanhecer, pegar uma pá e se meter até os joelhos nas latrinas do acampamento, está perfilado e quase digno em seu uniforme de tribuno, apesar do fedor renitente. Seus olhos gritam que ele tem ganas de matar alguém, sob qualquer pretexto ou sem pretexto nenhum, quando Otho César para diante dele e diz:

– Quem é você?

– Publius Desiderius Dolens, tribuno angusticlávio. Ave, César!

Otho vasculha sua submersa memória e, no meio de um mar de ópio, não divisa sequer uma ilha de lembrança.

– Muito bem, tribuno. Tome banho de vez em quando.

Desiderius Dolens tem trinta e sete anos. Até os dezesseis, era apenas o filho mais velho de um padeiro, destinado a passar a vida ao pé do forno. Alistou-se nas legiões. De legionário raso, subiu degrau a degrau, por mérito ou sorte, até chegar a tribuno angusticlávio, posto que o alçou à aristocracia. A baixa aristocracia dos cavaleiros, bem inferior à classe senatorial, mas, ainda assim, acima da plebe.

O prazer de quebrar o nariz de um imperador, e depois ser decapitado, não compensaria vinte e um anos de sacrifício e humilhação. Foi esse o cálculo que permitiu que Otho César passasse impune por Dolens e ocupasse a cadeira de honra no barracão principal do acampamento.

Um pombo quase branco, descontadas algumas espúrias plumagens cinzentas, é degolado e estripado pelo mais velho harúspice da comitiva othoniana, como um pequeno sacrifício em honra à divindade do dia: Cibele *Magna Mater*.

Ao harúspice, o coração do pombo parece estranhamente escuro e empedrado. Porém, mais temeroso dos maus humores imperiais que dos maus fados celestes, o velho adivinho anuncia os melhores augúrios.

E assim começa o último conselho de guerra do exército othoniano.

XII

Marcus Otho César Augustus amanhecera deprimido e quase sóbrio no dia do conselho de guerra. Acompanhou as falas de seus principais comandantes com ouvidos ávidos, lábios franzidos e olhar de defunto.

Suetonius Paulinus tomou a palavra antes de todos e defendeu que a melhor tática era a espera. As forças othonianas tinham o senado e o povo a apoiá-las; a península itálica estava sob seu domínio. A linha de suprimentos era sólida e eficiente. As províncias orientais, as mais ricas do Império, eram fiéis ao imperador. E legiões da Mésia e da Dalmácia estavam a poucos dias de marcha para reforçar a frente de batalha. Os vitellianos, ao contrário, atolavam-se em terreno dificultoso. Um enclave othoniano na Gália Narbonense ameaçava-lhes a retaguarda. As tropas da Hispânia e da Britânia, teoricamente fiéis a Vitellius, estavam cindidas por conflitos internos. O avanço cruel de Cécina e Valens, saqueando aldeias gaulesas pelo caminho, e sua intempestiva travessia dos Alpes antes mesmo do degelo da primavera os havia enredado numa armadilha. Confinados na Transpadana, eles eram como duas aranhas na mesma teia. A fome – de suprimentos, de reforços, de vitórias, de glória – poderia levá-los ao devoramento mútuo.

Verginius Rufus, ante um olhar inquisitivo do imperador, balançou a cabeça em concordância, mas escusou-se de falar. Marius Celsus, apesar de suas diferenças com Suetonius Paulinus, também apoioulhe o parecer, por considerá-lo fruto do mais luzente bom senso. Nas finas entrelinhas da fala de Marius Celsus, quem quisesse poderia ler: "Suetonius Paulinus, embora medíocre, ao menos é sensato." O sarcasmo sutil de Marius Celsus não passou despercebido a Suetonius Paulinus. Essas duas víboras da República continuaram por muitos anos a trocar insultos cordiais enquanto rastejavam em torno dos sapatos do imperador, fosse ele quem fosse. Como costuma acontecer aos canalhas, tiveram vidas longas e afortunadas.

Ticiano, irmão mais velho de Otho e primeiro cônsul, chamado de Roma às pressas para acudir o imperador, e Licinius Próculo, primeiro *praefectus praetorianus*, discordavam de Suetonius Paulinus. Na batalha de *Locus Castorum*, eles viram como o recuo tático ordenado por ele abalou entre os legionários a fé na causa othoniana.

Após conferir suas anotações, Ticiano iniciou seu arrazoado dizendo que, sim, era possível que a espera, como alegava Suetonius Paulinus, pudesse enfraquecer o inimigo. Mas enfraqueceria ainda mais as tropas othonianas. Quando um ladrão invade a casa de um pai de família, qual é a atitude honrada a tomar? A espera? Deve o pai de família apenas esperar que o intruso não descubra onde está o cofre, ou que não tenha apetite para estuprar as mulheres da casa? Deve o pai de família esconder-se debaixo da cama e rezar para que o assaltante, enganado pela escuridão, tropece num banquinho e quebre a perna? Ou será que o pai de família, em defesa daqueles que o amam e daquilo que tem, não deveria, com as armas de que puder dispor, enfrentar a invasão? A leniência dos comandantes othonianos, seu gosto por manter posições fixas ao invés de avançar, sua crença de que o inimigo um dia poderá simplesmente se cansar da guerra e pedir trégua conduziram a República ao momento mais tenebroso desde o saqueio da Urbe pelos bárbaros senones, quatrocentos e cinquenta anos antes. As botas dos traidores já estavam a menos de vinte dias de marcha dos degraus do Capitólio. Por quantos dias, desses vinte, as tropas de Otho deveriam esperar? Dois? Dez? Todos? Ticiano encerrou seu discurso com uma ressalva: ao contrário de Suetonius Paulinus e de Marius Celsus, ele não era comandante militar, e provavelmente não saberia reconhecer, entre as decisões possíveis, qual seria a mais sensata. Mas, entre a honra e o bom senso, ele não hesitava em aconselhar o imperador que seguisse o caminho da honra.

Lucius Salvius Otho Ticiano, quinze anos mais velho que seu irmão Otho César, era marido de Cocceia Menor, irmã de Cocceius Nerva, que vinte e sete anos mais tarde seria imperador, e era pai de Salvius Otho Cocceianus, que treze anos mais tarde seria cônsul. Também era pai de Sálvia Othonis, que era a adolescente birrenta com quem meu pai se casara pouco antes de morrer.

O sirênico poder de sedução, aparentemente, era dom de família. Sálvia Othonis seduziu meu pai. Otho César seduziu Roma. E Ticiano, naquela manhã, seduziu o conselho de guerra. Ele foi aplaudido pela maioria dos oficiais, na qual, confesso, me incluí entusiasmado.

Dolens não aplaudia, o que por instantes me causou estranheza, até que eu me lembrasse do óbvio: para Dolens, uma coisa era estripar os mandriões de Cécina, e outra bem diferente era lutar contra os legionários de Valens. Fabius Valens foi o primeiro patrono de Dolens. Floronius Maurusius, braço direito de Valens, era sogro de Dolens. E dezenas de legionários de Valens eram companheiros de Dolens dos tempos de farra e bebedeira na *Legio Prima Germanica*.

Para cortar a cabeça de Vitellius, Dolens teria de pisar na garganta do seu passado. Mas, se não marchasse contra Vitellius, seria a sua garganta que passaria pelo fio do gládio, pois Vitellius prometera matá-lo.

Ser morto pelo inimigo ou matar os próprios amigos para vencê-lo, esse era o dilema de Desiderius Dolens. E, do ponto de vista dele, o caminho da honra, qualquer que fosse, não passava nem perto dessa encruzilhada.

Otho, como era de se esperar, preferiu as frases de efeito de seu irmão aos argumentos de seus comandantes. E essa decisão, ainda que pouco racional, poderia ter resultado numa vitória militar digna dos velhos césares.

Poderia, se Licinius Próculo não resolvesse adular o imperador.

Licinius sugeriu um ataque frontal contra as posições de Cécina e Valens, mas não com todas as tropas disponíveis. Algumas coortes deveriam recuar com Otho até Brixellum. Assim, o imperador, *princeps* do Senado e do povo, estaria a salvo dos perigos da frente de batalha.

Essa proposta bajulatória atropelava uma verdade básica: os legionários othonianos jamais confiaram nos comandantes othonianos, mas confiavam em Otho. Privá-los da liderança pessoal do imperador lhes diminuiria a fé na vitória.

Obviamente, ninguém imaginava que Otho iria se ombrear com a primeira fileira de legionários para dar ele mesmo espadadas nos vitellianos. Era o que Alexandre Magno, quatro séculos atrás, costumava fazer. O fato de Alexandre ter morrido, muito debilitado, com apenas trinta e dois anos de idade, fazia crer que esse estilo de conduzir a guerra não era muito saudável. Mesmo assim, é justo esperar de um líder guerreiro que se mantenha, se não ao alcance das flechas, ao menos a uma distância da batalha na qual a gritaria dos flechados ainda ecoe.

Alheio aos temores da tropa, Otho César alegremente concordou com Licinius Próculo. Um contingente misto de pretorianos e urbanicianos foi encarregado de escoltá-lo a Brixellum.

Os aplausos, dessa vez, foram bem mais contidos. Exceto da parte de Desiderius Dolens, que pulava, assoviava e bendizia o imperador.

Dolens comandava os urbanicianos. Recuaria com Otho. Muitos de seus amigos da *Legio Prima Germanica* seriam mortos, mas não pela espada dele.

Esses, para bem e mal, foram os antecedentes da batalha de Bedríaco.

Vita Dolentis, de Quintus Trebellius Nepos.

XIII

No acampamento em Brixellum, Trebellius Nepos, angustiado pelo futuro de uma guerra que considerou injusta desde sempre, decide recolher-se à sua tenda de centurião. Ele pega o estojo de material de escrita, saca o estilete e as tabuinhas recobertas de cera. Com dolorosa consciência do patético, se põe a escrever:

> "Bedríaco! Bedríaco! Tristonho chão.
> Como fonte que jorra até a exaustão,
> pelo caos de bosques, morros e baixios
> vem a morte alvejar os batalhões sombrios.
> De um lado a ambição, do outro a ganância.
> Baque sangrento! Não restava esperança.
>
> Com mortes, gritos, sangue e cutiladas,
> a multidão da gente que perece
> tem as flores da própria cor mudadas.
> Já as costas dão, e as vidas. Já falece
> o furor e sobejam as lançadas.
>
> Já! Que a tropa avance! Ouve-se o berro,
> e lanceiros, tribunos com elmos de ferro,
> plebeus que Roma fez marchar nas legiões,
> trombeteiros que bramem tal como trovões
> com peles de leão atadas no arnês,
> esvaídos de sangue em chão gaulês
> ante a hora fatal a que ninguém se evade,
> veneram seus deuses sob a tempestade,
> unem-se num clamor: Ave ao imperador!"

Tomado de vergonha pelo surto lírico, como geralmente lhe acontece, Nepos guarda as tabuinhas no estojo, tranca-o com chave e o esconde sob seu catre. Jamais mostrará esses versos a ninguém.

XIV

Aulus Cécina Alienus conhecia suficientemente seu líder Vitellius para saber que outra derrota lhe custaria a carreira, tanto militar quanto política, e talvez o pescoço. Para seu proveito, no entanto, depois de *Locus Castorum* ele aprendera a fazer melhor uso da espionagem. A lição era simples, os bons comandantes desde sempre a conhecem: vale mais confiar nos espiões do inimigo do que nos próprios.

Cécina distribuiu um falso plano de batalha a alguns oficiais de segundo escalão. Os espiões othonianos, tomando o plano como verdadeiro, o fizeram chegar às mãos de Licinius Próculo. Assim, quando uma fração das tropas vitellianas começou a erguer uma ponte sobre o rio Pó, os comandantes othonianos, ludibriados pela informação enganosa, convenceram-se de que as legiões de Vitellius pretendiam desviar deles para marchar diretamente a Roma.

Várias coortes othonianas se engajaram na disputa por uma insignificante ilha do Pó, o que deu tempo a Cécina e Valens de fortificarem suas posições ao norte.

Os homens de Otho que não se envolveram na defesa do Pó tiveram de marchar por vinte milhas romanas de terreno acidentado até Bedríaco, gastando forças que lhes fizeram falta no confronto direto.

Valens e Cécina, bem armados e assentados, alegremente os massacraram.

Suetonius Paulinus, Marius Celsus e Licinius Próculo, para poupar as vidas de seus homens, e principalmente as próprias, desistiram do combate e debandaram cada um pelo caminho que lhe pareceu mais conveniente. A fuga esparramada e caótica dos legionários permitiu que a cavalaria vitelliana ceifasse mais alguns milhares de vidas.

Desiderius Dolens, ao contrário do que imaginava, perdeu poucos amigos da *Legio Prima Germanica* na batalha de Bedríaco. E seu pescoço ficou mais perto da degola.

Vita Dolentis, de Quintus Trebellius Nepos.

XV

— Eu devia estar lá. Eu devia. Devia! — Dolens grunhe, a andar de um lado a outro em sua tenda, alucinado por notícias que não chegam. — Mas a culpa não é minha — ele acrescenta, numa tentativa de convencer a si mesmo. — Em *Locus Castorum*, se aquele desgraçado do Suetonius Paulinus não mandasse recuar, eu teria entregue a cabeça de Cécina ao imperador. Mas não. Estamos arriscados a ver é a peruca de Otho na ponta de uma lança!

— Pensei que o senhor se sentisse feliz por não ter de lutar contra os antigos companheiros — Nepos contrapõe, sem esconder o sarcasmo.

— Claro que me sinto feliz. Basta imaginar o vexame. Eu, na frente de batalha, liderando os urbanicianos. Um bando de idiotas e aleijados. — Dolens se interrompe: — Desculpe pelo "aleijados".

— Obrigado por não me incluir na categoria dos idiotas — Nepos rebate. O pedido de desculpas lhe dói mais que a ofensa.

— Do outro lado — Dolens prossegue —, a *Legio Prima Germanica*. Com Maurusius gritando: "Não façam prisioneiros!" Você não conheceu o verdadeiro Maurusius. Você o viu na *Castra Praetoria*, todo civilizado e risonho. Na guerra, ele é um carniceiro!

— Parecido com o senhor?

— Talvez eu seja um pouco pior — Dolens rosna, desta vez demonstrando que o sarcasmo lhe doeu.

— Seu sogro e seus colegas da beira do Reno podem ser bons guerreiros. Mas as coortes urbanas, que o senhor tanto despreza, não fizeram feio diante de Cécina.

— As tropas de Cécina são a vergonha das legiões! Uns sanguessugas que vivem de achacar camponeses. Vencê-los não é mérito nenhum.

— Mesmo para um bando de idiotas e aleijados?

Dolens, arrependido, interrompe seu vaivém pela tenda:

— Tenho orgulho de comandar os urbanicianos — ele diz, sem mentir de todo. — Vocês provaram seu mérito. Tanto no policiamento da Urbe quanto em combate.

— Graças às suas técnicas de treinamento — Nepos arremata, disparando outra flecha de sarcasmo.

— Tentei ensinar o que aprendi.

– Quarenta e sete legionários morreram nos treinamentos. Em menos de um ano.

– Na Germânia Inferior, a média de mortes costumava ser maior.

– Isso significa que os urbanicianos são mais resistentes?

– Significa que amoleci com a idade.

Cornetas de alarme os interrompem. Das torres de vigia voltadas ao norte, soa o aviso da chegada de alguém.

XVI

Fidípides de Atenas, conforme relatos centenários, foi o mensageiro enviado a Esparta para pedir ajuda quando os persas atacaram a cidade de Maratona. Ele teria, descalço segundo contam, corrido por cento e sessenta e cinco milhas romanas, de Maratona a Esparta. Depois, correu de volta ao campo de batalha em Maratona e lutou contra os persas. Após o custoso combate, correu vinte e oito milhas romanas até Atenas para anunciar a vitória. E morreu de exaustão ao chegar à Acrópole.

Em Brixellum, tivemos nosso Fidípides: um cavalariano de Marius Celsus que entrou a galope no quartel com más notícias.

Vita Dolentis, de Quintus Trebellius Nepos.

XVII

O jovem decurião tem ombros largos, embora um tanto arqueados, é baixo e tenta disfarçar uma calvície prematura mantendo o cabelo cortado rente. Com seu elmo sob o braço esquerdo e a cabeça erguida, ele suporta como pode os olhares que o avaliam.

Diante dele, estão tribunos e centuriões da comitiva do imperador. E o próprio imperador.

– Nós perdemos... – é a quinta vez que Otho resmunga essa frase, articulando-a cada vez mais devagar, como se tentasse engolir um pedaço de pão solado.

O decurião forneceu uma narrativa acalorada, crua e minuciosa da derrota. Embora lhe faltem requintes de eloquência, ele, literalmente, exala sinceridade. Transpira tanto que parece chorar pelos poros. A quase todos que o escutam, porém, sobra teimosia ou falta bom senso. Otho deprimiu-se. Os oficiais da comitiva, com a costumeira exceção de Trebellius Nepos, se encastelaram na descrença.

— Muito sério isso, garoto — Dolens diz, acercando-se, com ares paternais, da orelha do decurião. — Se for mentira, eu juro pela deusa Ops que arranco sua pele e faço um par de chinelos.

— Não assuste o menino! — Otho retruca. E acrescenta: — Eu gostei dele, Trollens.

Dolens, mais contrariado ainda por constatar, pela centésima vez, que Otho César não consegue lembrar seu nome, empenha-se em espremer o decurião como quem aperta uma oliva para extrair a última gota de azeite:

— Morreu todo mundo e você está vivo — ele ataca. — Interessante, não?

— Tribuno — o decurião protesta —, eu não disse que morreu todo mundo.

— Onde estão os outros?

— Refugiados no acampamento de campanha.

— Que fica perto de Bedríaco.

— Sim, senhor.

— Então por que você está aqui, e não lá?

— Fui enviado como mensageiro, senhor.

— Por quem? Cécina?

— Marius Celsus.

— Você lutou contra os vitellianos?

— Com todas as minhas forças, senhor.

— E não foi ferido.

— Pela graça dos deuses, não, senhor.

— Diante das circunstâncias, não há nada que nos obrigue a acreditar em você.

— Os senhores têm a minha palavra. E a minha honra.

— Sua palavra, já ouvimos. Sua honra, não temos como atestar. Você está aqui, falando conosco, e não morto no campo de batalha. O que se pode pensar do primeiro homem que volta do combate? Que foi o último a resistir ou o primeiro a fugir? Você pode ser desertor. Pode ser espião de Vitellius. Pode ser qualquer coisa, mas meu palpite é que você é só um menininho que teve medo de morrer. Quanto vale a sua honra, decurião?

O decurião deixa cair o elmo e, para surpresa de todos, desembainha a espada:

– Minha honra, minha palavra e minha vida são uma coisa só.

Empunhando a espada com as duas mãos, o decurião a enterra no próprio pescoço, o que demonstra que ele não é um menininho com medo de morrer.

Otho César, transido de horror, recua um passo quando o sangue do decurião agonizante lhe alcança o bico das botas.

Dolens, encabulado, encolhe os ombros, querendo se eximir de qualquer culpa no incidente. Nepos o dardeja com olhares de acusação.

Otho dá as costas a seus oficiais e à mortandade, e vai tristemente se refugiar em sua tenda. Ao se afastar, ele murmura alguns versos:

"No mar tanta tormenta e tanto dano,
tantas vezes a morte apercebida!
Na terra tanta guerra, tanto engano,
tanta necessidade aborrecida!
Onde pode acolher-se um fraco humano,
aonde levará a curta vida,
que não se arme e se indigne o Céu sereno
contra um bicho da terra tão pequeno?"

XVI

Marcus Otho César Augustus, *princeps*, imperador e *pontifex maximus*, nasceu no quarto dia antes das calendas de maio do ano 785 da fundação de Roma. Doze dias antes de seu trigésimo sétimo aniversário, os vermelhos da aurora lhe evocaram o sangue desperdiçado de tantos bons romanos. Ele sobrevivera aos desvarios de Nero e tramara o assassinato de Galba. Sua ambição abarcava o mundo, mas era menor do que a culpa acumulada por tantas mortes.

Não era o poder que o seduzia. Era a liberdade. Otho queria ser livre para viver como um semideus, promover festas extravagantes e deitar com as mulheres e homens que desejasse. Na corte de Nero, ele tivera a mais prosaica das epifanias: liberdade é igual a poder. Para ser livre como gostaria, era necessário tomar o Império. A conquista, no entanto, foi paga em vidas, e isso o assustou. Não bastava ter matado Galba, o herdeiro de Galba e os aliados de Galba. Seria preciso matar Vitellius, os comandantes de Vitellius, os filhos de Vitellius, os amantes de Vitellius e algumas dezenas de milhares de legionários de Vitellius. Cada dia de seu principado acrescentava mais um afluente ao caudal de sangue da guerra civil.

Fossem outras as circunstâncias, Otho César poderia ter sido um bom imperador. Era talhado para intrigas políticas e embates oratórios. Infelizmente, até pelas escolhas que fez, ele viveu dias em que o fio do discurso era com frequência rompido pelo fio da espada.

A amarga consciência da inadequação amanheceu com ele no décimo quinto dia antes das calendas de maio.

Vita Dolentis, de Quintus Trebellius Nepos.

XVII

Plotius Firmus, que, sob as ordens de Licinius Próculo, lutou e perdeu em Bedríaco, chega ao acampamento de Brixellum com as estropiadas coortes que conseguiu reagrupar. Está pronto para uma contraofensiva, mas precisa do apoio da escolta do imperador e das tropas de mésios e dalmácios que estão por chegar. Os comandantes graúdos desistiram, mas ele ainda acha possível vencer a guerra, se as forças othonianas revidarem enquanto o inimigo descansa do combate.

Diante da tenda do imperador, Plotius Firmus se depara com Desiderius Dolens, que, sentado num tamborete e abraçado num odre de vinho, o encara com olhos sanguíneos de álcool.

– Que é? – Dolens pergunta, num resmungo etílico.

– Preciso falar com o imperador – diz Plotius Firmus, dividido entre a pena e o desprezo por ver seu amigo naquele estado.

– Vai ser uma conversa monótona. O imperador se matou.

Plotius Firmus arregala tanto os olhos que suas sobrancelhas desaparecem sob o elmo. Depois de um átimo de hesitação, ele corre em desespero para dentro da tenda.

– Não mexa na peruca dele! – Dolens alerta, cioso de seus deveres de guardião da dignidade imperial.

XVIII

Lucius Verginius Rufus, vencedor da batalha de Vesôncio contra Julius Vindex, Gaius Suetonius Paulinus, vencedor da batalha da Britânia contra a rainha Boudicca, Marius Celsus, que não venceu guerra nenhuma, mas sobreviveu a todas, e Licinius Próculo, em quem Otho confiava tanto, todos esses grandes comandantes foram se refugiar em Mutina, quarenta milhas romanas distante de Brixellum, antes mesmo que o cadáver do imperador esfriasse. Com eles, seguiram senadores e cavaleiros que compunham a comitiva othoniana. Plotius Firmus, movido mais pela decepção que pelo medo, também os acompanhou.

Desiderius Dolens, o oficial mais graduado a permanecer em Brixellum, cuidou do funeral do imperador. Ele deu a Otho uma cremação rápida e uma sepultura simples, porém sólida, que até hoje recebe flores todo mês de abril.

Pelo menos dez centuriões e suboficiais, e quase o triplo de legionários, se suicidaram diante da fogueira que consumiu o falecido *princeps*, não por temerem a vingança de Vitellius, mas por amarem a causa othoniana.

Houve quem pensasse que Dolens também se mataria, mais por temor que por amor, visto que Vitellius o havia jurado de morte. Quem o conhecia bem, no entanto, sabia que ele não era um tipo facilmente suicidável.

Vita Dolentis, de Quintus Trebellius Nepos.

XIX

– Morri em combate – Dolens diz, enquanto aperta os arreios de seu velho cavalo Languidus. – Para todos os efeitos.

Os centuriões Trebellius Nepos e Julius Atticus, e o *signifer* alamano Flavus Smerkjan, amigos mais próximos de Dolens nas coortes urbanas, estão diante dele, no estábulo do acampamento de Brixellum, com a consternação de quem acompanha o velório de um defunto que não quer morrer.

— Isso não é deserção? — Smerkjan pondera.

— Prefiro chamar de desobediência civil.

— O senhor é civil, agora? — Nepos retruca.

— Não sou mais nada.

— E o perdão geral? — Atticus teima em lembrar da promessa dos vitellianos.

— Aceitem — Dolens rebate. — Mas não confiem em Vitellius. Ele pode matar todo mundo a qualquer momento, por conveniência ou por capricho. Guardem dinheiro, mantenham a bagagem pronta e tenham sempre um plano de fuga. Não se arrisquem a dormir como inocentes, porque vocês não são.

— Para onde o senhor vai? — Nepos pergunta.

— Se eu disser, vocês contarão aos torturadores vitellianos.

— Vamos ser torturados?! — Atticus se espanta.

— Não sei. Foi por isso que eu disse: tenham um plano de fuga!

— Devemos todos romper nossos juramentos e desertar? — Nepos insiste.

— Juramos fidelidade a Nero e o deixamos morrer. Juramos fidelidade a Galba e o trucidamos. Nosso juramento a Otho era até a morte, mas a dele veio primeiro que a nossa. Em breve, vocês jurarão fidelidade a Vitellius. Será uma jura tão falsa quanto as outras — Dolens dá tapinhas no flanco do cavalo, que o encara com tédio equino, e prossegue: — Juramentos são como a virgindade. Basta romper uma vez — ele monta no cavalo, que se remexe, incomodado com os puxões nas rédeas e as joelhadas nas costelas. — Nenhum de nós é virgem.

Pronto para seguir a galope, Dolens toca a própria testa com a ponta dos dedos e faz a saudação dos legionários:

— Ave!

XX

Publius Desiderius Dolens, antes da fuga de Brixellum, arrombou o cofre onde eram guardados os arquivos da intendência othoniana e, numa fogueira inflamada com azeite, queimou todos os documentos que mencionavam seu nome. Teve esse cuidado por querer preservar a si mesmo e à sua família da ira de Vitellius. Em nome de si e dos seus, converteu-se em nada.

Tal medida, embora útil naqueles dias de desespero, produziu lamentáveis efeitos nas décadas que viriam.

Hoje, quem se dedica a narrar os feitos da guerra civil esbarra nas façanhas de Marius Celsus, Plotius Firmus e tantos outros. O nome de Desiderius Dolens permanece oculto à maior parte dos historiadores.

A tarefa que me impus, mais de cinquenta anos depois daqueles dias tumultuados, foi recriar, para usufruto do Senado e do povo de Roma, as décadas de vida pública desse romano de quem hoje tão pouco se fala.

De Brixellum até Óstia, seguindo pela Via Emília e depois pela Via Flamínia, são trezentos e cinquenta milhas romanas, distância que um legionário em marcha perfaz em dezessete dias. Dolens, um tanto pela necessidade do anonimato e outro por ter caído em funda melancolia, levou mais de dois meses. No correr desse trajeto e desse tempo, o apetite de Aulus Vitellius engoliu o Império.

Dois dias após o suicídio de Otho, e graças à cavalgada insone de mensageiros enviados pelos comandantes vitellianos Cécina e Valens, o Senado deu sua bênção ao novo imperador. O *praefectus urbi* Titus Flavius Sabinus fez as poucas tropas estacionadas em Roma jurarem fidelidade a Vitellius. A plebe, mais necessitada de festa que de informações, saiu à rua para comemorar a mudança.

As tropas vitellianas também festejaram: nas margens do rio Pó, qualquer aldeia vagamente suspeita de ter apoiado Otho foi saqueada e incendiada.

Vitellius, em sua marcha lesmal pelas terras gálicas, estacionara sua comitiva em Lugdunum, sob os rapapés de Junius Bleso, governador da Gália Lugdunense. Fabius Valens e Aulus Cécina foram lá encontrá-lo para prestar homenagens e, naturalmente, para serem louvados e premiados pela vitória.

Também a Lugdunum acorreram Suetonius Paulinus, Marius Celsus, Verginius Rufus, Licinius Próculo e até Plotius Firmus, outrora fiéis comandantes othonianos. Todos declararam simpatia à causa vitelliana e atribuíram a derrota de Otho às sabotagens que eles mesmos engendraram desde o início dos combates. Vitellius obviamente não acreditou, mas, pensando na base de apoio de seu governo, decidiu perdoá-los. Ele perdoou até a Ticiano, irmão de Otho e pai de Sálvia, minha infame madrasta adolescente.

Curiosamente, Junius Bleso, promotor dos festejos da vitória, não mereceu o perdão imperial, embora seu único crime fosse a eficiência: ele era capaz de dar festas melhores que as do imperador, algo que Vitellius não podia suportar. Meses depois, já em Roma, Bleso morreu envenenado.

Exceto por essa pequena vingança, Vitellius mostrou-se magnânimo, mas de uma magnanimidade que se restringia aos altos escalões. A promessa de anistia para legionários e oficiais menores era tão falsa quanto as calendas gregas. Com dois golpes de estilete, Vitellius primeiro condenou à morte centenas de tribunos e centuriões, especialmente aqueles envolvidos no assassinato de Galba, e depois ordenou a dissolução da guarda pretoriana e das coortes urbanas, para substituí-las por efetivos que lhe parecessem mais confiáveis. Muitos othonianos viveram apenas o suficiente para invejar a previdência dos companheiros que se haviam suicidado diante da pira funerária de Otho.

O conselho de Dolens ("guardem dinheiro, mantenham a bagagem pronta e tenham sempre um plano de fuga") mostrou-se acertadíssimo. Aqueles de nós que não foram mortos tornaram-se desertores, como o próprio Dolens.

Tive mais sorte que muitos, porque minha família possuía uma casa de veraneio em Antium, a quarenta e cinco milhas romanas da Urbe. Foi lá que me refugiei. As tropas vitellianas poderiam ter me encontrado sem esforço, se ao menos tentassem, mas, ao que parece, ninguém se preocupou em buscar fugitivos nas *villae* da aristocracia. Meu maior medo era ser denunciado por Sálvia. Felizmente, ela não me considerava um incômodo grande o bastante para merecer tal atenção.

O recluso conforto no qual vivi naqueles dias me ardia em culpa sempre que eu pensava em meus irmãos de armas.

No oitavo dia antes das calendas de junho, Aulus Vitellius e sua funambulesca comitiva pisaram nas terras ainda sangrentas da batalha de Bedríaco, travada quarenta dias antes. Perante o horror dos cadáveres desmembrados e insepultos, Vitellius rebateu as exclamações de asco de seus acompanhantes dizendo que o inimigo morto sempre cheira bem. E promoveu um alegre banquete em meio à putrefação, logo depois de ordenar: "Vejam se Dolens está por aí."

Desiderius Dolens, em sua hesitante viagem do acampamento de Brixellum até o cais do porto de Óstia, vendeu a preço de barganha seu elmo, sua capa, sua couraça, suas condecorações, suas grevas, sua sobretúnica de couro, suas cáligas, sua espada, seu escudo, seu cavalo com todos os arreios e seu anel de cavaleiro. A medalhinha de ferro que representava o martelo do deus alamano Thunraz, ou Thor, segundo algumas grafias, dada a ele como talismã por sua esposa Galswinth, ele trocou por doze canecas de cerveja com um estalajadeiro de origem germana e alma nostálgica. O dinheiro que tinha e o que pôde arrecadar, ele gastou comprando o silêncio das guarnições viárias, que poderiam denunciá-lo a Vitellius, ou buscando alívio na beira da estrada com bebida, jogo de dados e mulheres.

Ao chegar perto de Óstia, ele só tinha de seu alguns cobres, o punhal de legionário e o pequeno abutre de bronze que sua mãe lhe dera.

Vita Dolentis, de Quintus Trebellius Nepos.

Por um punhado de denários

23 de junho a 15 de agosto do ano 69 d.C.

1

É o melhor dos tempos, o pior dos tempos; é a idade da razão, é o despertar da estupidez; é a época da fé e a da incredulidade; a temporada da Luz, a estação das Trevas; é a primavera da esperança, é o inverno do desespero. Temos tudo diante de nós; nada diante de nós. Estamos todos a caminho do Olimpo, ou todos na beira do Hades. Há os que dizem que vivemos a nova Era de Ouro, mas ninguém aferiu a pureza do metal que nos coube.

Há um imperador de queixo pequeno e grande papada, que tem uma esposa insossa e um liberto de mãos macias a quem ele ama; houve um imperador de queixo empinado e baixa estatura, que amou a mulher de outro e se divertia com qualquer criatura que passasse perto.

É o ano 822 da fundação de Roma.

Sob as tochas, na mente da vítima sacrificial, diante do aplauso dos fiéis, da carícia de três virgens e do brilho da lança do executor, estalam talvez lampejos como esses. Impossível saber, porque a vítima é um touro.

O *archigallus* o abençoa, entoando orações que misturam latim e grego ao idioma frígio. As virgens recuam um passo. Os fiéis urram. A lança do *archigallus* mergulha certeira entre as omoplatas do touro, alcançando a artéria aorta, e o mundo deixa de existir. Para o touro.

Lambuzados de sangue bovino, homens, mulheres e eunucos dançam, cantam, empurram-se, trocam cabeçadas e, eventualmente, fodem uns com os outros. Rapazes entupidos de ópio, recém-aceitos como noviços, cortam os próprios testículos com facas cerimoniais de lâmina cega e os depositam, à guisa de oferendas, no altar de Cibele *Magna Mater*. Os que sobreviverem à hemorragia se tornarão sacerdotes.

Um lance de escadas abaixo da orgia, no andar térreo, Desiderius Dolens, a morder-se em desconforto, cumpre a função para a qual foi contratado. Com olhos avivados com delineador e boca traçada em carmim, ele discute com a viúva do proprietário do prédio:

— A cerimônia já vai terminar, minha senhora.
— Os vizinhos não aguentam mais! Vocês precisam gritar tanto?
— É difícil pedir a um garoto que está castrando a si mesmo que seja discreto.
— Vocês com essas orgias, os cristãos com os cânticos deles... Não se pode mais dormir em Óstia? Onde é que vamos parar?
— Eu também gostaria de saber, minha senhora.

A viúva faz beiço, cruza os braços e vai embora. Dolens bufa, saudoso da dignidade que um dia teve e sedento de qualquer coisa alcoólica.

Pândaro desce as escadas, perfumado com gotas de olíbano, salpicado de sangue e trazendo uma taça.

— Com sede, Adámastos?
— Basta de sangue por hoje – se esquiva Dolens.
— É vinho.

Dolens aceita a taça e a bebe num fôlego. Quando vai devolvê-la, Pândaro gruda seu corpo no dele e o beija.

Pândaro sobe de volta à orgia. Dolens, aturdido, seca os lábios na manga da túnica, sem saber se gostou ou não.

ll

Titus Flavius Sabinus, velho senador da República, fora *praefectus urbi* durante o principado de Nero. Otho o havia reconduzido ao cargo. Vitellius seguiu-lhe o exemplo. Flavius Sabinus era famoso por sua honradez, por sua austeridade e por ser irmão mais velho do poderoso Titus Flavius Vespasianus, comandante dos nada desprezíveis sessenta mil homens das legiões da Judeia.

Fabius Valens e Cécina Alienus ganharam o consulado. Asiaticus, escravo liberto e o mais solicitado dos amantes de Vitellius, ganhou, aos dezessete anos, o anel de ouro da ordem equestre, tornando-se cavaleiro.

Vitellius Germanicus, filho de Vitellius *Imperator* Augustus, foi nomeado *legatus legionis*, mas não demonstrou interesse em comandar legionários de verdade, preferindo bonequinhos de madeira, o que não causou espanto em ninguém: o menino, coitado, tinha apenas seis anos.

A caça à "escória othoniana" prosseguia. O objetivo de Vitellius era massacrar todos os plebeus que houvessem tido parte no magnicídio de Galba e na ascensão de Otho. Com tal rigor punitivo, ele pretendia ensinar aos povos do Império que matar um imperador era errado. Obviamente, não fazia isso para honrar a memória de Galba, e sim para, ao desencorajar futuras rebeliões, garantir a própria segurança.

Desiderius Dolens, ex-plebeu, foi partícipe ativo da quartelada que matou Galba. Além disso, devia dinheiro a Vitellius. E o ofendeu em pleno *Forum*. Cortar a cabeça de Dolens era uma das prioridades do novo imperador. Não a primeira, nem a segunda, talvez nem a vigésima quinta prioridade, porque, afinal, imperadores têm muito com que se ocupar, mas, ainda assim, o nome de Dolens estava escrito e sublinhado na lista de Vitellius.

Vita Dolentis, de Quintus Trebellius Nepos.

III

A luz do sol bate nas pálpebras com o ímpeto de um aríete. O rosto franze. Cada músculo facial se retorce em protesto, até que Dolens abre os olhos e, muito a contragosto, se percebe vivo. Está desabado entre almofadas, com a maquiagem derretida e a túnica de porteiro de orgia manchada de vinho, sangue e outros fluidos.

Ele não reconhece o lugar onde está. O cubículo que o *archigallus* lhe oferecera como dormitório, num vão de escada, é muito menor do que esse e não tem janelas.

Um levíssimo ressonar e a mornidão de uma presença o deixam aflito. Ele cria coragem e se volta para a direita.

Pândaro dorme nu ao lado dele, com a inocência de um anjo mutilado.

Dolens respira fundo, enche os pulmões e solta o ar numa bufada melancólica.

O dia começa com beijinhos de Pândaro, que Dolens aceita constrangido. As horas até o meio-dia, ele gasta com esfregão, estopa e balde, lavando o sangue bovino e humano do assoalho da sala de cerimônias do templo.

Depois de um frugal almoço de pão, queijo e azeitonas, Dolens vai até a fonte pública mais próxima, se despe e lava sua túnica. Fingindo não se importar com eventuais olhares de reprovação, ele remove todas as manchas que pode, torce a túnica e torna a vesti-la, molhada mesmo. E senta-se ao sol, na frente do prédio que abriga o templo de Cibele *Magna Mater*, para se secar.

— Ave!

Dolens se ergue, sobressaltado, sem saber que resposta dar à saudação. Mas logo se lembra de que não é mais legionário, nem centurião e nem tribuno. É apenas um ninguém que os eunucos de Cibele equivocadamente apelidaram de Adámastos.

O desconhecido que gritou "ave!" traja roupas de plebeu, tem cabelos cacheados e um permanente sorriso irônico pregado na boca.

— Você que é chamado de Adámastos? — o desconhecido diz.

— Sou chamado de muitas coisas.

— Nem todas elogiosas, pelo que me contaram.

— Se quer puxar briga, procure outro.

— Tem medo de lutar comigo?

— Só preguiça de andar até o cais para jogar seu corpo aos peixes.

— Legionário, não é?

— Porteiro.

— Quando eu disse "ave", a sua reação foi de legionário.

— Sou capaz de outras reações. Você pode não gostar de algumas.

— Ouvi falar das suas reações. E dos três cristãos mortos no cais.

— Não sei nada sobre esse assunto.

— Fique tranquilo. Também não gosto de cristãos. Aliás, foi por isso que vim procurar você. — O desconhecido estende a mão, dando-se a conhecer: — Gaius Vibius Andolinus, filho de Gaius Vibius Andolinus. Pode me chamar de *Filius*.

Dolens, desconfiado, aperta-lhe a mão:

— O que você quer comigo?

— Meu pai é grão-mestre do *Collegium Gerulorum*. Nossa família controla os estivadores de Óstia.

– Bom para vocês.
– Quer trabalhar conosco?
– No cais? Carregando peso o dia todo? Não, obrigado. Achei coisa melhor.
– Um homem que sabe usar o punhal vale mais que um estivador.
– No templo de Cibele, tenho casa, comida e não preciso do punhal.
– Também não precisa das bolas. Já se castrou?
– Quer conferir?
– O que os sacerdotes de Cibele têm a oferecer a um homem como você? A bunda dos noviços?
– E o *Collegium Gerulorum*? Vai me oferecer a bunda dos estivadores? Os noviços de Cibele, pelo menos, são mais lisinhos.

Filius, com desagrado, vê que perdeu o mando da conversa; seu interlocutor é mais astuto e sabe disso. Nada mais lhe sobra, senão despir-se dos volteios da fala:

– Meu pai quer contratá-lo para matar o líder dos cristãos.
– O líder dos cristãos morreu na cruz há mais de trinta anos. É o que dizem os próprios cristãos.
– Há um líder cristão em Óstia. Está bem vivo, criou seu próprio *collegium* e quer assumir nosso negócio.
– Cristãos são empreendedores. É uma qualidade que eles têm.
– Não é uma qualidade bem-vinda em Óstia.
– Como se chama esse santo homem de beira de porto?
– Diátoro de Tégea.
– Grego...
– Cristão, grego e traiçoeiro como um tubarão.
– Por que vocês mesmos não pescam o tubarão?
– Ele se esconde bem.
– Mais uma qualidade dos cristãos.
– O *Collegium Gerulorum* paga impostos e faz doações aos deuses. Os cristãos são clandestinos. Nós somos Roma. Eles são a barbárie!
– Escrevam ao Senado. Peçam a ajuda das legiões.
– O Senado e as legiões estão muito ocupados consertando as merdas que fizeram durante a guerra civil. Foi por isso que meu pai decidiu contratar um desertor.
– Não conheço nenhum desertor – Dolens rebate, com uma leve gagueira de ultraje.

Filius percebe a hesitação e se anima. Recuperou a ofensiva:
– Meu pai paga dois mil sestércios pela cabeça de Diátoro.

Dolens alisa sobre o peito a túnica úmida, observa as próprias unhas, passa a mão pelos cabelos e diz:
– Seis mil.

Depois de uma longa e furiosa negociação, os dois se conformam em fechar contrato por quatro mil sestércios. Mil adiantados; três na entrega da encomenda.

– Que garantia eu tenho? – Filius pergunta, ao apertar de novo a mão de Dolens.

– Se eu não lhes der a cabeça do cristão, venham buscar a minha.

IV

Diátoro de Tégea nasceu nas montanhas da Arcádia, perto, como seu cognome antecipa, da cidade fundada nos tempos míticos por Tegéates, um dos cinquenta filhos do amaldiçoado rei-lobo Licaonte.

A Arcádia é conhecida como a terra dos lobisomens, e Diátoro, segundo eu soube, tinha mesmo algo de lupino em seu aspecto. Aos trinta anos, era encurvado, baixo e magro, mas de modo algum parecia frágil. Seu corpo era uma trança apertada de músculos e nervos. Seus olhos, no fundo de pantanosas olheiras, pareciam nunca piscar. Os grossos fios negros que lhe brotavam dos ouvidos confundiam-se com sua barba. Os tufos que saíam de suas narinas misturavam-se ao bigode. Quando, porém, esse homem de semblante feroz abria a boca, a primeira reação era o riso. Sua voz era desagradável e aguda como uma flauta de Pã rachada, o que lhe valeu o apodo do qual nunca pôde se livrar: Διάτορος, ou Diátoro, que significa "estridente" em grego.

Filho mais novo de um comerciante que comprava lã dos pastores para revender, Diátoro viajava frequentemente a Corinto com seu irmão Epívolo. Ao que parece, foi em Corinto que os dois irmãos se converteram à seita cristã, graças à pregação de Paulus de Tarso. Epívolo voltou à Arcádia. Diátoro, movido por sonhos proféticos, devaneios místicos ou pelo simples desejo de novidade, ganhou o mar até Óstia.

A agudez de sua voz era largamente compensada pela agudez do raciocínio. Assim, por mais malsonantes que fossem suas prédicas, acabavam por encontrar ouvintes. Em poucos anos, ele conseguiu arrebanhar três ou quatro centenas de seguidores e se tornou uma ameaça à guilda local. Os estivadores cristãos queriam se organizar sob as próprias regras, respeitar seus próprios dias santos, quaisquer que fossem, e pagar taxas a seu próprio líder, Diátoro, e não ao líder do *Collegium*.

Gaius Vibius Andolinus, chefão do colegiado, nasceu na beira do cais, filho e neto de estivadores. Já na infância ajudava na descarga dos navios, erguendo muito mais peso do que os seus ossos de menino poderiam suportar. Chegou à maturidade inválido, porém com forças para organizar seus companheiros numa poderosa irmandade. Nenhum barco atracava ou zarpava em Óstia sem pagar tributo ao *Collegium Gerulorum*.

Se a Vibius Andolinus faltavam espinha e pernas, mas sobrava cérebro, a seu primogênito, que, por ter o mesmo nome do pai, era conhecido apenas como *Filius* (Filho) os atributos físicos vinham combinados a um intelecto que, não sendo portentoso, era pelo menos suficiente ao que se destinava: arrancar dinheiro ou sangue de quem lhe passasse perto.

Vita Dolentis, de Quintus Trebellius Nepos.

v

— Mais vinho! — Desiderius Dolens bate com a mão espalmada no tampo da mesa. — E alguma coisa para beliscar, além das moças — ele distribui sorrisos deliciados para as mulheres que estão com ele e dá um beliscão na bunda de cada uma. As duas reagem com gritinhos e tapas de falsa revolta.

Os mil sestércios do adiantamento começaram a ser gastos no instante em que Dolens os recebeu. Em poucas horas, ele alugou um quarto com vista para o mar e foi à melhor casa de termas de Óstia, onde raspou a barba, cortou o cabelo, se fez banhar, massagear, manicurar e untar em óleos. Logo depois, visitou as lojas mais elegantes do comércio local: comprou calçados de couro de vitela, uma túnica de linho e uma toga de lã. Ao espetar seu abutre de bronze na túnica nova, lamentou-se em silêncio: não podia mandar que se costurassem à túnica as tarjas púrpuras que o identificariam como pertencente à ordem dos cavaleiros; em defesa de seu anonimato, precisava se manter plebeu.

Também na defesa do anonimato, embora um tanto mais por curiosidade lúbrica, e principalmente porque podia pagar, ele catou no porto um par de prostitutas que mal e mal falavam latim: uma britana sardenta de pelos pubianos cor de brasa e uma núbia de faiscantes olhos negros e pele escura como noite de lua nova.

— O mundo é injusto — Dolens pondera, quando o taverneiro traz vinho e uma batelada de sardinhas. — Mas, de vez em quando, é injusto a nosso favor.

Pândaro, aflito, entra na taverna e vê Dolens. O jovem eunuco primeiro suspira e depois trinca os dentes, dividido entre o alívio e o ultraje:

— Adámastos! Procurei por Óstia inteira! Pelo amor da *Magna Mater*, o que você veio fazer aqui?

— Viver.

— Sua esposa? — a núbia pergunta a Dolens.

— Parece filha — diz a britana.

O olhar assassino com que Dolens fulmina as duas faz com que elas se calem, amedrontadas.

— Por que você não está na entrada do templo? — Pândaro esbraveja. — O *archigallus* vai ficar furioso!

Dolens esvazia seu caneco de vinho e torna a enchê-lo:

— Eu me demiti. O *archigallus* já sabe.

— Você foi acolhido pela deusa!

— O templo de Cibele me ofereceu um contrato, eu aceitei. Outro empregador me ofereceu outro contrato, também aceitei.

Dolens revira uma sacola de lona que está pendurada no encosto de sua cadeira, recolhe um punhado de moedas de prata e o solta na mesa, diante de Pândaro. Repete o gesto mais duas vezes, confere o total e acrescenta mais duas moedas, perfazendo cinquenta denários, que equivalem a duzentos sestércios, um quinto do adiantamento pago por Filius:

— Minha doação para Cibele. Pela generosidade com que vocês me acolheram.

Pândaro murcha como a chama de um candeeiro sem azeite:
– Você não vai voltar para nós?
– Não.
– Você não é fiel à deusa?

Dolens esvazia outro caneco de vinho e esfrega os olhos, afagando a dor de quem já viu demais:
– Não sou fiel nem a mim mesmo.

Pândaro, humilhado, recolhe as moedas, uma a uma.
– Que a *Magna Mater* não esqueça de você – ele diz, numa bênção ambígua, e vai embora.

Dolens enlaça a britana com o braço esquerdo e a núbia com o direito:
– Vamos ao meu quarto. Tragam as sardinhas.

Tomado por uma ereção que lhe parece sugar a alma, Dolens fode a britana e a núbia até o esgotamento. Dele e delas. Dispensa as duas, acrescentando uma gorjeta gorda ao preço regulamentar. Continua a beber a sós, por horas, como se quisesse que seus miolos virassem azeitonas em conserva. Ao primeiro azul do amanhecer, cambaleia até o cais, diante do *Mare Nostrum*.

Ao sul, não muito longe, fica a Sicília, onde Galswinth, sua mulher grávida de cinco meses, Moderata, sua mãe, e Olímpia, a escrava liberta que ajudou a criá-lo, vivem escondidas, sem saber se um dia ele irá buscá-las, se está morto, se ainda pensa nelas.

Dolens cai de joelhos na laje e chora sua impotência.

VI

Publius Desiderius Dolens, antes de deixar Roma para enfrentar Vitellius no vale do rio Pó, deu oito mil sestércios às mulheres de sua família e mandou que elas buscassem refúgio em Siracusa, maior cidade siciliana. Como veterano das legiões germânicas, ele intuía que as tropas de Otho, em boa parte baseadas na Urbe e sem experiência em combate, poderiam ser massacradas pelos vitellianos. E o próprio Aulus Vitellius prometera a Dolens, nos degraus da Cúria Júlia: "Tomarei sua casa, suas mulheres e sua honra." Dolens não tinha casa; ele nasceu e cresceu num *cenaculum* alugado no bairro da Suburra. Também não era, deve-se admitir, muito cioso de sua honra. Mas amava sua família;

para salvá-la, a escondeu em Siracusa. Quando fosse capturado por Vitellius (naqueles tempos, ele acreditava que "quando" era mais provável que "se"), queria estar sozinho, para morrer sozinho. Assim, seu futuro filho teria uma chance de nascer.

Apenas alguns denários lhe bastariam para contratar um barqueiro que o transportasse a Messana e alugar um cavalo que o carregasse a Siracusa, porém ele temia que os beijos de reencontro se convertessem no beijo da morte. Para proteger os seus, Dolens decidira jamais pôr os pés na Sicília. Fugiria para qualquer canto do mundo, ou permaneceria na borda do porto de Óstia, chorando como uma carpideira e bebendo até morrer.

Vita Dolentis, de Quintus Trebellius Nepos.

VII

Varre as lajes do porto o vento favônio, que seca o suor de quem se esforçou, as lágrimas de quem chorou e o sangue de quem morreu.

Dolens consegue recolher os restos de si mesmo e tenta voltar para casa, embora não se lembre direito em que prédio fica seu quarto alugado.

Seus olhos, tintos de sangue por conta da bebedeira que atravessou a madrugada, sofrem na luz do dia. Sua cabeça dói e ele perambula a esmo pelas ruas vizinhas ao cais. Ainda assim, o instinto de legionário permanece com ele. O instinto e o punhal. Ele sabe que alguém o está seguindo.

Resolve adotar a dissimulação como tática, e para numa das tantas banquinhas de comércio miúdo da viela onde está. O dono da banca é um berbere da Mauretânia que vende animais exóticos. Dolens finge interesse num casal de salamandras expostas numa larga bacia de barro cheia d'água. Isso lhe dá tempo de avaliar o homem que o segue: é jovem, bastante forte, tem cabelos compridos e barba rala. Parece um pescador. Parece desarmado.

O trajeto de Dolens pelos becos de Óstia se torna calculadamente labiríntico. Deixou de procurar seu quarto. Vai caçar o pescador.

Após uma sequência de meias-voltas, curvas e quebras de trajeto, o pescador perde Dolens de vista e empaca, confuso. É quando ele ouve:

– *Veni cum papa!*

Dolens, como um tigre de ressaca, pula sobre o pescador. Imobiliza-o, mantendo o gume do punhal a um leve movimento de cortar-lhe a carótida. E diz:

– Fale o que quiser falar, enquanto ainda tem garganta.
– Sou cristão!
– Boa razão para morrer.
– Você já poupou a minha vida. No cais!

Dolens enfim reconhece o pescador. Era o mais forte dos quatro que haviam atacado Pândaro. Aquele que fugira sem lutar. Dolens não o matara porque teve preguiça de correr atrás dele.

– Garoto – Dolens diz –, depois de escapar uma vez, por que se arriscar de novo?
– Diátoro de Tégea me enviou.
– Sei. Ele mandou me matar.
– Mandou oferecer um contrato.

As sobrancelhas de Dolens se erguem num esgar de surpresa.

VIII

Diátoro de Tégea possuía dois ou três informantes pró-cristãos entre os membros do *Collegium Gerulorum*. Ele soube que um monstro chamado Adámastos seria enviado para assassiná-lo e decidiu se valer da lei humana que está acima de qualquer lei divina: a lei do mercado. Ordenou que um de seus seguidores procurasse Desiderius Dolens e lhe oferecesse quatro mil sestércios pela cabeça de Gaius Vibius Andolinus. Dolens afastou sua adaga do pescoço do emissário, passou a mão pelos cabelos e respondeu: "Vinte mil."

Na dança teimosa de ofertas e contraofertas, o representante cristão foi obrigado a fechar o acordo por doze mil sestércios. Quatro mil adiantados, oito mil na entrega.

Vita Dolentis, de Quintus Trebellius Nepos.

IX

O pingente de prata em forma de cornucópia balança na ponta do cordão de linho.

— Comprei para você — Dolens diz, encabulado.

— Suma da minha frente — Pândaro retruca.

— A cornucópia é símbolo de Cibele! E também da deusa Ops. Somos irmãos de fé!

— Primos de fé.

— Existe o parentesco entre as deusas e existe a fé entre nós.

— Quem foi que me disse: "Não sou fiel nem a mim mesmo"?

— Preciso de aconselhamento espiritual.

— As putas do cais não são boas conselheiras?

— Você é o único amigo que tenho em Óstia.

— "Amizade" não é uma palavra que define o que aconteceu entre nós.

— Posso estar enganado, mas, pelo que me lembro, eu salvei a sua vida.

— E depois me fodeu!

— Você me entupiu de vinho e pulou em cima de mim.

Um leve rubor assoma ao rosto de Pândaro:

— Isso eu não posso negar.

— Então? Aceita meu presente?

Pândaro, meio a contragosto, permite que Dolens amarre-lhe no pescoço o cordão com o pingente:

— O que você quer? — ele murmura.

— Já disse. Aconselhamento.

— Pelo amor da *Magna Mater*, qual questão religiosa pode perturbar um animal como você?

— Animais como eu têm questões simples, que podem ser traduzidas em números. Preste atenção: já recebi cinco mil sestércios. Se eu cumprir uma tarefa relativamente fácil, que inclusive me dará algum prazer, receberei mais três mil. Mas, se cumprir outra, bem mais difícil, recebo oito mil. Qual das duas tarefas você escolheria?

— Eu escolheria a tarefa mais difícil que rende a maior recompensa. Qual é a dúvida?

– A dúvida é que eu quero encontrar um jeito de receber as duas recompensas. Sem morrer no processo.

– Não entendi a metáfora.

– Que metáfora? Pândaro, eu achei que conseguiria viver em Óstia como mendigo, dormindo nos becos e comendo lixo. Só que não tenho vocação para isso. Preciso de dinheiro. E estou com muita vontade de cortar algumas cabeças. Então, do dia para a noite, literalmente do dia para a noite, surgiu uma oportunidade.

– Oportunidade do quê?

– De destruir ao mesmo tempo a comunidade cristã e o *Collegium Gerulorum*. Será meu humilde presente a Óstia. Você pode me ajudar?

X

Pândaro de Tarquínia, sacerdote de Cibele, nasceu bastardo num mês de setembro, fruto das festas da Saturnália de dezembro do ano anterior. Seu pai foi um marinheiro grego. Sua mãe era de uma família de tecelões de origem etrusca, e foi expulsa de casa tão logo o ventre começou a inchar. Ela viveu de mendicância, pequenos furtos e prostituição eventual. Morreu de malária onze anos depois.

Sem mais ninguém, o menino Pândaro deixou o pequeno porto de Tarquínia, metendo-se clandestino num barco. Descoberto, foi espancado pela tripulação e desovado em Óstia, setenta milhas romanas ao sul. Teve muita sorte, considerando que o normal nesses casos era degolar o intruso e jogá-lo ao mar.

Ferido e faminto, foi acolhido no templo de Cibele, e encontrou o que nunca tivera: uma família e um propósito. Precisou, no entanto, pagar o preço, e quase morreu, esvaído em sangue, depois da autocastração.

Quando Desiderius Dolens o encontrou, Pândaro tinha dezenove anos, era fluente em latim, grego e frígio, estudara Homero, Hesíodo, Heródoto e Virgílio, sabia versejar em hexâmetros datílicos e já conhecia todas as dores do mundo.

Vita Dolentis, de Quintus Trebellius Nepos.

XI

Guiado por Pândaro, Dolens se detém decepcionado ante uma porta ridiculamente pequena, quase invisível ao lado de uma peixaria, na quina de uma casa de cômodos de seis andares, pobre, estreita e meio torta, bem longe do cais:

— É aqui?

— Você não disse que confiava em mim?

— Queria ter outra escolha.

— Tem várias. Você pode ir à luta sozinho e virar comida de peixe, pode esperar que alguém venha matá-lo, pode fugir para viver a vida de cão sarnento que o destino lhe reservou, pode cometer um suicídio honroso...

— Obrigado por me lembrar.

Vitorioso, Pândaro dá três pancadinhas na porta minúscula. O leve impacto dos nós de seus dedos basta para que a porta se abra com rangidos de gonzo enferrujado. Surpreso ao mesmo tempo com a facilidade da entrada e com a falta de recepção, Pândaro baixa a cabeça e entra. Dolens, dois palmos mais alto, precisa se dobrar ao meio para segui-lo.

Iluminado por candeeiros de azeite, o interior da loja é inesperadamente amplo e se estende por vários níveis subsolo adentro. Uma sucessão de escadas de madeira dá acesso a um patamar mais baixo, e a outro, e a outro, e a outro e a outro. É impossível contá-los, porque a visão se perde na briga entre a treva e as lamparinas.

À direita de quem entra, há o colossal crânio de um ciclope. À esquerda, o murcho cadáver de uma harpia. Pândaro, amedrontado, se agarra ao braço de Dolens.

— Se você, que conhece a loja, fica desse jeito, suponho que eu deveria estar em pânico – Dolens diz, com desdém.

— Na verdade, conhecer, eu não conhecia. Mas o *archigallus* conta cada história...

— Quem me mandou confiar em você? – Dolens suspira. – Garoto, preste atenção nos detalhes. Essa caveira não é de ciclope. É de elefante. Já vi elefantes serem mortos e retalhados no *Circus Maximus*. O buraco no meio não é o olho do ciclope. É de onde sai a tromba do elefante. Os olhinhos dele são aqueles furos menores, um de cada lado.

— E a harpia?

– Aposto meus colhões que essa múmia foi feita com uma cabeça de macaco costurada num corpo de abutre.

Palmas ecoam.

Dolens e Pândaro se assustam.

Parido das sombras, um homenzinho idoso avança com pés instáveis, espinha torta e mãos quebradiças que aplaudem:

– *Gàn de piàoliang! Gōngxi ni! Gōngxi ni!*

– Que foi que ele disse? – Dolens cutuca Pândaro.

– Não faço a menor ideia.

Os olhos puxados do homenzinho se estreitam ainda mais, acompanhando um largo sorriso de dentes pontudos:

– Apenas saudei o nobre cliente pela perspicácia – diz o homenzinho.

Dolens já viu homens, e fodeu com uma ou duas mulheres, daquele povo de pele amarelada e olhos oblíquos. Sabe que vêm da Ásia de além-Pártia, no Oriente mais distante, e que são chamados de séricos, porque da terra deles se origina a seda, o misterioso e caro tecido que os aristocratas romanos tanto apreciam, embora não façam ideia de como é feito.

Algo, talvez o brilho metálico no olhar do homenzinho, talvez os vincos na testa típicos de quem sofreu muito com decisões difíceis, levam Dolens a ter o impulso de fazer a saudação militar. Mas, à beira de dizer um "Ave!" de braço estendido, ele consegue se conter e cumprimenta com um corriqueiro "Salve!".

– Em que posso ajudá-los? – o homenzinho pergunta.

Dolens se volta em direção a Pândaro, à espera de que o jovem eunuco fale primeiro.

– Viemos comprar armas – Pândaro gagueja, titubeante.

– Que tipo de armas?

– O pior tipo – Dolens não hesita em dizer.

– Gostei de vocês.

XII

Zhu Rong, também conhecido como Wu Er Kan, e mais conhecido ainda como "o grão-ferreiro sórdido", era um mestre de armas que migrou da Ásia e se estabeleceu em Óstia. No tempo da guerra civil, marinheiros e mercadores, depois de um tanto de vinho, juravam que ele era um deus do fogo exilado de terras longínquas, e que teria pelo menos três séculos de idade. Os mais imaginosos o associavam ao próprio Vulcano. Hoje, lendas com igual teor etílico afirmam que ele ainda vive e se refugiou na distante Samarcanda.

Vita Dolentis, de Quintus Trebellius Nepos.

XIII

Dolens testa o equilíbrio do gládio, fazendo o ar zunir com estocadas e cortaduras.

– Lâmina de puro aço forjado na Índia – apregoa Zhu Rong. – Cabo e pomo de bétula. Empunhadura revestida com tiras de couro de corça abatida na lua crescente. Flutua como borboleta, ferroa como abelha.

Diante de Dolens, há um boneco de lona recheado de areia e protegido por uma cota de malha. Dolens enterra o gládio até o cabo no peito do boneco.

– Feito para perfurar qualquer armadura – Zhu Rong acrescenta, orgulhoso. – Setecentos sestércios.

– É caro, mas eu compro – Dolens diz, ao arrancar o gládio das entranhas do boneco. – Com uma condição: também quero uma cota de malha – Dolens apoia a mão esquerda no ombro de Zhu Rong e lhe dá três pancadinhas no peito com a prancha da lâmina. – De preferência, uma que nem este gládio consiga furar.

– Tenho uma perfeita para o seu tamanho – Zhu Rong corre com seus pés frágeis até um armário, abre uma gaveta e, com certa dificuldade, ergue diante de Dolens uma túnica reluzente feita com argolas de metal. – O estilo clássico das legiões forjado em anéis do legítimo aço nórico.

Dolens cutuca a cota de malha com o gládio, avalia-lhe o peso, veste-a. Sente-se protegido como um bebê no útero. Porém, como o útero é metálico e frio, a ilusão de conforto dura menos que um instante. Ainda assim, é uma excelente cota de malha.

– Levo. Quanto é?

– Novecentos sestércios – diz Zhu Rong.

– Você sabe cobrar.

– A satisfação do cliente não tem preço.

– Mas a sua tem.

– Sei de algo mais que pode lhe agradar – Zhu Rong mostra numa prateleira um conjunto de pequenas facas. Ante o desinteresse de Dolens, ele toma uma delas e, aparentemente sem esforço, a solta no ar. A faca se crava até meia lâmina numa viga de madeira. – Facas de arremesso! – anuncia. – Perfeitas para combates à distância.

– Qual é o preço?

– Cinquenta sestércios cada uma.

– Você quer cinquenta sestércios por uma arma que é lançada uma vez e pode não ser recuperada nunca mais? Se tenho cinquenta sestércios para desperdiçar, pago uma puta. Não vou arremessar esse dinheiro em cima de um inimigo.

Desapontado, Zhu Rong estende as mãos abertas, num gesto que abarca a loja em todos os seus desvãos e profundezas:

– Meu humilde comércio certamente terá algo mais que lhe seja útil.

Pândaro, que se encolhera em calafrios, um tanto por medo e outro pela umidade dos porões assombrados, reúne coragem e diz:

– Mestre Zhu, não viemos comprar só armas comuns.

– Nenhuma das armas que vendo é comum, minha jovem.

– Sou homem.

– Você também não é comum.

– Queremos feitiçaria.

Mestre Zhu ergue as sobrancelhas:

– Vieram ao lugar errado. Sou artesão, não feiticeiro.

– Não foi o que me disseram – Pândaro contesta.

Dolens se inclina, aproximando seu rosto escanhoado e amargo do rosto barbado e doce do ancião. Dois pares de olhos castanhos se enfrentam na penumbra:

– Vamos pagar, vovô. Mostre logo os brinquedinhos proibidos.

– É sempre assim. Todos querem feitiçaria. Armas que matem sem ferir, armas que firam sem esforço, poções de morte instantânea! Ninguém aprecia as virtudes de um combate honesto.

– Pretendo lutar sozinho contra dez homens ao mesmo tempo. Talvez mais. Todos armados. Parece honesto o suficiente?

O fogo do olhar e o ácido do bafo de álcool fazem Zhu Rong recuar meio passo:

— Para equilibrar a luta — ele sugere —, o ideal é a magia da invisibilidade.
— Isso existe?
— Chama-se *yān qiú*.

XIV

Érebo, deus grego da sombra, irmão e consorte de Nix, deusa da noite, abençoaria com orgulho certas criações do povo sérico, como a seda, que muitos acreditam ser tecida com fios de neblina, e a *ientioum*, ou seja lá como se escreve tal nome nas línguas do leste, que é a bola de fumaça.

Menos conhecida, menos procurada, menos útil e, por consequência, menos valiosa que a seda, a bola de fumaça é composta por alguns ingredientes fáceis de se obter e por outros muito difíceis, nenhum deles nobre. Seu mistério reside na proporção entre tais ingredientes. Ao que parece, tal proporção não é definida por quantidades mensuradas com rigidez, mas pelo palpite de quem faz a mistura. O resultado é que, em média, de cada duas bolas de fumaça, apenas uma funciona.

Transcrevo a receita, tal como me foi dada.

Queimam-se lentamente, numa panela de cobre tampada, pedaços de madeira de salgueiro até que virem carvão; mói-se o carvão. Ao carvão moído juntam-se enxofre, também moído, e fartas doses de *salnitrum*, substância que se obtém, grão a grão, de quantidades monstruosas de esterco bovino regadas com urina humana e deixadas a apodrecer e fermentar por um ano ou dois. Acrescenta-se muito mel e cozinha-se tudo em fogo brando, até obter uma pasta uniforme, na melhor das hipóteses, ou um incêndio, na pior. Envolve-se a pasta em areia e serragem. Cobre-se tudo com cera de abelha, formando esferas que se possam erguer com o polegar e o indicador. Eis a bola de fumaça.

Arremessada ao chão, ela incandesce e libera uma névoa espessa que arde nos olhos. Em confrontos limitados a poucos oponentes, e de preferência em ambientes fechados, a bola de fumaça proporciona uma camuflagem temporária que permite o contra-ataque ou a fuga. Por conta disso, os mais otimistas chamam-na de "magia da invisibilidade". Ocorre que o difícil preparo, em especial no que se refere ao *salnitrum*, e a grande chance de falha a tornam pouco confiável para o combatente individual, e inútil para o combate de tropas. No campo de batalha, se um dos exércitos desejar uma cortina de fumaça, será muito mais seguro e barato produzi-la queimando lenha verde.

Vita Dolentis, de Quintus Trebellius Nepos.

XV

Na palma da mão de Dolens, a magia da invisibilidade parece uma reles bolota grudenta de cera, com diâmetro pouco maior que um globo ocular humano e aspecto vagamente repulsivo.

– Essa joia bélica da técnica oriental – Zhu Rong propagandeia – custou o suor de muitos homens.

– Todos escravos? Suor de escravo não vale nada.

– A técnica vale muito.

– Se eu jogar a técnica nos seus pés, o que acontece?

– A fumaça nos sufocaria.

– E se a fumaça não vier?

– Foi porque os deuses não quiseram.

– Ser refém dos deuses custa quanto?

– Mil sestércios.

– Vinte vezes pior que as faquinhas de arremesso! – Dolens sacode a pelota de cera diante dos olhos de Zhu Rong, que se retrai, temendo mais o potencial danoso do cliente que o da arma. – Vou confiar minha vida a esta porra?

– Muita gente sobrevive confiando em chances bem menores.

– Ele é o feiticeiro mais poderoso de Óstia – diz Pândaro.

Dolens, fechado em si mesmo, avalia possíveis ganhos e perdas. Não pode ir ao encontro de sua mulher. Talvez nunca conheça seu filho que está por nascer. Sua vida se resume a um infinito tanto faz. E, se tanto faz...

– Mil sestércios – ele diz, pensativamente a jogar para cima e aparar a bolota explosiva. – Cinquenta por cento de chance de funcionar. – Pândaro e Zhu Rong acompanham receosos o sobe e desce. – Tudo bem, eu levo.

XVI

Hércules, o mais forte dos mortais, tinha sua clava. Feita de um tronco de árvore inteiro, era tão pesada que nenhum outro homem a conseguia empunhar. Ájax, herói grego da guerra de Troia, tinha a espada que ganhou do inimigo troiano Heitor, em homenagem a seu mérito guerreiro. Perseu tinha a foice adamantina, que o deus Hermes lhe deu para matar a górgona Medusa.

No tempo antigo em que viviam os semideuses, cada arma era única, tinha história e personalidade. Hoje, nas legiões romanas, graças à padronização imposta pelo cônsul Gaius Marius há mais de duzentos anos, uma espada é uma espada, um punhal é um punhal, um escudo é um escudo. As armas perderam a mística de amuletos e se tornaram objetos utilitários, produzidos às centenas conforme especificações predeterminadas. Especificações que qualquer armeiro autônomo conhece e, caso queira prosperar no ramo, precisa obedecer.

Dentro do modelo básico, porém, são permitidas pequenas variações. Um aço mais duro, uma proteção divina mais forte, uma incrustação de ouro aqui e ali. Infinitas miudezas que só dependem do acordo entre a mão que faz e a bolsa que paga.

Vita Dolentis, de Quintus Trebellius Nepos.

XVII

— Comprei a armadura e o gládio mais caros de Óstia e ainda esse ovo do inferno! Você quer que eu gaste mais?!

— Desejo apenas o favor de seus olhos – implora Zhu Rong. – Tudo aqui está à venda. Não há nada mais que o interesse?

Enfadado, Dolens voeja o olhar pela loja. Caminha para um lado e outro, desce pelos degraus rangentes, espia prateleiras, abre gavetas. Parece encantar-se, ora com um machado, ora com uma lança, ora com espadas, tridentes, arcos, khopeshes, punhais, falcatas, pilos, dardos, foices, navalhas, azagaias e outras armas de todos os talhes. Sua atenção a cada item, no entanto, depressa se converte em tédio. Até que ele tropeça, caído em epifania, num escudo cujos verdes e dourados faíscam à luz das lamparinas.

XVIII

Homero de Esmirna, no canto décimo oitavo da *Ilíada*, descreveu o escudo que Vulcano, deus das forjas, fez para Aquiles. Hesíodo de Ascra, segundo alguns estudiosos, ou um poeta cujo nome a posteridade apagou, segundo outros, descreveu em quatrocentos e oitenta hexâmetros o escudo de Hércules. Publius Virgílio Maro, no canto oitavo da *Eneida*, descreveu o escudo de Enéas. Tiberius Catius Silius Italicus, no canto segundo da *Púnica*, descreveu o escudo de Aníbal.

Sei-me inferior a qualquer um deles, mas tenho setenta e seis anos e pouco a fazer da vida. Perdoem-me, pois, os leitores: descreverei em vinte e sete maus versos o escudo que Dolens comprou do armeiro sérico.

>   Engenhosas mãos, mágicas orientais
>   como em solo romano não se viu jamais,
>   de carvalho bretão em ripas paralelas,
>   tão rijo quanto leve e resistente a tudo,
>   fizeram o mais rútilo dentre os escudos.
>   Coberto pelo couro de puras vitelas,
>   natural atrás, verde profundo na frente.
>   Muralha intransponível a todo oponente.
>   Os tolos tomariam como parentela
>   do aparato ordinário das legiões,
>   mas podia deter quatrocentos leões.
>   Sob o sol, no combate, luzia amarela
>   a face em raios fúlgidos que engaiolava
>   uma corcova de ferro sobranceira e brava
>   onde vinte e sete bronzes formavam, tão bela,
>   uma representação do orbe estelar:
>   diante da Hidra, os Cães de Órion a ladrar,
>   Canopus, luz de Argos, brilhante e singela,
>   o Cruzeiro sob Quíron, deus de quatro patas,

e quatro astros vistos jamais noutros mapas,
a bailar sorridentes, sem qualquer cautela,
tão perto da peçonha vil do Escorpião.
A Virgem, do fulgor de sua constelação
deixava fugir Spica, rebelde donzela
que avançava a pisar nos astros distraída.
Era tal mostra de céu por uma faixa cingida
onde se lia a divisa: *ORBUS IN PROCELLA*.

Vita Dolentis, de Quintus Trebellius Nepos.

XIX

Pândaro mira com desdém o escudo verde e amarelo:

– *Orbus in procella?!* – ele não se conforma com aquele dístico, que significa "órfão na tempestade". – Quem vai ter medo de um escudo que diz *orbus in procella*?

– Um órfão na tempestade é capaz de tudo – Dolens argumenta.

– Você não precisa de um escudo.

– Todo homem precisa de defesa.

– Estamos aqui para resolver um problema de ataque, meu querido.

Dolens empunha o escudo, sente-lhe o peso, executa movimentos de guarda e arremetida:

– Parece bom para a batalha. E ficaria elegante numa cerimônia de sepultamento.

– Achei que a ideia era salvar sua vida, e não planejar seu velório.

– Gosto de pensar nas alternativas. Se eu morrer amanhã, quero este escudo sobre o meu peito na pira funerária. Você cuida dos detalhes?

– Perfeitamente. Flores da estação e um cabrito em sacrifício?

– Um pombo. É mais barato – Dolens se volta a Zhu Rong: – Você ainda não me disse o preço.

– Que preço dar a um objeto perfeito? Couro de vaca sagrada da Índia sobre madeira de um carvalho venerado por séculos pelos druidas da Britânia. Confeccionado por artesãos celtas da ilha de Hy Breasil. Leveza e resistência numa peça única.

– Preço?

— Seis mil sestércios.
— Nem fodendo.
— Cinco mil?
— Pago seiscentos.
— O brilho nos seus olhos sugere um valor mais alto.
— Quando eu quero, compro. Quando eu amo, conquisto.
— Justo — diz Zhu Rong, deixando escapar um risinho irônico. Ele vai até um armário, sobe num banquinho e desce com uma caixa nas mãos. — Eu o desafio!
— Como é?
— O bom cliente merece ganhar por conquista. Se me vencer, o escudo é seu.

Dolens se retrai, confuso:
— Você quer me enfrentar? Você e eu? Só nós dois?
— Por justiça, devo avisar que jamais fui derrotado.
— Adámastos! — Pândaro puxa Dolens pela túnica. — Ele é...
— ... O feiticeiro mais poderoso de Óstia. Já sei. E está me chamando para a briga.
— Se o amável cliente vencer — diz Zhu Rong, ainda a exibir os dentinhos afiados —, leva o escudo por seiscentos sestércios.
— E se você vencer?
— Levo seu coração — Zhu Rong meneia a cabeça em direção a um canto, onde vários potes de barro ladeiam-se em prateleiras. Amarrada na tampa de cada pote, há uma etiqueta de linho com o nome de alguém escrito em sangue seco. — Há os que colecionem cerâmica coríntia, micênica ou sérica. Eu coleciono corações imprudentes.
— Interessante. Quando mais novo, pensei em colecionar orelhas dos inimigos mortos. Para fazer um colar, sabe? Desisti. Atraía muita mosca.
— Suponho que isso significa que o cliente aceita o desafio.
— Acho que sim.
— Não! — Pândaro implora, agarrado ao braço de Dolens. — Você quer que o seu coração vá parar num potinho daqueles?
— Meu coração já esteve em muitos lugares.
— Vamos ao combate? — Os olhos amendoados de Zhu Rong refletem o vermelho bruxuleante das lamparinas. — Ou você tem medo de mim?

– Sinceramente? Não – Dolens diz, e dá um soco no meio da cara de Zhu Rong.

O feiticeiro despenca por um lance de escadas e colide com estrépito numa estante cheia de elmos, que desabam em cascata sobre ele.

A caixa que Zhu Rong segurava se abre ao cair, revelando um mapa quadriculado e dados de jogo, alguns com quatro faces, outros com seis, oito e até vinte faces. Pândaro, em pânico, corre para acudir o velho sérico.

– Ganhei? – Dolens pergunta, dividido entre o constrangimento e o cinismo.

Zhu Rong, atordoado, sussurra algo no ouvido do jovem eunuco.

– Ele disse que pretendia desafiar você num jogo de tabuleiro! – Pândaro responde, em tom de reprovação.

– Deveria ter sido mais claro – Dolens abre um sorriso sinceramente hipócrita.

A despeito, ou talvez por causa do orgulho ferido, Zhu Rong concorda em vender o escudo por seiscentos sestércios, o que faz Dolens se sentir imbecil por não ter pechinchado na compra do gládio, da cota de malha e da bola de fumaça.

XX

Fortuna, deusa da sorte e dos jogos de azar, é tão venerada nos porões quanto nos salões do Império, embora os ricos prefiram as bênçãos de Ops, deusa da abundância. Acredito que Dolens, nascido plebeu da Suburra, declarava-se devoto de Ops menos por fé e mais por desejo de ascensão.

Os devotos de Fortuna frequentemente se viciam em todo tipo de apostas e loterias. Quando ganham, fazem vultosos donativos ao templo de *Fortuna Primigenia* em Praeneste, a vinte e cinco milhas romanas da Urbe. Quando perdem, não é raro que se suicidem.

Zhu Rong, o armeiro sérico, recolhia e guardava corações de suicidas.

Vita Dolentis, de Quintus Trebellius Nepos.

XXI

Diante das sobras do ensopado e de um caneco cheio de vinho falerno, Dolens palita os dentes com uma espinha de pargo. Sentados a sua frente, três homens de Christus: um estivador calvo de pescoço largo e olhos bojudos, o pescador grandão de barba rala a quem Dolens quase matara duas vezes e o baixinho franzino que ele havia espancado num beco.

– Você nos chamou por quê? – insiste o calvo de olhos grandes.
– Para pagar a conta do almoço.
– Isso não faz parte do contrato.
– Agora faz.
O olhudo sorri, contente consigo mesmo:
– Eu avisei ao santo homem. Você não passa de um desertor faminto que quer arrancar dinheiro de quem quer que seja.
Temerosos, o grandão e o baixinho tentam conter o olhudo:
– Ele é perigoso! – diz o baixinho.
– Muito perigoso – o grandão confirma.
– Sou perigoso – Dolens apoia as mãos no tampo da mesa e se ergue: – E faminto.
Os três cristãos se retraem.
– Pedi para me reunir com Diátoro de Tégea. Por que ele não veio?
– O santo homem não se mostra a qualquer pagão – retruca o olhudo.
– Nem em qualquer taverna – o baixinho franzino acrescenta.
– Meu plano para degolar Vibius Andolinus depende da presença do seu homem santo. Pergunte ao amiguinho pescador – Dolens indica com a espinha de pargo o grandão de barba rala. – Quem deseja o maior peixe não pode economizar na isca.

XXII

Gaius Vibius Andolinus chefiava os estivadores de Óstia desde uma cadeira acolchoada na sede do *Collegium Gerulorum*, que era um prédio baixo e feio, porém amplo, no lado leste da Praça das Guildas. Nas poucas ocasiões em que achava preciso inspecionar algo para além dos limites de seu escritório, vigas de carvalho eram encaixadas na cadeira, que, carregada por quatro homens, convertia-se em liteira. As dores e inflamações de seus ossos maltratados impediam-no de permanecer de pé por mais que um instante.

Durante o dia, Vibius Andolinus contava com a proteção de quarenta ou cinquenta homens, entre estivadores, escravos, secretários, ajudantes ou pedintes diversos que fariam qualquer coisa para agradá-lo. À noite, ele se recolhia a sua *villa* murada na Via Ostiense, sob a proteção de pelo menos vinte guarda-costas.

Ao entardecer, depois que a multidão dos acólitos amainava e antes que os guardiões noturnos viessem buscá-lo, havia um momento breve em que o velho grão-mestre ficava aos cuidados de não mais que dez capangas.

Vita Dolentis, de Quintus Trebellius Nepos.

XXIII

O sol sangra suas luzes no Tirreno. As brancas certezas azulecem. Já não é dia. Ainda não é noite. Fecham-se as janelas na alcova dos diurnos. Afiam-se as garras na antessala dos notívagos. Misturada na maresia, a morte paira melancólica.

Dois estivadores montam guarda frente à porta principal do *Collegium Gerulorum*. Cada um deles empunha como lança um comprido gancho de atracagem e traz no cinto uma faca de gume amolado para romper cordas, lonas, redes e pescoços.

Carregando um saco pesado no ombro e o escudo auriverde nas costas, o visitante se aproxima, a suar como cavalo por baixo de uma túnica de lã bem grossa que parece justa demais para ele:

– Salve!

– O horário de visitas terminou – diz um dos estivadores.

– Tenho um presente para o grão-mestre.

Os dois estivadores se entreolham, compartilhando a dúvida, até que um deles retoma a iniciativa:

– Ele o conhece?

Dolens estufa o peito:

– Chamo-me Adámastos.

XXIV

Portuno, deus das portas e dos portos, tinha um altar no *atrium* do *Collegium Gerulorum* repleto de oferendas que lembravam os vários inimigos que Vibius Andolinus enfrentara em quatro décadas como grão-mestre. Podiam-se ver cabeças humanas em diversos estágios de apodrecimento, além de pernas, braços e genitálias. Vez ou outra, um corpo inteiro, vivo, era deixado a definhar preso a correntes. Arranjos florais contrabalançavam a feiura dos despojos. Caros incensos do Egito, da Mesopotâmia e até da Índia ardiam para repelir os miasmas da putrefação.

Desiderius Dolens, com seu pacote e seu escudo, cruzou o *atrium* para encontrar o grão-mestre e seus asseclas no *tablinum*.

Vita Dolentis, de Quintus Trebellius Nepos.

XXV

Sob o crepúsculo e sobre almofadas, a maior preocupação de Vibius Andolinus é uma coceira no joelho esquerdo.

A dor, menos por infligi-la e mais por sofrê-la, ele respeita. Aprendeu nos ossos que não existe dor no singular. Existem dores. Cada uma delas única na maneira com que atinge cada sentido, pois só quem nunca sofreu pode imaginar que todas as dores são táteis. Há também dores de ver, dores de ouvir, de cheirar e de sorver. Em décadas de gota e artrite, Vibius Andolinus elaborou uma tabela mental que lhe permite classificar seus padeceres por aguçamento, nuance, entonação, pestilência e acrimônia.

Seu joelho resolveu fugir à tabela. Coça. A coceira, bastarda irmã da dor, sobrepuja qualquer estoicismo. A dor impele à entrega, leva a mente a um exílio em recantos espirituais muito distantes da carne. A coceira vem para dizer que não há nada além da carne. Desperta inflamadas urgências. Obriga suas vítimas a uma coreografia ridícula de esfregas, abanos, unhadas. A coceira é a dor sem transcendência.

Enquanto Vibius Andolinus coça furiosamente o joelho, o estranho se aproxima, com o saco de lona no ombro e o escudo pendurado nas costas.

— Quem é esse? — o grão-mestre pergunta a seu filho, que, numa bancada de trabalho, confere planilhas de partida e atracagem do porto.

— Esse é aquele — diz Filius, o filho. — Nosso homem!

Dolens, num movimento brusco, solta o saco de lona no chão.

Alertados pela ação do visitante, seis estivadores da guarda pessoal do grão-mestre avançam dois passos.

Dolens recupera o fôlego e se espreguiça, alongando os músculos cansados e a coluna sofrida:

— Vim buscar meu pagamento.

— Não precisava trazer o corpo inteiro — diz Filius. — Bastava a cabeça.

— Achei que vocês gostariam de se divertir um pouco.

Dolens desamarra a boca do saco e liberta Diátoro de Tégea, que, de quatro no piso de mosaico, olha em torno, pequeno, peludo e em pânico.

— Isso é o líder cristão? — pergunta Vibius Andolinus, para quem a coceira no joelho continua a ser muito mais digna de cuidado.

— Foi o que me disseram — é a resposta de Dolens.

— É ele mesmo — diz Filius, avançando até o prisioneiro. — Conheço essa cara feia.

Antes que Diátoro consiga se erguer, Filius lhe dá um chute na barriga. O cristão se revira em agonia.

— Pai, ele é macio! Vou fazer uma almofada para o senhor com o couro do infeliz.

— E o meu pagamento? — Dolens insiste.

— Pague o moço — Vibius Andolinus diz ao filho.

Filius volta para sua bancada, abre uma gaveta e saca, uma a uma, pequenas moedas de ouro. Trinta áureos, que equivalem aos três mil sestércios prometidos.

— Obrigado — Dolens rapidamente cata as moedas. Guarda-as em sua bolsa. Passa rente a Diátoro de Tégea, que lhe dirige um olhar de desespero. Dolens retribui com um tapão na orelha.

— Não vire esse focinho para mim!

— Por que o escudo? — Filius pergunta, quando Dolens lhe dá as costas.

— Comprei de um artesão local. Como lembrança.

— Lembrança dos seus tempos de legionário?

— Não pergunte.

— Todo mundo sabe que você é desertor.

– Quem é todo mundo?
– Todo mundo que tem olhos.
– A imaginação embriaga os olhares.
– Sabe qual é o apelido dos legionários aqui em Óstia? Camarões.
– Porque são cascudos?
– Não. Porque têm merda na cabeça e vivem nas costas do Império.

Dolens sorri com raiva e remexe em sua bolsa:

– Mais uma vez, obrigado – ele tira da bolsa a bola de fumaça. – Eu precisava de incentivo.

Dolens arremessa a bolota ao chão, entre ele e Filius. A cera se rompe, liberando seu recheio: um montinho pardacento inofensivo e vagamente malcheiroso que poderia ter saído da bunda de um frango com problemas intestinais.

– Que porra é essa? – Filius reclama, num esgar de nojo.
– Desperdício de dinheiro – Dolens diz, num suspiro conformado, enquanto saca o gládio com a mão direita e o punhal com a esquerda.

Filius também tem um punhal no cinto. Puxa-o com a presteza de quem está acostumado a matar e atinge Dolens no flanco.

Dolens sente o baque nas costelas. A cota de malha e o colete de couro, que ele vestiu por baixo da túnica, resistem à estocada.

Vibius Andolinus enfim esquece a coceira no joelho:

– Matem esse filho da puta!

Os seis estivadores avançam com suas adagas e ganchos.

– Merda... – Dolens resmunga. Num fragmento de instante, ele avalia a posição, o movimento e a velocidade de cada inimigo, calcula as dimensões do *tablinum*, mapeia as rotas de fuga e conclui com razoável certeza: "Estou fodido."

Ainda assim, por pura falta de alternativa, decide lutar.

Como um tigre desvairado, salta e atinge com o calcanhar o peito de Filius, gira o corpo, rasga com o gládio o ventre de um dos estivadores, enfia o punhal sob o queixo de outro, desvia de um gancho de atracagem, corta os ligamentos do joelho de um imprudente, que cai a ganir de dor, vira-se, deixando que o escudo em suas costas receba os golpes, abre uma garganta, decepa um antebraço e mete o punhal no vão macio entre um ombro e um pescoço, beijando com a lâmina o coração de alguém.

Dos seis estivadores, três estão mortos, um arqueja em agonia abraçado às próprias vísceras e dois berram por socorro. Os gritos daquele que teve cortados os ligamentos da perna são mais altos. O homem que perdeu o antebraço já está quase inconsciente por conta da hemorragia. Vibius Andolinus, em sua cadeira, implora que o filho faça alguma coisa. Diátoro de Tégea reza num sussurro aflautado. Os dois estivadores que vigiavam a porta correm para ajudar. Dolens, ofegante, mantém as duas lâminas sangrentas em posição de ataque. Filius não se intimida, e avança com o punhal:

– Ainda somos três contra um!

– Tudo bem. Eu me rendo. – Dolens baixa a guarda.

Por um átimo, os três homens paralisam, estupefatos.

Dolens golpeia Filius na testa com o pomo do gládio, derruba um dos vigias com uma rasteira, crava o punhal no ventre do outro, mergulha o gládio no diafragma do vigia que tentava se levantar, dá um soco no queixo do vigia apunhalado no ventre e recebe vários golpes de Filius, todos aparados pelo escudo ou pela cota de malha.

– Um contra um – Dolens rosna. – Jamais confie num desertor.

– Sabia que você era desertor!

– Um desertor com dois ferros e um escudo.

– Isso faz de você o covarde e de mim o herói.

– Um herói morto.

– Se eu estivesse assim tão bem armado, a luta seria diferente.

– Ah, é? – Dolens larga o gládio no chão e se desvencilha do escudo que trazia pendurado nas costas. – Agora é o meu punhal contra o seu punhal.

– E a cota de malha?

Dolens repara que sua armadura, sob a luz do luar que recém-brotou nas janelas, brilha por entre os muitos rasgões da túnica apertada que vestiu para camuflar o trincolejo das argolas de ferro. Ele sorri para Filius, como um menino apanhado em travessura, e solta o punhal.

– *Veni cum papa!* – ele diz.

– Ficou louco?! – Diátoro de Tégea interrompe as orações para protestar.

Num bote de víbora, Filius apanha o punhal de um dos estivadores mortos. Seus olhos faíscam de fúria quando ele ataca Dolens com duas lâminas.

"Louco, não. Idiota, como de costume", é o que Dolens pensa, com raiva de si mesmo, enquanto tenta se desviar das arremetidas.

– Não deixe ele escapar! – Vibius Andolinus se debate em sua cadeira.

Com o braço direito, Dolens consegue enlaçar o braço esquerdo de Filius, e aferra a mão esquerda no pulso direito dele. Filius não pode mais se mover, mas Dolens também não pode. Ficam os dois numa dança indefinida de torções, agarros, empurros e atritos, pele a pele, com uma capa de suor salgado de medo entre eles.

– Mais um pouco e eu me apaixono – diz Dolens.

Filius cospe na cara dele.

– Já que ficamos tão íntimos – Dolens insiste, com a saliva de Filius escorrendo de seu rosto –, que tal um beijinho?

Dolens morde o pescoço de Filius, rasgando pele e carne. Filius urra.

Já ocorreu a Dolens, em batalhas e matanças diversas, que o sangue do inimigo lhe respingasse nos lábios. O gosto, mistura de terra molhada, ferro frio e banha de porco, gravou-se-lhe tão indelével que, certa noite, quando ele se deleitava na mornidão das róseas umidades de sua esposa germana – mesmo depois de ela ter insistido que estava no período menstrual – bateu-lhe na língua a má memória: aroma de terra molhada, buquê intenso de ferro frio com notas de banha de porco, taninos suaves e retrogosto doce. Foi uma noite em que Dolens brochou.

Mais por acaso que por intenção, a mordida atingiu uma artéria do pescoço de Filius. Em vez de uma gota no lábio ou de um vestígio na língua, borbotões de sangue humano inundam a boca de Dolens.

Num impulso, ele solta Filius, cai de joelhos e vomita suas três últimas refeições. Seria a oportunidade para Filius matá-lo, se Filius não estivesse morrendo.

– Por quê? – Filius consegue perguntar.

– Dinheiro – Dolens grunhe entre arquejos.

– Ah, bom – Filius diz, e morre.

Filius era um predador frio que raramente matava por ódio, mas com frequência matava por dinheiro. Ao vê-lo morto, Dolens, num laivo de melancolia, se dá conta de que, caso fossem outras as circunstâncias, eles dois poderiam ter sido ótimos amigos.

– Adámastos! – Diátoro de Tégea grita esganiçado, enquanto Dolens ainda está a limpar a boca com os farrapos da túnica. – Acabe o serviço – aponta o cristão para o indefeso Vibius Andolinus –, antes que chegue mais gente!

— Cale a boca, feioso.

Dolens pendura o escudo às costas e o gládio no cinto. Avalia o gume e o fio de seu punhal, enquanto tenta decidir o que seria mais civilizado: degolar a vítima ou quebrar-lhe o pescoço? Nunca matara um inválido antes.

— Rápido! – Diátoro insiste.

— Eu conheço meu trabalho.

Com o punhal em riste, Dolens avança em direção ao velho, mas se detém, constrangido, quando o vê se encolher na cadeira.

— O senhor não pode mesmo levantar e lutar?

Vibius Andolinus, num arranco doloroso, se ergue, apoiado nos braços da cadeira. Dolens, surpreso, recua um passo. O velho grão-mestre fala, em voz marmórea:

— Meu templo, profanado. Meu território, invadido. Meu filho, morto.

Ele empina o queixo, oferecendo a garganta:

— Nada pode me matar mais do que eu já morri.

Dolens arma o golpe, mas desiste. Mete o punhal no cinto.

— Faça o que foi pago para fazer! – Diátoro ordena.

— Ainda falta você me pagar oito mil sestércios.

— Mate o desgraçado!

— Ele é velho. Vai morrer qualquer dia desses.

Diátoro, vermelho de fúria, arranca o punhal dos dedos mortos de Filius.

— *Laus tibi, Christe!* (louvor a vós, Christus) – ele brada e, soltando ganidos e guinchados de cão faminto, apunhala Vibius Andolinus no peito, na barriga, entre as costelas, na virilha, no pescoço, no rosto, de novo na barriga...

Na vigésima terceira punhalada, Dolens alerta:

— Os amigos do morto estão chegando.

Parte da escolta noturna de Vibius Andolinus adentra o *tablinum*.

XXVI

Diátoro de Tégea, sarapintado com o sangue do seu rival, pulou de uma janela do *Collegium Gerulorum* auxiliado por Desiderius Dolens. Os dois atravessaram correndo a Praça das Guildas, embrenharam-se nas vielas entre os armazéns e, a setenta *passus* de distância do massacre, jogaram-se nas águas do Tibre.

Um bote esperava por eles.

Pesado de ferros e couros, sem saber nadar, Dolens quase se afogou. Diátoro e o remador, um cristão de pescoço bovino e olhos de cavalo, precisaram de muita força e alguma teimosia para resgatá-lo, enquanto ele se debatia em pânico.

A bordo, no meio do rio e debaixo da lua, cuspindo águas tiberinas, Dolens, tão logo respirou ar suficiente para não morrer, cobrou os oito mil sestércios que lhe eram devidos. Pretendia apunhalar os cristãos e jogá-los n'água assim que recebesse o dinheiro. Era o ápice do plano, chamado por ele de "humilde presente a Óstia", que arquitetara com o eunuco Pândaro: destroçar numa única noite as duas quadrilhas que oprimiam a população ostiense, o *Collegium* e a cristandade.

Como recompensa, esta nada humilde, ele desejava ao mesmo tempo ser pago por Andolinus pela morte de Diátoro e por Diátoro pela morte de Andolinus.

Diátoro garantiu que os sestércios aguardavam na outra margem, o que fez Dolens manter suas intenções encobertas e seus ferros na bainha. O remador destampou o odre que trazia consigo e ofereceu-lhe um gole de vinho para esquentar os ossos. Dolens, bebedor experiente, me disse ter percebido que o vinho estava batizado com ópio. Mesmo assim, bebeu, levado talvez pelo amor ao vinho, ao ópio ou ao risco.

Nunca recusar bebida era um dos defeitos de meu amigo Desiderius Dolens. Outro era a tendência de, ao contar uma história, exagerar o próprio heroísmo ou a própria loucura, que no caso dele eram uma coisa só.

Vita Dolentis, de Quintus Trebellius Nepos.

XXVII

A extremidade em forma de peixe aquece no braseiro até a vermelhidão. Diátoro de Tégea empunha o cabo de pinho e, com cuidados em que não falta algo próximo à gentileza, marca com ferro incandescente as costelas do cativo.

Dolens desperta com a dor, grita, prageja e se debate. Percebe que está seminu, pendurado pelos pulsos. Seus tornozelos foram amarrados um ao outro. Sente-se indefeso como um porco na hora do abate. A ferida lhe arde no flanco esquerdo, e o cheiro de carne na grelha sobe-lhe ao nariz, coisa que Dolens poderia até achar agradável, se a carne não pertencesse ao corpo dele.

– Você foi tocado por Christus! – Diátoro proclama. Atrás dele, os outros cristãos entoam em coro: "Amém!"

– Posso beber mais um pouco daquele vinho com ópio?

O cristão de olhos bojudos se adianta e lhe dá um soco no estômago. Dolens se encolhe, na medida em que as cordas permitem, tosse e tenta recuperar o fôlego. Quando sua visão fica um pouco mais clara, reconhece, na penumbra, o jovem pescador grandão, acompanhado de mais três homens.

– Se vocês não tinham os oito mil sestércios, era só dizer.

O cristão olhudo presenteia Dolens com outro soco.

Piso de mosaico com várias pastilhas faltando. Paredes mofadas. Revestimento de mármore partido, deixando entrever os tijolos. Nada de janelas, apenas seteiras altas, com no máximo três *digitus* de largura. Dois sarcófagos. Meia dúzia de lápides com as datas de nascimento e morte de uma família de mercadores. É uma capela funerária, das muitas que há na necrópole da *Insula Portuensis*.

– Já que a ideia era me matar, por que não deixaram que eu me afogasse?

– Adámastos – Diátoro, segurando o ferro de marcar como se fosse um cetro, fala no tom mais solene que sua voz permite –, você foi muito útil à cristandade.

– Essa é a maneira cristã de agradecer?

– Queremos que você se torne um de nós.

– Sério? A cristandade deveria repensar seus métodos de convencimento.

Novo soco.

– Por exemplo – Dolens prossegue, tão logo recobra a fala –, comecei a ter uma certa antipatia por esse rapaz.

– Você precisa se arrepender de sua vida de pecado.

– Estou arrependido de negociar com cristãos. É um bom começo?

– Submeta-se a Deus.

– Que deus?

– O Deus cristão.

– Qual deus cristão? O Pai que entrega o filho à morte, o Filho morto-vivo que bebe sangue ou o Fantasma Voador que cospe fogo?

O olhudo capricha no soco.

– Meu fígado não merece isso – Dolens grunhe, com lágrimas de dor queimando-lhe os olhos.

– A natureza de Deus – Diátoro diz, tentando, na medida em que permitem seus dotes vocais, emular um tom paternal – é de difícil entendimento aos pagãos.

– E a vocês é fácil? Não conseguem nem decidir se o deus cristão é um ou são três!

– Deus é as duas coisas.

– Que duas coisas?

– Uno e triplo.

– Então são quatro.

– Três!

– Quatro: o total, considerado como coisa única, e as três frações, consideradas como unidades em si mesmas. É uma questão de lógica. Se o deus cristão é uma criatura coletiva, não é uma trindade, é uma "quaternidade".

O cristão olhudo engata uma sequência de socos, até que Diátoro o manda parar. Dolens leva algum tempo para voltar a abrir os olhos. Fala, antes de abri-los:

– Pensei que o batismo cristão fosse com água e cantoria, não com fogo e pancadas.

– Você não está pronto para o verdadeiro batismo. Mas já carrega o sinal de Christus. Vai carregá-lo para sempre.

Dolens inclina a cabeça e se torce para ver a marca que Diátoro lhe fez nas costelas:

– O sinal de Christus... é uma barata?

– Um peixe!

– O que um peixe tem a ver com os deuses cristãos?

– Você provavelmente não é fluente em grego, é?

– Agora sim, me senti ferido. Claro que entendo grego. A palavra grega para peixe é... difícil de lembrar durante uma sessão de tortura.

– *Ikhthús*. No alfabeto grego, escreve-se com as letras *Iota*, *Chi*, *Theta*, *Ipsílon* e *Sigma*, que são as iniciais de *Iesous Khristós, Theou Yios, Soter*.

As feições de Dolens se crispam numa careta de furiosa ignorância.
— "Iesus Christus, Filho de Deus, Salvador" — Diátoro traduz.
— Interessante. Tenho um código secreto marcado na pele.
— Um acrônimo.
— Acrônimo. Muito bem. Já sei o nome daquilo que dói. Sinto dor no acrônimo — Dolens se remexe, na busca de uma impossível posição mais confortável. — Vamos ver: se me converto ao cristianismo, vocês me desamarram. Se não, serei morto.
— Em termos simples, é isso.
— Ave, Christus! Ou seja lá qual for a saudação que vocês usam. Fui iluminado! Renego minha vida anterior! Quero ser cristão!... Amém?
— Não me parece uma conversão sincera.
Dolens retesa os músculos e respira fundo, antes de falar entre dentes:
— Então me mate.
— Você não quer morrer.
Na cabeça de Dolens saltitam versos de cujo autor ele não se lembra. Em voz de prece, ele os resmunga:

"Feito, ante o algoz, um condenado,
que já na vida a morte tem bebido,
põe no cepo a garganta e já entregado
espera pelo golpe tão temido."

— A que deus são suas rezas?
— Nenhum que você conheça.
Soam batidas à porta do mausoléu.
— Esperamos visitas? — Dolens pergunta.
— Talvez alguém que você conheça — Diátoro rebate.
O pescador grandalhão abre uma fresta na porta e troca três palavras com o recém-chegado, que permanece do lado de fora. Dividido entre o temor e o entusiasmo, o pescador corre até Diátoro para cochichar-lhe algo. O líder cristão exibe os caninos num sorriso voraz:
— Sabemos — ele diz a Dolens — de sua devoção por Cibele, a quem os eunucos chamam de *Magna Mater*.
Dolens começa a rir. Diátoro ergue as sobrancelhas, desorientado.

– Eu não diria devoção – Dolens fala, tomado pela graça do absurdo. – Tenho minhas simpatias pela deusa Ops, mas não sou devoto de ninguém. E não sou eunuco. Pode baixar meu *subligaculum*, se quiser conferir.

O olhudo cerra os punhos. Diátoro o detém. Encara Dolens:

– Você verá que os demônios pagãos nada podem diante do Deus verdadeiro.

A um sinal de Diátoro, o pescador escancara a porta, que se arrasta a ranger nos gonzos. O baixinho a quem Dolens espancara no beco entra, empertigado, carregando uma tábua sobre a qual repousa, coberto por trapos, um volume sangrento.

Dolens se contorce nas amarras:

– Se for o que eu estou pensando que é, vocês estão mortos!

– A bruxa pagã em quem você tanto confiava... – o prazer da vitória faz Diátoro salivar. – A mulher-homem que é o símbolo da depravação! Eis a prova de que nenhum poder é maior que o de Christus!

Diátoro arranca o pano, revelando a cabeça do *archigallus*.

A fúria de Dolens se dilui no alívio por não ser a cabeça de Pândaro em cima da tábua, mas, ainda assim, não lhe faltam motivos para extravasar seu ímpeto assassino:

– O *archigallus* nunca fez mal a ninguém!

– E as almas que ele corrompeu?

– Quando eu me soltar, vocês vão ver o que é ser corrompido.

Diátoro saca o punhal do cinto:

– A conversão falhou. Rezaremos por sua alma.

Em coro, os cristãos entoam a prece grega:

– *Patēr hēmōn, ho en tois ouranois*
hagiasthētō to onoma sou...

Diátoro encosta o punhal na garganta de Dolens.

É a hora da frase de efeito, a última chicotada verbal que rasgará o orgulho daqueles cristãos. Dolens abre a boca e assim permanece: boquiaberto, embasbacado. A verve secou. Nenhuma palavra emerge de sua lodosa angústia. Morrerá como um frango.

Na penumbra da capela mortuária, ninguém vê a bolota de cera que, arremessada através de uma das seteiras, cai no meio das brasas.

Explosão.

Num átimo, a fumaça conquista o lugar. Irrita narinas, trava a garganta, arde nos olhos. Entre tosses, imprecações e tropeços, Diátoro e seus homens abrem caminho para fora, meio cegos sob a lua, sôfregos por um hausto do ar frio da necrópole.

Sem que o vejam, um pequeno vulto toma o caminho oposto.

Abandonado e submerso em fumaça, Dolens já imagina que teria sido menos incômodo morrer por degola que por defumação, quando sente um corpo próximo ao seu. As cordas que lhe prendiam braços e canelas são cortadas. O cabo de um punhal lhe é oferecido.

– Pândaro!

– A honra da *Magna Mater* está nas suas mãos – diz o jovem eunuco.

– Francamente, honra é o que menos me preocupa.

Diátoro e os outros ainda tossem entre as lápides quando Dolens sai do mausoléu, renascido da fumaça, descalço, suado, sujo de fuligem, com apenas o *subligaculum* a lhe cobrir a nudez. Traz o punhal reluzindo na mão direita e um sorriso de predador a faiscar nos lábios:

– *Veni cum papa!*

Os cristãos fogem, apavorados, buscando embrenhar-se no labirinto da necrópole. O baixinho que trouxera a cabeça do *archigallus* tropeça numa sepultura baixa. Dolens o alcança. O baixinho puxa um facão do cinto.

– Foi com isso que você degolou o *archigallus*?

Transido de medo, o baixinho não responde. Dolens esfrega os olhos, que ainda sofrem os efeitos da fumaça, estende os braços, desguarnecendo o torso, e diz:

– Use sua fé, sua coragem, sua raiva ou seja lá o que você tiver. Levante e me mate!

O baixinho tenta obedecer; num pulo, se ergue e arma o golpe. Dolens segura-lhe o braço e crava o punhal até o cabo em seu pescoço.

Assim que o pequeno cadáver tomba, Dolens, com o punhal na mão direita e o facão na esquerda, grita:

– Próximo!

O próximo é o calvo de olhos bojudos e pescoço largo. Quando Dolens o alcança, ele desiste de fugir e ergue os punhos.

– Bom menino – Dolens diz, no tom de quem se comove. E, para surpresa do olhudo, larga o punhal, o facão e também ergue os punhos.

Como Dolens já tivera ocasião de comprovar, o olhudo sabe como dar um soco. Só não é muito bom com os pés. Dolens trança uma perna entre as dele e o derruba. Aplica uma chave de braço e bate-lhe com a cabeça na quina de uma lápide, muitas vezes, até os miolos espirrarem.

– Próximo! – grita, eufórico sob a lua, o carniceiro de Bonna.

Diátoro de Tégea é o próximo. Dolens o encontra empoleirado nos galhos de uma oliveira que cresceu retorcida entre as tumbas e o arranca de lá a pedradas. Chuta-o quando ele cai ao chão, ergue-o pela túnica e grita, chovendo cuspe na cara dele:

– Nós tínhamos um contrato!

– O grão-mestre também fez contrato com você. Isso o impediu de matá-lo?

– Fui eu? Engraçado. Lembro que eram seus os dedinhos peludos no cabo da faca. E lembro dos seus gritos de menina histérica. O velho nem teve como se defender.

– Não teve porque você massacrou todos que o protegiam!

– Um serviço muito bem-feito, pelo qual eu esperava pagamento, não tortura.

– A cristandade jamais confiou em você.

– Quem mandou eu confiar na cristandade? – Dolens puxa a barba de Diátoro, empinando-lhe o queixo para facilitar a degola. – Já cometi esse erro antes, mas sou lento para aprender.

– Os cristãos de Óstia fizeram algo contra você? E os estivadores de Óstia? Fizeram?

– Contra mim, diretamente? Nada.

– Então por que você se meteu na nossa briga?

– Porque me ofereceram dinheiro!

– E se você dissesse não? Ao *Collegium* e a nós?

– Continuaria com a vidinha besta de porteiro do templo da *Magna Mater*.

– É humilhante servir a uma demônia pagã?

– Não nasci para servir a quem quer que seja.

– Talvez você também não tenha nascido para que o sirvam. É esse o seu medo?

Dolens recolhe o punhal, mas mantém a mão esquerda firmemente aferrada na barba de Diátoro, que prossegue:

— A pergunta que nos define não é a quem servimos. É para o que servimos.

— Sério que você ainda vai tentar me converter?

— Quero salvar sua alma.

— Tenho braços que você alugou para massacrar estivadores, tenho uma cabeça que dói de ressaca e tenho olhos que não confiam no que enxergam. Dizem que não tenho coração, mas meu fígado trabalha em dobro. Alma, se eu tivesse, venderia.

— Eu o perdoo.

— Você me perdoa? Você?!

— Com meu último fôlego, pedirei a Deus que o ilumine – Diátoro aponta seu pomo de adão ao céu: – Pode cortar.

— Será um prazer.

Dolens arma o golpe, porém não o desfere. Bufa, desapontado. Recolhe a lâmina e solta a barba do cristão. Senta-se numa lápide, com vergonha de si mesmo:

— Brochei.

— Desculpe, mas não entendi.

— Perdeu a graça. A raiva passou.

Dolens joga o punhal aos pés de Diátoro:

— Mate-me você, se quiser.

— No momento em que eu tocar nessa arma, você terá o pretexto da autodefesa. E poderá me trucidar sem culpa. Não é verdade?

— Dá certo na maioria das vezes.

— Que a arma permaneça no chão. E que nossos caminhos jamais se cruzem novamente, se Deus permitir.

— Volte para o buraco onde você mora e me esqueça.

— Hoje, Adámastos, Deus nos ofertou um pequeno milagre. Amém!

— Amém. Seja lá o que isso signifique.

Diátoro de Tégea se afasta, mantendo um olhar de soslaio em Dolens. Consegue andar três passos. Justamente no terceiro, pisa em algo que poderia ser um galho ou uma raiz, mas é uma víbora-áspide.

Assustada, a cobra lhe morde o tornozelo.

Diátoro pula e esperneia, tentando se livrar do réptil, até cair vitimado pelas dores do envenenamento. Dolens nem faz menção de se erguer. Apoia o cotovelo na coxa e o queixo na mão, e pergunta:

— Isso também foi um milagre?

— Às vezes — Diátoro diz, entre arquejos —, uma cobra é apenas uma cobra.

— Sei.

— Procure ajuda!

— Reze.

Dolens continua sentado na lápide, sob a lua, a refletir melancólico sobre o absurdo da vida, enquanto Diátoro geme, revira os olhos, delira e se debate. Quando finalmente o cristão se queda imóvel, Dolens conclui que ele morreu e decepa-lhe a cabeça.

A tampa do sarcófago ostenta, em mármore pintado, a estátua jacente de um cavaleiro romano abraçado a sua esposa. Protegido pela sombra do casal, o jovem pescador grandalhão se esconde.

Como estilhaços de lua, três denários lhe caem no peito.

— Para cobrir suas despesas — Dolens diz. — Vá a Roma. Procure seus irmãos de fé. Encontre o *Episcopus Romanus*, chefe de toda a cristandade. Ele me conhece.

A cabeça de Diátoro cai no colo do pescador.

— Diga que Desiderius Dolens, filho do padeiro, mandou um presente.

XXVIII

Titus Flavius Vespasianus, governador da Judeia, opressor da revolta judia, líder de sessenta mil legionários e irmão do *praefectus urbi* Flavius Sabinus, evitava tomar decisões importantes sem consultar-se com seu astrólogo, um liberto sírio chamado Seleuco, que o encantava com profecias sobre a conquista do mundo por um grande homem que viria do Oriente. A rigor, não se pode dizer que Vespasianus, nascido em terra itálica na aldeia de Falacrina, fosse um homem vindo do Oriente; ele estava no Oriente porque Nero havia ordenado que ele fosse para lá. Tais pormenores, no entanto, pouco significam para quem tem fé no destino e muita autoestima.

O governador da Síria, Gaius Licinius Mucianus, também inflava as ambições de Vespasianus, um tanto por gostar dele, outro tanto por desgostar de Vitellius e um tanto maior por imaginar que, se bem conduzida, uma nova guerra civil poderia torná-lo mais rico que o rei Midas.

Para além do furor da riqueza, era o anseio de vingança que movia Marcus Antonius Primus, nascido na Gália e legado da *Legio Septima Galbiana*, a qual, depois de lutar a favor de Otho em Bedríaco, fora confinada por Vitellius às florestas da Panônia. Qualquer pretexto ou qualquer líder bastariam para impeli-lo à guerra.

Tiberius Julius Alexandre, cavaleiro romano de origem judaica e governador do Egito, somou a desconfiança que tinha da administração vitelliana com seus desejos de poder e adiantou-se aos outros revoltosos: nas calendas de julho, reuniu seus legionários e proclamou Flavius Vespasianus como o novo imperador.

Aulus Vitellius, a quem várias legiões do Ocidente apoiavam sem muita convicção, acabava de perder o Oriente.

Desiderius Dolens, enfurnado em Óstia, nem fazia ideia de tais ocorrências.

Vita Dolentis, de Quintus Trebellius Nepos.

XXIX

— Não tenho mais idade para isso — Dolens se queixa, prostrado em seu cubículo no vão da escada que leva ao templo de Cibele. Cada músculo de seu corpo, e nem são tantos assim, e nem muito vistosos, irradia dor em inflamados protestos. A queimadura em forma de peixe é uma ferida serosa e latejante.

— O que posso fazer para aliviar seu sofrimento? – pergunta Pândaro.

— Corte meu pescoço. Ou me traga ópio. O que for mais rápido.

— Trouxe um pouco de vinho.

— "Um pouco" é pouco. Mas já é um começo.

— Você venceu, Adámastos. Destruiu o *Collegium Gerulorum* e os cristãos. E foi pago por isso!

— Mal pago. Diátoro me devia oito mil sestércios. Virei do avesso o cadáver dele e encontrei sabe quanto? Vinte e seis sestércios, três asses e um pedaço de pão velho. Se eu acrescentar na conta o fato de que o *archigallus* foi morto por minha causa, que motivo tenho para me considerar vencedor?

— O *archigallus* foi um mártir da nossa fé. Cibele está satisfeita.

— Uma coisa que não suporto nos deuses, em qualquer deus, é justamente isso: todos eles gostam de sangue.

— Talvez eu seja escolhido como o novo *archigallus*.

— Agora entendi o porquê de não ter visto nenhuma lágrima nesse rostinho.

— Você me ama, Adámastos?

— Não.

Silêncio pasmo.

— Por que a surpresa? – Dolens diz, num dar de ombros. – Quando pensei que você havia sido morto, fiquei desesperado. Quero que você viva e seja feliz. Mas não comigo.

— Você não precisa de punhal para destroçar um coração.

— Nasci na Suburra. Lá, os homens são homens. E as mulheres, geralmente, não.

Pândaro, magoado, se apruma todo e abre a porta do cubículo.

— Aonde você vai? – Dolens ese aflige.

— Para qualquer lugar longe de você.

— Não! Fique.

— Por quê?

— Não quero morrer sozinho.

— Você não vai morrer.

— Quem garante?

— Cibele gosta de você.

— Nenhum deus gosta de mim.

— Você foi salvo por milagre.

— Fui salvo pela bola de fumaça que você jogou no meio dos cristãos. Onde você a conseguiu?

— Comprei do mestre Zhu, ora. Com dinheiro da urna de esmolas do templo. O que significa que você deve mil sestércios a Cibele.

— É o resumo da minha vida. Não importa o que eu faça, acabo sempre devendo dinheiro a alguém.

— Foi um dinheiro muito bem empregado.

— E se a bola de fumaça falhasse?

— Mestre Zhu não nos disse que, de cada duas bolas de fumaça, uma estourava e a outra não? Então! Se a primeira não estourou, era garantido que a segunda estourasse.

— Você não entende nada de probabilidade.
— Estudei Pitágoras.
— Veja só: se um dado de jogo tem seis lados, existe uma chance em seis de conseguir uma jogada de seis pontos, não é? Mas é possível lançar o dado seis vezes, ou seiscentas vezes, e em nenhuma delas conseguir um seis.
— Deuses não jogam dados.
— Se você prefere pensar assim...

XXX

Aulus Vitellius Germanicus *Imperator* Augustus, imerso no suarento verão de Roma, recebia as más notícias em parcelas cada vez mais preocupantes: movimentação de tropas na Judeia; distúrbios em Berytus; defecção na Síria; motim no Egito; rebelião declarada na Mésia, na Dalmácia e na Panônia.

Quando, em fins de julho, chegou-lhe às mãos uma moeda de ouro cunhada no Oriente com a efígie do imperador Flavius César Vespasianus Augustus, o sangue em suas veias congelou sob o sol do Palatino.

Por esses dias, mensageiros da revolta cavalgavam pelo Império à procura dos pretorianos e urbanicianos de Otho, para recrutá-los à causa flaviana em troca da restituição de cargos e dignidades. Um desses mensageiros alcançou-me em Antium.

Ninguém conseguiu encontrar Desiderius Dolens, mas, de boca a ouvido, os boatos da guerra se espalharam, até se tornarem, por volta dos idos de agosto, assunto corrente nas tavernas de Óstia.

Vita Dolentis, de Quintus Trebellius Nepos.

XXXI

A capa vermelha pendente dos ombros, a cota de malha ornada com a triste medalha em forma de urubu, as grevas de bronze a proteger as canelas, o calção de montaria escondido sob a túnica de linho e a sobretúnica de couro, as botas com cravos na sola, o gládio e o punhal nas bainhas e, pendurado às costas, o escudo verde e amarelo. À falta de elmo, um chapéu de palha de abas bem largas, inútil proteção em batalha, mas bom resguardo numa jornada a pé debaixo do sol de agosto. Na bolsa, tudo o que restara da aventura ostiense: oito moedas de ouro e trinta moedas de prata, equivalentes a menos de mil sestércios. Um legionário raso viveria durante um ano com essa quantia. Dolens, conhecedor dos próprios hábitos, calcula que conseguirá se manter por uns três meses.

– Você é mais louco do que eu pensava – diz Pândaro.

– O destino me chama.

– Desde quando você acredita no destino?

– Não acredito. Mas "o destino me chama" é uma boa frase numa hora destas.

– Seus inimigos não estão em Roma?

– Todos eles.

– O que você ganha, indo para lá?

– Se tiver sorte, uma carta de recomendação de Flavius Domiciano, meu antigo chefe nas coortes urbanas. Domiciano é filho de Vespasianus.

– Vale a pena arriscar a vida por uma carta?

– Considerando que minha vida não vale nada, sim. Com uma carta de Domiciano, posso me juntar às tropas do Oriente sem que pensem que sou espião.

– É uma longa viagem até o Oriente.

– Nem tanto. O Oriente está vindo para cá – ele ergue a mão à testa, na saudação dos plebeus e diz antes de partir: – Ave, Pândaro.

– Adeus, Adámastos – diz Pândaro, represando uma lágrima.

XXXII

Pândaro de Tarquínia, aos dezenove anos, tornou-se *archigallus* do templo de Cibele em Óstia.

O *Collegium Gerulorum* e a comunidade cristã, enfraquecidos com a perda de seus líderes, abrandaram as hostilidades, o que tornou bem mais fácil a vida dos portuários autônomos. Gradualmente, a tolerância mútua converteu-se em parceria, até que, tempos depois, na sede do *Collegium*, um pequeno altar cristão foi erigido à sombra do altar de Portuno, pobre deus Portuno, que não tinha como se defender da fome de exclusividade do novo vizinho.

Nunca mais um fiel de Cibele *Magna Mater* foi perseguido por quem quer que fosse. A lenda do monstro Adámastos atravessou décadas.

Vita Dolentis, de Quintus Trebellius Nepos.

XXXIII

Marrom ferroso, amarelo de orpimenta, verde do azinhavre, vermelho de grã, vermelho de garança e até vermelho de sangue de dragão, em tintas e pátinas, colorem os mármores dos templos e os tijolos das casas de cômodos. O calor ferve pedras e faz a pele crepitar. Os miasmas da malária aguardam as horas noturnas. A merda produzida por um milhão de orgulhosos citadinos escoa pela *Cloaca Maxima* até o Tibre, dando à Cidade Eterna um odor de finitude. Esta é Roma em agosto.

O bordel, que ocupa os dois andares mais altos de uma *insula* de esquina, tem as paredes cobertas por afrescos de casais trepando. E por vários grafitos riscados a estilete ou à unha: "Fulano fodeu cinco putas numa tarde", "Beltrano fez um estrago", "Sicrano conseguiu umazinha de graça". Um puteiro em nada diferente de qualquer outro na Suburra, exceto por ter um órgão hidráulico ao lado da janela do *vestibulum*.

Uma escrava corcunda recebe os clientes. Um escravo rapazote oferece, mediante pagamento adiantado, vinho ou *posca*.

Desiderius Dolens, que deixou tombar com estrépito no piso de madeira o saco de lona onde carrega sua armadura e suas armas, contempla, paralisado de espanto, o teclado reluzente.

Rutília, ajeitando as roupas, vem da área privada:

– Não acredito! Dolens?! Você voltou!

– Voltei e também não acredito. Foi nisso que você gastou o dinheiro que eu dei?

– É um *hydraulis* da melhor qualidade, construído por um grego de Alexandria.

– Aqueles dois mil sestércios eram para você mudar de vida!

— Mudei. Agora trabalho no único bordel da Suburra que tem um órgão hidráulico. Só falta achar alguém que saiba tocar...

Dolens esfrega as mãos no rosto e bufa, enquanto o dragão da raiva murcha e se transforma na lesma da melancolia:

— Eu sei.

Depois de estalar os dedos, ele faz um sinal à corcundinha e ao rapazote:

— Você, alavanca esquerda. Você, alavanca direita.

A dupla de escravos começa a mover as alavancas que bombeiam a água do reservatório na base do monstrengo de madeira e bronze.

Dolens pousa as mãos no teclado e canta, acompanhando-se no *hydraulis*, uma música que aprendeu na Germânia com um organista lusitano, no tempo em que dividia sua juventude entre o tédio e a bebedeira no quartel de Bonna:

— *Vita insana, vita, vita brevis,*
si non possum ducere te,
volo ducat me.
Vita insana, vita, vita immensa,
nemo nobis ignoscet,
scelum nostrum non reddetur.

O CHAMADO DE CATULO

16 de agosto a 21 de outubro do ano 69 d.C.

1

A coluna à extrema esquerda estremece e tomba para a direita, derrubando a coluna ao lado, que derruba a coluna seguinte, e assim todo o pórtico da Cúria Júlia vem abaixo. A Basílica Emília e a Basílica Júlia se partem em lascas, como se feitas de pão velho. A plataforma dos Rostros ondula e se esfarela. Uma fenda se abre no *Forum*. Das vísceras da terra, irrompe o Grande Antigo, mais alto que a maior das sete colinas, sedento do sangue dos infiéis, faminto da culpa dos inocentes.

Dolens emerge do pesadelo, mas a cama ainda treme.

– Terremoto de novo?! – Rutília acorda aos resmungos.

"Nada pior para a ressaca do que um terremoto ao amanhecer", Dolens se queixa consigo, antes de dizer em voz de caverna:

– Vamos descer, antes que essa merda desabe.

O prédio do bordel se mantém de pé. Ao final do tremor, mesmo construções mais frágeis sobrevivem, apesar de uma ou outra rachadura. Às cotoveladas na rua, o povo arrancado de casa resmunga contra o destino, os augúrios e os deuses. É o terceiro terremoto do mês.

– Três pequenos! – grita um barbudo com esgares de profeta. – Logo virá o grande!

Rutília se assusta.

– Esse sujeito pensa que os terremotos funcionam igual à flatulência dele – Dolens diz, numa tentativa de acalmar Rutília.

Como Dolens não se importou em falar baixo, o aprendiz de profeta lança-lhe um olhar raivoso. Dolens retribui com olhos de assassino recém-acordado. O aprendiz de profeta resolve pregar o fim do mundo em outra esquina.

— Vou preparar alguma coisa para comer – diz Rutília. – Mas com uma condição: não faça cara feia para os meus clientes.
— Não tenho intenção de atrapalhar seu serviço. Vou encontrar Nerva. Espero que ele me leve a Domiciano.
— Volte depois do almoço. Não esqueça que você tem um novo emprego.
— Músico de puteiro...
— E animador de orgias.
— Não abuse.

ll

Lupa Rutília, prostituta da Suburra, era plebeia filha de um tecelão. Seu pai foi levado pela Febre no mesmo ano em que sua mãe morria no parto de um irmãozinho.

Aos doze anos, ela era uma criança órfã com um bebê nos braços.

Rutília vendeu sua pureza a quem quisesse pagar. Vendeu-se por moedas de cobre, vendeu-se por uma caneca de leite ou por um punhado de farinha de trigo, vendeu-se até por promessas que ela mesma duvidava que fossem cumpridas.

Seu irmãozinho morreu antes de completar um ano. Cedo demais. Tarde demais. Rutília nunca mais voltaria a ser a filha do tecelão.

Aos quatorze anos, ela recebeu na cama um menino trêmulo, da mesma idade que ela, com um punhado de moedas e o hálito do vinho que bebera para criar coragem. Ele mal sabia o que fazer. Ela era um bicho com dentes e garras.

Desiderius Dolens se apaixonou. Rutília foi seu primeiro e mais sincero amor.

Ele jamais deixou de procurá-la. Mesmo depois de casado.

Vita Dolentis, de Quintus Trebellius Nepos.

lll

Non mortuus est etiam qui aeternum iacet.
Et post omnes aetates quidem ipsa mors morietur.

Indeciso em seu jardim, Cocceius Nerva morde a haste do estilete. A tradução é aproximativa. No original não é "quem", mas "o quê"; em vez de "eras", o correto seria "éons", e ainda há um advérbio que indica possibilidade, não certeza.

"Foda-se", ele conclui. Entre a boa tradução e o bom latim, fique-se com o que couber na métrica:

"Não está morto quem eternamente jaz.
Depois de eras, mesmo a morte morrerá."

O papiro parece satisfeito. Nerva, o senador, tem trinta e oito anos; *Nekronomaeikon*, o papiro, tem mais de um século, e ainda assim é uma cópia relativamente nova de uma coleção de versos composta seiscentos anos antes.

Entre o senador e o manuscrito, firmou-se uma cumplicidade. Algo na trama das fibras ou no tremor da caligrafia parece sinalizar, pelo menos aos olhos de Nerva, de que forma aquelas palavras nascidas no dialeto homérico desejam ressuscitar em latim.

— Agapóscafo... Mais um grego de quem nunca ouvi falar.

Nerva estremece num espasmo, como se lhe arrancassem a alma pelos tímpanos. A voz era bem mundana, mas talvez tivesse vindo de outro mundo: quem falou, depois de ler de esguelha o nome do autor na etiqueta do papiro, foi um fantasma.

— Ave, senador — Desiderius Dolens estende o braço em saudação.

— Você está vivo!

Apophis, o soturno escravo egípcio de Nerva, surge por trás de Dolens:

— Senador, esse homem acaba de pular o muro.

— Na minha atual condição — Dolens se justifica —, vale a pena ser discreto.

— Uma criatura desse tamanho pulando o muro de uma casa de respeito em pleno dia não é uma visão discreta — Apophis contrapõe, o que lhe vale um resmungo de ódio da parte de Dolens:

— Eu tentei ser discreto.

— O que deu em você para voltar? — Nerva sacode Dolens pelo braço. — Vitellius quer sua cabeça!

— E eu quero a dele.

— Que bom. Vá ao Palácio. Se pedir com educação, quem sabe você consegue?

— Pretendo me juntar às tropas de Flavius Vespasianus.

— Até onde sei, Vespasianus está a umas três mil milhas de Roma. Será que você não chegou um pouco cedo para o encontro?

— Domiciano está em Roma, não está?

— Entendi. Você quer a assinatura daquele moleque num documento que diga que Publius Desiderius Dolens é um valoroso centurião...

— Tribuno.

— Desculpe. Um valoroso tribuno, fiel aos mais arcanos princípios da República.

— Algo nesse tom. O senhor acha que seria possível?

— Domiciano vai cuspir em você.

A terra treme, por alguns instantes.

— Qual deus estará de mau humor? – Dolens pergunta, mais aborrecido com o incômodo presente que temeroso de futuros desastres.

— O *Nekronomaeikon* – Nerva comenta, indicando o papiro – diz que os terremotos são espasmos dos Grandes Antigos.

Dolens se lembra do sonho que teve; o sangue lhe endurece nas veias:

— Quem são os Grandes Antigos?

Nerva sorri, feliz pela oportunidade de se exibir em seu novo passatempo:

— Segundo Agapóscafo, os Grandes Antigos são deuses mais velhos que Gaia, mais velhos que Urano, mais velhos que o Caos. A *Teogonia* de Hesíodo diz que o Caos veio antes de todas as coisas. O *Nekronomaeikon* fala das entidades que pariram o Caos.

— Interessante – Dolens diz, amedrontado.

— Serei o primeiro autor latino a traduzir o *Nekronomaeikon* na íntegra.

— Boa sorte. Para nós dois.

IV

Marcus Cocceius Nerva, aristocrata de família razoavelmente ilustre, ainda não havia ganho o anel de senador quando conheceu Dolens, em meio às cinzas e cicatrizes do Grande Incêndio. Dolens era centurião da *Legio Prima Germanica*, sediada em Bonna, capital da Germânia

Inferior, e estava em licença na Urbe para cuidar dos ritos funerários de seu pai, cujo corpo desaparecera no fogo.

Durante sua breve permanência, Dolens se ofereceu para trabalhar nas brigadas de remoção de escombros, movido um tanto pelo desconcerto de não ter encontrado sequer a ossada do pai, outro tanto pelo desejo de ajudar os vizinhos, mais um tanto por amar a Urbe e, talvez em maior medida, por puro tédio, pois a Roma viva e lúbrica da qual ele sentia tanta falta virara um cemitério. Ao remexer nos restos de uma *insula*, ele se deparou com o cadáver semi-incinerado e já bem decomposto de uma mulher. Era a mãe de um velho cavaleiro, o qual, assim como o próprio Dolens, havia perdido a esperança de ter um corpo para sepultar. A euforia da gratidão fez com que Dolens fosse convidado para o funeral. Com disfarçada má vontade, ele foi.

O velho cavaleiro era afilhado da família Cocceiana e soterrou Dolens de elogios ao apresentá-lo a Cocceius Nerva, cunhado de Fabius Valens, comandante da *Legio Prima Germanica*. Nerva encantou-se ao saber que Dolens era um veterano cão de guerra conhecido como "o carniceiro de Bonna".

Nasceu assim a relação de afilhado e patrono entre os dois.

Dolens sempre desejou um patrono aristocrata. Nerva era menos poderoso do que ele gostaria, mas, de algum modo, poderia ser-lhe útil, como de fato foi, várias vezes.

No ano 822 da fundação de Roma, meia década depois do Grande Incêndio, Dolens era um proscrito e tentava sobreviver. Nerva era senador e gastava suas horas de ócio com tentativas de traduzir para o latim o *Nekronomaeikon* ("Retrato dos nomes mortos"), de Agapóscafo.

Um século antes, Catulo, nosso grande poeta, havia tomado para si a mesma tarefa, mas morreu quando mal a começara, em pleno vigor dos trinta anos. Seu corpo teria sido encontrado com a mão direita crispada sobre o mesmo manuscrito que Nerva viria a adquirir.

Aos que lhe perguntavam "por que traduzir um poeta menor como Agapóscafo?", Nerva sorria, misterioso, irônico, e dizia apenas que recebera "o chamado de Catulo".

Vita Dolentis, de Quintus Trebellius Nepos.

v

— "Discurso após discurso é proferido, cidadãos de Atenas, quase em toda Assembleia, sobre os ataques injustos que Felipe da Macedônia vem cometendo, não só contra vocês, mas também contra todos os povos gregos, desde que propôs a paz. E, ainda que ninguém o diga a plena voz, todos, pelo que sei, concordamos que convém falar e agir de forma que ele ponha fim à violência e seja punido. Mas vejo, ao mesmo tempo, que nossos assuntos têm sido relegados a um grau tão extremo de abandono que temo ser até ofensivo dizer a verdade: se os oradores aconselhassem e vocês votassem medidas que nos conduzissem aos mais desastrosos cenários, nem assim estaríamos em situação pior do que agora.

Múltiplas são as causas, provavelmente; não teríamos chegado a tal ponto por um ou dois malfeitos. Porém basta um exame sincero para descobrir que o erro maior está naqueles que, em vez de lhes dizer a verdade, preferem agradá-los.

Destes, há quem, tendo assegurado por hoje o prestígio e o poder, não tenha qualquer previsão de futuro, e nem quer que vocês tenham. E há outros que, caluniando quem está à frente dos negócios públicos, apenas conseguem que a cidade condene a si própria e só nisso se ocupe.

Felipe da Macedônia, no entanto, pode dizer e fazer o que quiser.

Tais politiquices, arraigadas entre nós, são as razões de nossa ruína.

Peço eu, atenienses, que vocês não se tomem de cólera se digo a verdade com absoluta franqueza. Atentem para o seguinte: é consenso que, em assuntos não políticos, exista total liberdade de expressão entre todos os que habitam a pólis. Até estrangeiros aqui residentes se beneficiam de tal direito, e mesmo entre os escravos há os que falam o que querem com mais franqueza do que cidadãos de outras cidades. No entanto, essa mesma liberdade foi eliminada das deliberações públicas. Em consequência, vocês se deleitam nas Assembleias com lisonjas e louvores, mas, no correr dos fatos, acham-se expostos aos maiores perigos."

Flavius Domiciano, ofegante de euforia, ergue os olhos do papiro, espanta insetos imaginários com seu abana-moscas de crina de cavalo e encara ansioso o professor:

– Então?

O professor, sob um pavonesco topete branco, faz cara de figo desidratado:

– Então o quê?

– Minha pronúncia do grego – Domiciano insiste. – Meu sotaque. Minha prosódia. Minha interpretação de Demóstenes!

– Patrãozinho, quando o senhor fala em interpretação, se refere à perícia no ato de declamar, como se o texto fosse um obstáculo a ser vencido, ou a uma percepção do viés político das palavras e das relações de poder e hierarquia que se estabelecem entre os significantes e os significados?

Domiciano baixa os olhos para o papiro da "Terceira Filípica" de Demóstenes, sem saber o que responder. Durante seis meses, seu professor de retórica foi um escravo grego, ateniense comprovado, muito culto e perfeccionista. Tão perfeccionista que um dia teve a desfaçatez de dizer que seu aluno falava grego "com um leve acento de barbárie". Domiciano mandou vendê-lo como trabalhador braçal para uma pedreira.

O novo professor nasceu nas províncias do norte da África. É meio berbere e meio judeu, embora afirme ter dois quintos de sangue grego. Flavius Sabinus, tio de Domiciano, comprou-o para o sobrinho num leilão nos idos de agosto, há apenas três dias. Domiciano ainda não decidiu se gosta dele ou se o vende para a pedreira:

– Não entendi a pergunta – admite.

Derridarius, o escravo professor, apoia o queixo na mão, coça o nariz e limpa a garganta com um pigarro antes de replicar:

– E o senhor, patrãozinho, o que entendeu de Demóstenes?

– Quer um resumo? Demóstenes foi um dos maiores oradores de Atenas. Viveu há quatrocentos anos. As "Filípicas" são discursos que ele fez contra o ímpeto expansionista de Felipe II da Macedônia. Os atenienses não deram atenção a Demóstenes e se foderam. Felipe II conquistou as principais cidades gregas, abrindo caminho para que seu filho Alexandre conquistasse quase o mundo inteiro.

– E na "Terceira Filípica", especificamente?

– Demóstenes berra desesperado para atrair alguma simpatia, mas parece quase conformado com a derrota.

– Patrãozinho, o senhor não conseguiu ler Demóstenes.

Domiciano de imediato começa a pensar em algum destino pior do que a pedreira. Por mais murcho que Derridarius pareça, talvez o administrador do *Circus Maximus* concorde em comprá-lo por peso para alimentar as feras:

— Não consegui? Onde? — ele dá ao escravo uma chance de redenção.

Derridarius sorri:

— Quando Demóstenes fala dos "ataques injustos que Felipe da Macedônia vem cometendo", ele, Demóstenes, eleva a si mesmo ao papel de árbitro de uma suposta justiça universal. Quem lhe deu esse poder? Felipe da Macedônia, ao tomar as medidas que tomou, também dizia estar do lado da justiça. Qual justiça é mais justa? Existe, aos olhos dos deuses, uma justiça absoluta? E, caso exista, quem decretou que o absoluto é monopólio de Demóstenes?

Olhos arregalados e boca semiaberta: o cérebro de Domiciano travou. Derridarius percebe que pode ganhar um discípulo:

— Demóstenes acusa Felipe de "dizer e fazer" o que quer. Felipe era rei da Macedônia. Dizer e fazer o que quisesse era um atributo e um dever de sua condição. Onde está o crime? Demóstenes, diante da Assembleia dos atenienses, também dizia e fazia o que queria. Chega a ser assustadora a incapacidade que Demóstenes tem de se colocar no lugar do outro, de relativizar seus preconceitos para adquirir novos pontos de vista. Especialmente problemático é o trecho em que Demóstenes alega dizer "a verdade com absoluta franqueza". É possível ser, ao mesmo tempo, franco e verdadeiro? Franqueza remete a uma impressão pessoal, a uma opinião. E a alegação de verdade remete ao absoluto. São referenciais diferentes, e, desde Aristóteles, o conceito de "verdade" vem sendo desconstruído. Por que a verdade de Demóstenes seria mais verdadeira que a verdade de Felipe? Só porque um é ateniense e outro é macedônio?

Os olhinhos de Domiciano brilham. Ele tem dezoito anos incompletos, mas acaba de enxergar o futuro:

— Isso que você fez com Demóstenes... Pelos pentelhos de Júpiter, pode ser feito com qualquer discurso, com qualquer texto, com qualquer coisa! Se eu fosse imperador e alguém dissesse: "quero justiça", eu diria que a justiça absoluta não existe. Se dissessem: "quero pão", eu diria, ahn... que a fome de alguns pode ser o caminho da prosperidade coletiva. Se dissessem: "quero falar", eu diria que a verdade individual é questionável, e, portanto, a liberdade de expressão é irrelevante. E quem discordasse eu mandaria trucidar! É maravilhoso! Todas as conquistas da civilização, toda a conversa sobre democracia, república, direitos, tudo pode ser... como é mesmo? Desconstruído! Vou escrever a meu pai sobre isso.

– Patrãozinho, o senhor não entendeu meu pensamento.
– Entendi melhor que você, escravo.

VI

Titus Flavius Domiciano, que aos trinta anos assumiria o Império como César Domiciano Augustus, foi o mais proeminente dos adeptos da desconstrução.

Aos bem-aventurados que não sabem o que é essa corrente de pensamento, eis um resumo: a desconstrução consiste em desmontar um texto para tentar saber como ele funciona, não descobrir nada sobre o funcionamento e, diante de um monte de peças desconjuntadas, não ter a menor ideia de como se monta o texto outra vez. Basicamente, é o comportamento típico de uma criança pequena e irrequieta com um brinquedo novo. O comum é que as crianças "desconstruam" o brinquedo até separá-lo em partes muito pequenas, tentem engolir algumas dessas partes e se engasguem. É o que acontece com a maioria dos filósofos desconstrucionistas.

Quando empregada por mentes hábeis, porém, a desconstrução pode tornar o bem pior do que o mal e o dia mais escuro que a noite.

Domiciano aprendeu o truque e, ao se tornar imperador, impôs um governo de direitos relativos e repressão absoluta. Após sua morte, a desconstrução saiu de moda e foi esquecida. Esperemos que continue assim.

Naquele tumultuado verão do ano 822, porém, quando Desiderius Dolens foi procurá-lo, Domiciano ainda era apenas o garoto aristocrata que perseguia moscas.

Vita Dolentis, de Quintus Trebellius Nepos.

VII

Pular o muro da casa de Nerva foi uma tática menos furtiva do que Dolens gostaria, além de burramente desnecessária. Na maior cidade do mundo, onde um milhão de pessoas se esbarram em vielas apertadas, um plebeu entre plebeus é invisível.

Assim, ao chegar à casa de Flavius Sabinus, tio e tutor de Domiciano, Dolens simplesmente para diante da porta principal e dá três educadas pancadinhas. Espera ser atendido por um escravo mordomo, a quem terá de mentir de modo satisfatório. Dirá que deve dinheiro a Domiciano e veio pagar. É a melhor mentira que lhe ocorre. Quem se recusaria a receber um visitante que traz moedas?

Em vez do mordomo, quem abre a porta é um homúnculo peludo de olhos redondos, focinho de macaco e menos de dois cúbitos de altura, vestido com uma túnica de seda.

– Turpis?!

O homúnculo, num arroubo de felicidade, pula no pescoço de Dolens, gritando:

– Dolens! Dolens! Dolens! Dolens!

– Fale baixo! – Dolens tenta se desvencilhar.

– Dolens vivo! Dolens vivo! Dolens vivo!

– Não continuarei vivo por muito tempo com você berrando meu nome!

Dolens tapa a boca de Turpis, entra com ele no *vestibulum* e fecha a porta:

– Você não sabe que minha cabeça está a prêmio?

– Prêmio? Quanto é?

– Mais do que eu valho. Menos do que custou essa roupinha que seu amo lhe deu.

O dono da casa é atraído pela balbúrdia. Dolens, em pânico, o saúda.

– Ave, senador Sabinus!

– Eu o conheço?

– Dolens! Dolens! Dolens! – Turpis grita, saltitando.

Tão entusiástica apresentação impede Dolens de mentir. Ele se apruma e recita, tomado de suicida sinceridade:

– Publius Desiderius Dolens, tribuno angusticlávio, comandante das coortes urbanas sob o império de Otho César.

– Otho está morto, tribuno. Os que o seguiam são inimigos da República. Devo mandar prendê-lo?

– Senador, com todo o respeito, o senhor foi prefeito da Urbe no principado de Nero e no de Otho. Continua prefeito debaixo do mando de Vitellius e é irmão do líder dos rebeldes do Oriente. Se a República não se incomoda com isso, não vejo por que deveria se incomodar comigo.

Flavius Sabinus se permite um sorriso de lábios crispados:

– Você é bem atrevido, tribuno.

– Falo a língua dos que perderam tudo, senador.

– É você a quem chamam de "carniceiro de Bonna"?

– Sou chamado de muitas coisas.

– Foi você quem matou o gladiador Spiculus com um único golpe de gládio?

– Tecnicamente, foram dois golpes.

Flavius Sabinus indica Turpis com o queixo:

– Você ensinou esse monstrinho a jogar tábula?

– Tentei, senador.

– Nunca consigo ganhar dele. É humilhante.

– Também nunca consegui, senador. Ele tem talento para jogos de tabuleiro.

O homúnculo exibe seus dentinhos aguçados:

– Turpis esperto!

– Por que você veio até aqui, Desiderius Dolens?

– A guerra não acabou para Roma, e não quero que acabe para mim. Preciso de uma carta que sirva de salvo-conduto para me apresentar às tropas do seu irmão.

– Nobres intenções... Nobres intenções. Infelizmente, não posso ajudá-lo. Entenda, qualquer gesto de apoio a meu irmão pode me custar a cabeça.

– Senador, na verdade eu desejava uma carta com a assinatura do seu sobrinho.

– Peça a ele.

– Não – Domiciano diz, tão logo escuta o pedido.

VIII

Titus Flavius Vespasianus, pai de Domiciano, comemoraria dali a três meses seu sexagésimo adversário. A idade lhe dera sabedoria suficiente para entender que a luta pelo poder absoluto só poderia ser travada em termos absolutos: ou a glória ou o desastre, sem meias medidas.

Somadas, as legiões e tropas auxiliares da Judeia, da Síria e do Egito chegavam a mais de oitenta mil homens. Vespasianus separou-as em três divisões.

A primeira, comandada por Titus, seu filho mais velho, permaneceu na Judeia para tomar Jerusalém e massacrar a rebelião local, já que não seria razoável pedir aos judeus para interromper as hostilidades enquanto os conquistadores romanos brigassem entre si. Tiberius Julius Alexandre, governador do Egito, foi indicado como segundo em comando de Titus, graças à sua origem. Era uma medida diplomática, baseada na suposição de que Julius Alexandre, um romano de sangue judeu, pareceria mais benevolente aos judeus que um romano de sangue romano. Sangue por sangue, afinal, talvez seja menos doloroso ser massacrado por um parente que pelos estranhos.

Mucianus, governador da Síria, que apoiara as pretensões imperiais de Vespasianus antes mesmo que o próprio Vespasianus se decidisse, ganhou o comando da segunda divisão, cuja tarefa era partir de Bizâncio para unir-se às legiões mésias, dálmatas e panônicas, marchar até a Urbe e depor Aulus Vitellius. Ou, em menos palavras: vencer a guerra. Tarefa que, diga-se em seu favor, ele cumpriu, embora tenha passado mais tempo a redigir cartas do que a comandar tropas.

Com a terceira divisão, Vespasianus estacionaria no Egito e bloquearia as remessas de grãos para Roma. O Império de Aulus Vitellius, o comilão, estava condenado a morrer de fome.

Vita Dolentis, de Quintus Trebellius Nepos.

IX

Dolens tem vontade de esmurrar Domiciano.

O homúnculo Turpis, cujo olfato lhe permite farejar no suor alheio emoções como o medo, o desejo e a raiva, saltita em aprovação:

– Pega ele! Pega ele! Pega ele!

– Quieto! – Dolens protesta, sentindo-se flagrado em seus pensamentos.

– O que essa criatura está tentando dizer? – Flavius Sabinus pergunta.

– Não sei – Domiciano admite. – Ainda não consigo entender como a cabecinha dele funciona.

– Sorte sua – Dolens diz. – Agora, quanto à carta...

– Não insista. Não posso assinar carta nenhuma.

– Por que não, senhor?

– Somos reféns de Vitellius! Meu tio, eu, todo mundo! Até Turpis. Se envio você a meu pai e Vitellius descobre, morremos todos.

– Não é minha intenção fazer publicidade dos meus passos.

– Vitellius tem espiões por todo canto.

"Covarde filho da puta, quero que você e o seu tio se fodam", é o que Dolens pensa no exato instante em que diz:

– Obrigado por me receberem. Respeito seus motivos. Seguirei meu caminho. Ave!

Derridarius, o escravo professor, vem do *peristylium*:

– Patrãozinho, o senhor não vai continuar a lição?

– Chega de retórica por hoje – diz Domiciano.

Um breve tremor de terra sacode os mármores do *atrium*.

– Vivemos dias trepidantes – Flavius Sabinus tem setenta e sete anos, cenho franzido e feições pétreas, mas, como boa parte dos romanos, não resiste a uma ironia, ainda que óbvia.

– São espasmos dos Grandes Antigos – Dolens comenta, tentando contrabalançar a esperança morta e o orgulho pisoteado com uma tentativa de erudição.

Derridarius arregala os olhos e parece prestes a saltar sobre Dolens:

– O que o senhor sabe sobre os Grandes Antigos?

Dolens encara Derridarius com desdém. Poderia não responder. Poderia se queixar a Flavius Sabinus da impertinência do escravo em lhe dirigir a palavra. Porém a melancolia da derrota o leva a simplesmente dizer a verdade:

— Cocceius Nerva, meu patrono, está traduzindo o *Nekronomaeikon*.
— O *Nekronomaeikon*? Estamos condenados!

X

Rômulo Quirino, fundador de Roma, lacrou com uma grande pedra um poço no canto noroeste do descampado que mais tarde abrigaria o *Forum Romanum*. Em volta do poço, e da pedra, as gerações seguintes encarregaram-se de erguer um pequeno templo, o *Umbilicus Urbis Romae* ("Umbigo da Cidade de Roma"). Há séculos que nos acostumamos a chamar o poço no interior do templo de *Mundus* ("Mundo"), porque o esquecimento das tradições, aliado a um supersticioso receio, abreviou o nome que o divino Rômulo lhe deu: *Mundus Inferus* ("Mundo Inferior").

Três vezes por ano, desde os tempos de Rômulo, a pedra que sela o *Mundus* é removida – no nono dia antes das calendas de setembro, no terceiro dia antes das nonas de outubro e no sexto dia antes dos idos de novembro – para que a boca do poço receba frutos, flores, sementes e esperanças.

Esses três dias são ditos *nefasti* ("nefastos"), impróprios para celebrações de contratos, declarações de guerra, matrimônios e viagens.

O cavaleiro, filósofo, filólogo e historiador Marcus Terêncio Varro escreveu há cento e setenta anos: "Quando o *Mundus* se abre, é como se uma porta fosse aberta para os tristes deuses do abismo."

Não se sabe se o poço existe desde sempre ou se foi o próprio Rômulo quem o cavou e depois se arrependeu. Muito se debate, com frieza filosófica ou fervor religioso, sobre quem são os deuses, que, encarcerados na escuridão, aguardam nossas oferendas.

Vita Dolentis, de Quintus Trebellius Nepos.

XI

– Dolens?!

A decepção com Domiciano foi afogada em muitas canecas de vinho numa taverna ao pé do *Circus Maximus*. Numa infeliz contrapartida, o senso de preservação de Dolens afogou-se junto. Ao ouvir seu nome, ele se ergue do balcão, volta-se para a porta e vê um *contubernium* de legionários.

Todos os oito do *contubernium* são velhos colegas da *Legio Prima Germanica*:

– Clamius! Jovius! Bobius! Desculpem, não lembro o nome dos outros, estou muito bêbado. Sentem, por favor. Vou pedir uma ânfora para nós.

– Desiderius Dolens – diz o legionário Bobius – considere-se preso.

A lembrança de sua condição de renegado desce como uma lâmina de sobriedade no peito de Dolens:

– Preso? Que é isso, Bobius? Somos amigos. Sempre fomos.

– Se você fosse meu amigo, não riscaria meu nome da lista de promoções em Bonna.

– Você desviava trigo do quartel para vender no mercado negro. Se eu assinasse sua promoção, o que pensariam de mim?

– Quer saber o que eu penso de você?

– Só se a sua memória for boa. Lembra que mandei arquivar o caso do trigo? Salvei seu pescoço!

– E o seu pescoço? – retruca Bobius. – Sabe quanto está valendo?

Dolens é um legionário cascudo treinado na Germânia Inferior. Bobius, Clamius, Jovius e os outros cinco também são. Alguns deles foram treinados pelo próprio Dolens, que esvazia uma última caneca, dá um discreto arroto, se encosta no balcão, mira Bobius bem nos olhos e diz:

– *Veni cum papa.*

Em seu gabinete na *Castra Praetoria*, quartel das tropas sediadas na Urbe, Floronius Maurusius recebe a menos desejada das encomendas: um prisioneiro bêbado, espancado, lavado em sangue, inchado de hematomas e sorridente:

– Ave, sogrão. Tudo bem?

– Dolens?!

XII

Gnaeus Floronius Maurusius, centurião *primus pilus* de origem núbia, era homem de confiança de Fabius Valens, o qual, por sua vez, era homem de confiança de Aulus Vitellius. Na Urbe, a função de Maurusius era impedir que as exaltadas legiões da Germânia trucidassem o povo romano, como haviam feito em junho e poderiam voltar a fazer em qualquer momento.

O próprio Maurusius mais tarde comentou que se sentia como alguém que tentasse conter um dilúvio com uma esponja de banho. A prisão de um traidor que por acaso era seu genro não aumentava a eficácia da esponja.

Vita Dolentis, de Quintus Trebellius Nepos.

XIII

Há uma mistura de dor e tédio no olhar que Dolens, pendurado nos grilhões, lança a Floronius Maurusius.

Com paredes mil vezes manchadas de sangue, teto baixo e chão de terra coberto de palha, a *Domus Doloris* é o pequeno pavilhão da *Castra Praetoria* dedicado à tortura. Maurusius nunca havia pisado ali. Legionário da fronteira, está habituado a chacinas a céu aberto. O cheiro concentrado de carne humana podre o faz levar a mão ao nariz.

— Não me culpe pelo aroma — Dolens diz. — Ainda.

— Que lugar horrível — Maurusius comenta, enojado.

— Está melhor do que no meu tempo. Alguém trocou a palha.

— Nunca pensei que você fosse tão imbecil.

— Eu precisava voltar a Roma.

— Precisava por quê? Você parece uma mariposa voando em torno de uma vela. Não descansa até queimar as asas!

— Quero me juntar às tropas de Vespasianus.

— Foi uma péssima ideia pedir ajuda aos flávios!

— Quem me denunciou? O tio ou o sobrinho?

— Não posso responder. Estamos aqui como magistrado e prisioneiro, não como sogro e genro.

– O sobrinho é medroso. Aposto que foi o tio. Mas tanto faz. Vitellius já sabe que fui capturado?

– Você está vivo, não está?

– Então ele não sabe.

– Temos pouco tempo.

– Você vai me ajudar?

– Não que você mereça, mas os laços de família me obrigam.

– Diga que morri durante o interrogatório.

– Eu precisaria apresentar o corpo.

– Diga que o legionário encarregado de me vigiar não pôde impedir minha fuga.

– Qual legionário? Você entregaria um irmão de armas à morte?

– Entrego um ladrão de trigo, com muito prazer.

Maurusius coça o queixo:

– Promete que não me causará mais problemas?

– Causarei problemas a Vitellius.

– Minha filha e meu neto, como estão?

– Não posso responder.

– Por que não?

– Em primeiro lugar, porque não sei. Em segundo, porque estamos aqui como prisioneiro e magistrado, não como genro e sogro.

Maurusius se permite um breve sorriso.

XIV

Septimus Liburnius Bobius, suboficial tesserário da segunda centúria do primeiro manípulo da quinta coorte da *Legio Prima Germanica*, denunciado, mas jamais condenado, pelo desvio de trezentas sacas de trigo do quartel de Bonna, conheceu o açoite da *Domus Doloris*. Pelo delito de deixar fugir um inimigo da República, perdeu a cabeça sob a lâmina do carrasco no décimo quinto dia antes das calendas de setembro. Até o último instante, afirmou aos berros que era vítima de um complô.

Amargurado pela decepção de ser tratado como criminoso por antigos subalternos, Desiderius Dolens restringiu seus compromissos de fidelidade. Continuaria leal a seu sogro Maurusius, mas entregou aos deuses o destino dos ex-companheiros da *Legio Prima Germanica*. Ou, nas palavras do próprio Dolens: "Eles que se fodam."

Vita Dolentis, de Quintus Trebellius Nepos.

XV

Entre goles de *posca*, os clientes aguardam a vez de trepar com alguma das seis mulheres do bordel.

— A fila do pão é mais animada que isto aqui — um deles reclama. — Não tem música neste muquifo?

— Chegou a música.

Os clientes se encolhem, intimidados. Quem disse "chegou a música" é uma criatura fedorenta e esfarrapada, com um olho roxo e o nariz sangrando.

— Alavancas! — grita a criatura.

O rapazote que serve bebidas e a corcundinha que vigia a porta correm para manejar as alavancas do *hydraulis*. Desiderius Dolens senta diante do teclado:

> — *Tua piscina plena murium est,*
> *ideae tuae non congruitis cum facta.*
> *Et tempus fugit.*
> *Video futurum iterare praeteritum,*
> *museum video grandibus novitatibus.*
> *Et tempus fugit.*
> *Fugit tempus, fugit!*

— Você está sujando o teclado de sangue — diz Rutília.

— Mande limpar.

— Andou se divertindo com os amiguinhos?

— É o que parece?

— Laudabilis tem medo de você.

— Bom saber que há alguém com medo de mim. Ainda que seja um dono de bordel.

– Ele acha que, a qualquer momento, um bando de legionários entrará aqui e matará todos nós.

– Tomei providências para que isso não aconteça.

– Você tomou foi uma surra.

– Uma coisa não exclui a outra.

– Dolens, posso confiar em você?

– Nem eu confio em mim.

– Vá tomar um banho, vá.

– Não quer que eu entretenha seus clientes?

– Você está é assustando todos!

Dolens apoia a cabeça na mão e o cotovelo no teclado:

– Seria melhor se eu estivesse morto...

– Primeiro música, agora drama. Você é mesmo um artista completo.

Dolens não consegue evitar um sorriso:

– Só você me entende.

– Entender, não. Mas me acostumei. Agora trate de se lavar e cuidar dessas feridas.

– Que mais me resta fazer?

– Não há ninguém em Roma que possa ajudá-lo?

– Esgotei meus contatos.

– Ninguém, ninguém?

XVI

Sálvia Othonis, minha madrasta seis anos mais nova que eu, era, no ebulir de seus dezessete, senhora da casa Trebélia. Dolens a conheceu quando o sangue do meu pai mal esfriara sobre o piso de mosaico. Desde então, ele a desejava com uma fúria canibal. Vinte anos os separavam; uma diferença insignificante para Sálvia: meu pai era quarenta e dois anos mais velho que ela.

O fosso entre Sálvia e Dolens era social, não etário. Ela nascera na mais alta aristocracia. Ele era filho do padeiro. Ela foi educada para caçar um marido rico. Ele poderia ser, no máximo, um amante pobre. Além disso, ela sempre o achou feio.

A derrota de seu tio Otho, porém, levou Sálvia a repensar sua política de alianças.

Vita Dolentis, de Quintus Trebellius Nepos.

XVII

Da obra de Catulo, e mesmo de toda a poesia que conhece, o verso preferido de Desiderius Dolens, não por acaso, é também considerado o mais sujo de toda a literatura latina:

Pedicabo ego vos et irrumabo!
("Foder-lhes-ei pelo cu e pela boca!")

Assim começa o poema que Catulo compôs para atacar dois desafetos que criticaram seus escritos. Dolens adora esse verso pela virulência, pela sonoridade e porque, ao citá-lo, tem a desculpa perfeita para cuspir palavrões até nos ambientes mais recatados: "Como disse o grande poeta Catulo"... "Parafraseando o nobre Catulo"... "Numa situação como essa, Catulo diria"...

O xingamento catuliano vem à mente de Dolens quando, comovido até às lágrimas, ele contempla Sálvia Othonis apoiada nos joelhos e cotovelos sobre lençóis de seda.

– Devagar – ela diz.

Sálvia definiu com precisão crua o que Dolens poderia fazer. Ela jamais aceitaria o risco de engravidar de um pobretão de família plebeia.

Para Dolens, estar na cama com uma filha e viúva de senadores, que também é sobrinha de um imperador morto e além disso é uma jovem beldade de cabelos cor da noite, pele pálida como a lua e olhos verde-pântano, é a realização de suas mais remotas fantasias: uma mulher de sangue nobre, aristocrata da mais pura estirpe! Dolens se sente como um mortal que chegasse ao Olimpo, morada dos deuses, e fosse aceito. Mesmo que não pela porta principal.

Cuidadoso e gentil, ele se põe alerta a cada gemido, arquejo, suspiro, contração ou movimento de Sálvia. Por mais que se empenhe, no entanto, em não machucá-la, lhe é impossível evitar que Sálvia, infeliz e literalmente, tenha outro ponto de vista: ela se vê na cama, de quatro, à mercê de um gorila ofegante.

Nos espasmos do gozo, Dolens sente o mundo balançar. Pensa que é o maior orgasmo que já teve, até perceber que é apenas mais um pequeno tremor de terra.

– Muito irritantes esses terremotos – Sálvia Othonis reclama, se desembaraça de Dolens e o encara nos olhos: – Temos um acordo, centurião?

– Tribuno.

– Que seja.

– Prometo defendê-la com minha vida. Sob quaisquer circunstâncias.

– Você falará de mim a Vespasianus?

– Tão logo eu esteja diante dele.

– Será que o filho de Vespasianus é solteiro?

– Domiciano?

– O mais velho! Titus.

– Vou averiguar.

– Por favor.

– E Nepos? – Dolens pergunta.

– Que é que tem?

– Preciso dele. Faz parte do nosso acordo. Onde ele se escondeu?

– Quem sabe disso é o ruivinho.

Tristanus, escravo ruivo de origem britânica, mordomo e administrador da casa Trebélia, secretário, confidente e amante de Trebellius Nepos, morria de medo de Desiderius Dolens.

– O patrãozinho não está.

– Comece a dizer algo que eu não saiba.

– O patrãozinho estava em Antium.

– Estava?

– Depois de receber a carta de convocação, ele partiu para se juntar às tropas de Flavius Vespasianus.

– Carta de convocação? Que carta de convocação?

– O senhor não recebeu?

XVIII

Marcus Antonius Primus, legado da *Legio Septima Galbiana*, marchou dos rincões da Panônia e invadiu o norte da península itálica em nome de Vespasianus. Conquistou Aquileia, Patavium e Ateste com menos luta que negociação: poupou as cidades do massacre, mas arrancou todo o dinheiro que pôde das elites locais.

Vitellius Augustus, imperador mais por sorte que por competência militar, viu-se atacado em várias frentes e não tinha ideia do que fazer.

Fabius Valens, cônsul de Roma e principal comandante vitelliano, esvaía-se em merda por conta de uma doença intestinal.

Cécina Alienus, segundo cônsul, avançou para o norte com suas tropas. Seu objetivo principal, conforme o mandato que recebeu de Vitellius, era massacrar os rebeldes. Seu objetivo secundário – e, até certo ponto, secreto – era evitar o derramamento desnecessário de sangue, principalmente o dele próprio.

Mais habilidoso em estratégia que Aulus Vitellius ou Fabius Valens, Cécina antevia a vitória de Flavius Vespasianus. Decidiu combater os rebeldes com o mínimo vigor necessário para não despertar suspeitas de traição ao imperador vigente, e com o máximo vagar possível para não ofender o imperador seguinte.

Vita Dolentis, de Quintus Trebellius Nepos.

XIX

– Dá vontade de bater com o penico na sua cara, só para desmanchar esse sorriso – Rutília resmunga, enquanto escova o cabelo diante de um pequeno espelho de bronze.

– Que é que tem o meu sorriso? – Dolens pergunta, cínico, feliz e esparramado na cama de Rutília.

– Só porque trepou com uma riquinha, você fica aí, se achando o fodão da Suburra.

– Não é uma riquinha comum. Ela tem um tio imperador.

– Ex-imperador. E defunto.

— O valor histórico permanece.

— Ela tem dinheiro para comprar escravos com metade da sua idade e o dobro dos seus atributos.

— Acho que percebi um leve tom de ciúme.

— E daí se for ciúme?

— Com quantos homens você fodeu hoje?

— Você é meu cafetão, por acaso?

— Foi uma pergunta de cortesia.

— Só dois — Rutília admite, fazendo beicinho. — O movimento foi fraco.

— Acontece.

— Quem salvou o dia foi a mulher do sacerdote.

— Mulher? De quem?!

— A sagrada esposa do sumo sacerdote do templo de Marte Vingador. Ela tem uma língua...!

— Poupe-me dos detalhes.

— Acho que percebi um leve tom de ciúme.

O sorriso de Dolens, privado da barreira do cinismo, desaba em ternura:

— É por isso que amo você.

— Porque eu sou puta?

— Viemos do mesmo molde. Quase como irmãos.

— Só o que me faltava. Uma tara incestuosa.

Rutília e Dolens se beijam.

— Você está pensando na riquinha? Em mim, eu sei que não é.

— Desculpe. Só consigo pensar na guerra. Nepos vai ser meu trunfo. Ele dirá aos comandantes de Vespasianus que sou confiável e que sou tribuno. Foda-se Domiciano! Preciso apenas chegar vivo à frente de batalha.

— É um "apenas" bem grandinho para um renegado com a cabeça a prêmio.

— Uma carta de Nerva e alguns subornos devem bastar.

Batidas na porta encrespam os músculos de Dolens:

— Você ouviu?

— Ouvi o quê?

— Se eu não voltar — Dolens pega seu punhal —, nunca estive aqui.

As batidas se tornam mais insistentes e menos discretas. Dolens desce as escadas, fazendo sinais para que as colegas de Rutília que despertaram com o barulho, e Laudabilis, patrão de todas, voltem a seus aposentos.

Ele abre a porta da rua e se depara com um topete branco luzindo ao luar:

– O *Nekronomaeikon*! – o escravo Derridarius grita. – O *Nekronomaeikon*!

Dolens o derruba com um soco no meio da cara.

XX

Agapóscafo de Camiros, grego dórico que escrevia no dialeto homérico, nasceu e viveu próximo ao porto que, duzentos anos depois de sua morte, abrigaria a gigantesca estátua de bronze do deus Hélio. Dentre os filhos da ilha de Rodes, Agapóscafo é dos menos lembrados, ao contrário da estátua, conhecida como Colosso de Rodes, uma das maravilhas do passado da qual até hoje se fala, embora tenha tombado no mar durante um terremoto há três séculos e meio.

Pouco se fala de Agapóscafo porque dele os estudiosos pouco sabem e pouco se interessam em saber. Ao que parece, nem mesmo seus contemporâneos o conheciam, pois ele passou a maior parte da vida isolado num casebre com sua mãe e suas duas tias. As três foram descritas por um poeta grego mais recente como "górgonas lamurientas". Do próprio Agapóscafo, se diz que era muito feio, mas de uma feiura que, em vez de assustar, provocava pena e até alguma simpatia.

Os dois ou três autores que dedicaram parte de seu tempo a historiar a vida de Agapóscafo concordam que o trauma da morte da mãe, quando ele já estava com trinta e um anos, foi decisivo em sua obra. Querendo fugir das lembranças, de si mesmo ou talvez de suas tias, ele se juntou à tripulação de um navio mercante e, por três anos, deambulou de cais em cais pelo *Mare Nostrum*, até se deter, não se sabe bem por que, na cidade de Saís, no delta ocidental do Nilo, onde, naquela época, residiam os faraós do Egito.

Em Saís, Agapóscafo conheceu um velho sacerdote de Neith, a deusa-mãe da cidade, criadora de deuses e homens, senhora da guerra, da caça e da morte. Esse sacerdote, talvez por pura indiscrição, talvez por dinheiro ou talvez em troca de favores sexuais, teria revelado a Agapóscafo segredos arcanos de antigas divindades.

O que se sabe com certeza é que, no sétimo ano da morte de sua mãe, Agapóscafo voltou ao casebre onde ainda viviam suas tias. Elas o receberam com o desdém e as queixas de costume. Agapóscafo se trancou em seu quarto e, tomado por um frenesi descrito como "espasmo nervoso" ou "possessão maligna", compôs em dois dias os 7.053 versos do *Nekronomaeikon*. Nunca mais saiu à rua e morreu louco oito anos depois.

Vita Dolentis, de Quintus Trebellius Nepos.

XXI

Derridarius, encolhido num dos bancos reservados aos clientes do bordel, tenta conter o sangramento na boca com um trapo que Rutília lhe deu. Dolens, de braços cruzados diante dele, sentou-se na banqueta do *hydraulis*.

– Você não vai matar o escravo, vai? – Rutília pergunta, preocupada. – Não conte comigo para ajudar a esconder o corpo.

– Só quero que ele diga alguma coisa que eu consiga entender.

Derridarius revira os olhinhos com enfado e se lamenta, em pensamento, da triste estupidez do homem comum. Mas, como sua vida está em risco, ele resolve ser condescendente:

– O que tentei dizer é que estamos presos à maldição da escrita fonética. Foi convencionado, entre romanos e gregos, que cada símbolo gráfico corresponda a um som. Um conjunto de símbolos, aos quais associamos os sons correspondentes, formam uma palavra, que, por sua vez, evoca uma ideia pronta, estabelecida. Já entre os egípcios, na velha escrita dos faraós, cada símbolo corresponde, não a um som, mas a uma ideia, e as palavras e frases são formadas de modo mais fluido, não pela associação de sons, mas por associação de ideias. O senhor percebe a diferença?

– Vou cortar a garganta dele e jogar o corpo na *Cloaca Maxima* – Dolens diz a Rutília. – Onde é o bueiro mais próximo?

– Não é possível que o senhor não tenha entendido! – Derridarius protesta. – Quando associamos ideias com ideias, estamos num nível igualitário. Quando associamos símbolos que remetem a sons que remetem a ideias, implantamos uma hierarquia que torna o resultado final do processo superior aos seus componentes.

— O bueiro fica na outra esquina à direita — diz Rutília. — Quer um lençol para embrulhar a carcaça?

Derridarius, em pânico, faz um último esforço para ser compreendido:

— O senhor não vê o perigo? Na escrita fonética, o significado, que é a representação mental de uma ideia, amplifica o significante, que é a imagem acústica de uma palavra. Assim, qualquer feitiço, conjuração ou profecia ganha muito mais poder em caracteres fonéticos do que em ideogramas. Essa é a maldição! Agapóscafo aprendeu a ler os silenciosos hieróglifos que falavam de um passado proscrito e os traduziu para a cacofonia do grego. A cada leitura do *Nekronomaeikon*, o sono dos Grandes Antigos é perturbado. Os versos de Agapóscafo derrubaram o Colosso de Rodes. Arruinaram Atenas. Mataram Alexandre Magno. Imagine o que farão em Roma!

Dolens cruza as mãos e estala as articulações dos dedos:

— Quebrar o pescoço dele vai ser mais divertido que cortar a garganta.

— Acho ótimo — diz Rutília. — Não suja o assoalho de sangue e dispensa o lençol.

— Levei muitos dias para encontrá-lo, Desiderius Dolens! — Derridarius ensaia levantar-se do banco, mas é detido pelo olhar assassino de seu interlocutor. Ele se encolhe, junta o que lhe resta de coragem e diz o que pretendia dizer: — Vim por causa do mais sagrado dos deveres: a salvação do nosso mundo. Precisamos impedir que o *Nekronomaeikon* seja traduzido para o latim.

— "Precisamos" quem? Esse necro-não-sei-o-que é coisa de senadores.

— De um único senador. O seu patrono Cocceius Nerva.

— Vá falar com ele.

— Nerva jamais escutaria um escravo. Mas escutará o senhor.

— Escutará, sim. Direi a ele: "Senador, ontem à noite matei um escravo. O senhor pode me emprestar umas moedas para ressarcir os donos dele?"

— Foi por causa do *Nekronomaeikon* que os cristãos surgiram! — Derridarius lança seu último trunfo.

Um tremor de terra balança o prédio. Com as sacudidas, os tubos do *hydraulis* bufam num suspiro metálico. Rutília se protege sob o arco da porta que separa o *vestibulum* da escada que conduz ao térreo. Dolens pula no pescoço de Derridarius:

— Cristãos?!

— O grego é a língua dos pregadores cristãos. Eles falam de um deus morto que voltará à vida. De impérios que cairão. De homens e mulheres condenados ao sofrimento eterno. Tudo isso está no *Nekronomaeikon*!

Cessa o tremor. Dolens solta Derridarius. O longo silêncio que se instaura é quebrado pelo "tlec" de um novo estalar de dedos.

— Falarei com Nerva — Dolens diz.

— Vai matar o escravo ou não vai? — Rutília pergunta, impaciente.

Dolens sorri para ela, volta-se para Derridarius e fecha o cenho:

— Suma.

Derridarius, embora tenha dificuldade em se expressar com frases curtas, sabe entendê-las. E sabe com quem está lidando. Ele desaparece das vistas de Dolens com a rapidez de um mosquito assustado.

XXII

Hesíodo de Ascra, nos versos da *Teogonia*, diz que, antes de todas as coisas, o Caos era e estava. Sempre esteve, sempre foi. Do Caos, ou junto ao Caos, ou apesar do Caos, nasceu Gaia, a terra, mãe e pátria de tudo que é vivo e morre. Mais novo que Gaia era seu irmão Tártaro, deus do que não é visto, governante das profundezas do chão e do cerne da alma. Mais novo que Tártaro, e ainda assim mais velho que o tempo, nasceu Eros, deus do amor, da paixão e dos prazeres da cama.

A essa leva inaugural de divindades, da qual vieram todas as demais, os estudiosos de Hesíodo se referem como *protógonoi* (nascidos primeiro). Agapóscafo, dois séculos mais próximo de nós que Hesíodo, chamava os deuses do seu *Nekronomaeikon* de Grandes Antigos ou *arkheóprotos* (anteriores aos primeiros).

O *Nekronomaeikon* conta que o Caos nasceu de uma guerra entre entidades cujos poderes, atribuições e apetites não cabem na compreensão humana. Para o bem das criaturas que vieram depois, a maioria desses monstros divinos morreu em combate. Os vencedores, poucos e muito feridos, recolheram-se em tocas, como ursos no inverno, e hibernaram. Passada uma eternidade, ou talvez duas, nem mesmo o panteão que os sucedeu se lembra deles.

Alguns dormem no fundo do oceano, mais submersos que os domínios de Possêidon, mais que os de Nereu. Outros, no fundo do céu, mais além que a abóbada de Urano, mais que a de Aether. E há os que, como cancros, dormem no fundo da terra, mais entranhados que a morada de Hades, mais que o reino de Tártaro.

Vita Dolentis, de Quintus Trebellius Nepos.

XXIII

— Graças à Ísis que o senhor apareceu! — diz o escravo Apophis ao abrir a porta.

A saudação deixa Dolens desconcertado: aquele mordomo arrogante jamais demonstrara qualquer consideração por ele, e agora lhe rendia graças.

— Gostaria de falar com seu patrão — Dolens diz, encolhido em cautela.

— Fale com ele! Alguém precisa falar com ele. A maldição o pegou!

— Apophis, um de nós dois deve estar bêbado. E, desta vez, acho que não sou eu.

— Venha ver! — Apophis pega Dolens pelo braço e o arrasta do *vestibulum* até as intimidades da casa.

O senador Cocceius Nerva está dobrado sobre si mesmo num canto de seu quarto, nu e delirante:

— *Sto spíti tou se Relegere, nekró Catullus periménei na oneirefteí... Sto spíti tou se Relegere, nekró Catullus periménei na oneirefteí...*

— Ave, senador! — Dolens saúda com o braço estendido. — Senador? Ave...? Sou eu. Dolens. Senador...! — Dolens se volta para Apophis: — O que ele está tentando dizer?

— É grego.

— Sei que é grego! — Dolens rebate, alfinetado em seu velho ponto fraco. — Traduza.

— Ele repete sem parar algo sem sentido que envolve Catulo e um lugar chamado "Reler": "Em sua casa em Reler, o morto Catulo espera em sonhos."

— Parece um caso bem grave de angústia da influência.

— Ele passou a noite toda assim!

— *Sto spíti tou se Relegere, nekró Catullus periménei na oneirefteí...*

— Qual foi a mistura? Ópio, cânhamo, cogumelos?

– O senador Nerva nunca fez uso de tais substâncias.
– Sei. Eu também não.
– Ele foi dominado pela maldição de Neith.
– *Sto spíti tou se Relegere, nekró Catullus periménei na oneireftei...*
– Maldição de quem?
– Neith! A deusa morta de Saís.
– Qual foi a mistura que você tomou?
– Neith morreu quando seus mistérios foram traduzidos para o grego. Morrerá de novo se forem revelados em latim.
– *Sto spíti tou se Relegere, nekró Catullus periménei na oneireftei...*
– Deuses adoram morrer e renascer o tempo todo. O que isso tem a ver com a loucura de Nerva?
– O *Nekronomaeikon*!
– Seu patrão enlouqueceu por causa de um livro velho?
– Um livro velho com velhas verdades.
– *Sto spíti tou se Relegere, nekró Catullus periménei na oneireftei...*
Dolens se inclina sobre Nerva e o sacode pelo ombro, sem obter nenhuma reação. Dá-lhe tapinhas no rosto, de leve primeiro, depois com força. Torce-lhe a orelha. Belisca-lhe o nariz. Faz bilu-bilu em seus lábios.
– *Sto spíti tou se Relegere, nekró Catullus periménei na oneireftei...*
– Quero ver esse necro-não-sei-das-quantas – Dolens diz, ferrando a mão direita na túnica de Apophis.

XXIV

Agapóscafo de Camiros, nos dois primeiros terços do *Nekronomaeikon*, discorre sobre a genealogia de cada um dos Grandes Antigos; no último terço, traz uma compilação de fórmulas mágicas que teriam o poder de acordá-los. Quem recitar essas fórmulas da maneira certa provocará a destruição de nosso mundo.

Os bons leitores do grego, é desnecessário lembrar, levam o *Nekronomaeikon* tão a sério quanto a *Batracomiomaquia*, o poema satírico de Pigres de Halicarnasso que, imitando o estilo da *Ilíada*, narra uma guerra entre rãs e ratos num brejo. Há, no entanto, alguns ingênuos que acreditam que os versos de Agapóscafo não são mal escritos, e sim malditos. A maldição teria matado Catulo e segue viva, à espera de alguém que diga no tom certo as palavras que acordarão os deuses *arkheóprotos*.

Certos livros cristãos, segundo eu soube, especialmente um chamado "Apocalipse", são fortemente inspirados no *Nekronomaeikon*.

Vita Dolentis, de Quintus Trebellius Nepos.

XXV

O sol de verão morre nas janelas, decapitado pelos postigos sólidos e pelas cortinas de lã. No *tablinum* da casa Cocceiana, jamais amanhece. A luz vem de quatro candeeiros de barro, sempre abastecidos de óleo e sempre acesos.

A escrivaninha do senador Nerva, no *tablinum*, é acolhedora e sólida. Há nichos para vários tinteiros, e em cada tinteiro há um pigmento caro, desde o negrume da lula até o carmesim do sangue de dragão. Rolos de papiro virgem e tabuinhas revestidas de cera empilham-se à esquerda. Pincéis, penas, canas e estiletes perfilam-se à direita.

Os documentos importantes ficam numa gaveta que Dolens arromba com a ponta do punhal. No fundo da gaveta, o papiro grego do *Nekronomaeikon*, cujas emanações de mofo queimam as narinas, está acompanhado por mais de vinte tabuinhas com transcrições, análises e esboços na caligrafia zelosamente redonda de Nerva.

– Preciso de uma sacola – Dolens diz a Apophis, depois de recolher de braçada tudo o que pôde.

– O que o senhor vai fazer?

– Levar a maldição embora.

– E se o patrão sair do transe?

– A intenção é que ele saia, não é?

– O que eu digo se ele perguntar pelo papiro?

– Diga que foi destruído no incêndio.

– Que incêndio?

Dolens pega um dos candeeiros de barro e o arremessa contra a escrivaninha. As chamas alegremente ganham fôlego.

– Este.

XXVI

Lucius Tarquinius Superbus, sétimo e último rei de Roma, recebeu certo dia em sua corte uma velha mulher vinda de Cumas, cidade habitada por gregos a sete dias de marcha ao sul da Urbe. Sete dias, obviamente, para um caminhante saudável. A quebradiça anciã, caso tenha vindo a pé, precisaria de muito mais tempo.

Ela afirmava ser uma das dez sibilas, que é como os gregos chamam as semilendárias e semidivinas profetisas de Apolo. Quando o rei lhe perguntou o que desejava, a autoproclamada Sibila de Cumas disse que trazia a Verdade. Para vender.

Nove rolos de papiro eram a mercadoria. Neles, no melhor grego vertido em versos hexâmetros, o futuro de Roma poderia ser decifrado por leitores atentos.

Tarquinius Superbus, interessado, perguntou o preço. A Sibila pediu um valor absurdamente alto. O rei não se conteve e riu na cara dela.

Ferida em seu orgulho, a Sibila botou fogo em três dos nove rolos. Pelos seis que sobraram, pediu o mesmo preço de antes.

Ultrajado, o rei mais uma vez recusou.

A Sibila queimou mais três rolos e exigiu como resgate, pelos três últimos, o valor que havia atribuído aos nove. Se não fosse paga, os queimaria também.

Tarquinius Superbus abriu seu cofre e pagou a Sibila.

Desde então, os Livros Sibilinos, guardados no Capitólio, têm orientado os destinos de Roma, com variáveis graus de eficiência.

Não há neles, por exemplo, nenhum verso, mesmo alusivo ou obscuro, que tenha previsto a queda do rei Tarquinius e a troca da monarquia pela República, o que de fato ocorreu dois anos depois da negociação com a Sibila. Há quem diga que essa, justamente, era uma das profecias que se perderam num dos seis rolos queimados. Tal suposição garante a infalibilidade dos Livros Sibilinos: o que eles preveem, preveem; o que não preveem poderia ter sido previsto, se o velho rei não fosse tão avarento. E lá se vão mais de seis séculos.

Quatrocentos e cinquenta anos mais tarde, Pompeu Magno, na última de suas aventuras no Oriente, interveio, em nome da República, na guerra que os irmãos Hircano e Aristóbulo travavam pelo trono da Judeia. As legiões de Pompeu foram as primeiras tropas romanas a pisar em Jerusalém, e pisaram com força. Doze mil partidários de Aristóbulo morreram ao pé do Templo de Salomão.

Vitorioso, Pompeu visitou com seus oficiais o "Santo dos Santos", recinto mais sagrado do Templo, onde apenas o sumo sacerdote podia entrar, e que era considerado a moradia divina.

Para surpresa de Pompeu, não se via lá nenhuma imagem, pintada ou esculpida, do deus judaico. O "Santo dos Santos" parecia o escritório de alguém que havia acabado de sair. Alguém muito rico. Sobre uma mesa revestida de ouro, perfilavam-se taças de ouro, candelabros de ouro e frascos com essências e óleos. Num cofre, prontamente violado, foram encontrados dois mil talentos de ouro.

Além do ouro e dos perfumes, havia um baú com rolos de papiro. Eram os livros sagrados do povo judeu. Pompeu espiou um ou dois rolos, mesmo sem entender nada da escrita hebraica, e os devolveu ao baú. Em seguida, ordenou que nada mais fosse tocado no "Santo dos Santos". As riquezas lá guardadas, materiais e literárias, escaparam incólumes.

Hircano, o irmão vencedor, foi restaurado por Pompeu à condição de sumo sacerdote, mas não à de rei. Hircano se tornou "etnarca", governante de um povo vassalo da autoridade romana. Desde então, de revolta em revolta, a Judeia só nos tem trazido incômodos. A guerra em que Vespasianus e seu filho Titus se envolveram era só mais um capítulo, e não o último, de uma velha saga.

Minha intenção, ao reviver Pompeu e Tarquinius, é lembrar que romanos gostam de livros; essa, arrisco dizer, é uma de nossas características definidoras. Romanos também gostam de antiguidades, e isso também nos define.

Livros antigos, portanto, nos fascinam em dobro.

Desiderius Dolens carregou o *Nekronomaeikon* e as anotações de Nerva até o bordel onde se escondia. Estudou os versos gregos e os rascunhos da tradução latina durante horas. A poeira e o mofo do papiro centenário lhe provocaram uma crise de espirros. As poucas linhas que conseguiu compreender quase o mataram. De tédio.

Vita Dolentis, de Quintus Trebellius Nepos.

XXVII

– Sou leitor de Catulo. Leitor de Virgílio! – diz Dolens. – Não tive uma educação muito esmerada, mas entendo um pouco de poesia. Esse tal Agapito...

– Agapóscafo – Derridarius corrige.

– ... É péssimo! O que são aquelas cesuras? E os espondeus? Meu grego é nulo, mas garanto que minha métrica é melhor que a dele.

– Claro, claro – Derridarius, impaciente, ajeita o topete. – Imagino que o senhor acredite que seja, o que pode até se configurar como verdade, dentro de um conjunto muito específico de critérios. Mas nosso objetivo não é discutir poesia.

– Pena que o senador Nerva nunca irá terminar a tradução. O pouco que ele fez supera o original.

– Senhor, a qualidade dos versos do *Nekronomaeikon* não interessa no momento!

– Não interessa a quem?

Dolens dera uma moeda de cobre à escrava corcunda do bordel para que procurasse o escravo Derridarius na casa Flaviana e o convocasse a uma reunião na *Domus Matri Tuae*, "A Casa da Sua Mãe", uma taverna imunda e discreta na Suburra.

A *Domus Matri Tuae*, pela má frequência e sujeira, se parece com o *Culus Plutoni*, "O cu de Plutão", onde Dolens se embriagou pela primeira vez na vida, aos onze anos. Além da semelhança nostálgica, Dolens descobriu que adora dizer: "Vou para A Casa da Sua Mãe." É essa gracinha, aliás, que atrai a maior parte dos fregueses.

Dolens sabe que, nas mansões da aristocracia, os escravos especializados – tesoureiros, administradores, professores – costumam receber algum dinheiro dos patrões: o *peculium*. Não é raro que o escravo de uma família rica tenha mais posses que um plebeu pobre. Por isso Dolens fez questão do encontro na taverna: queria que Derridarius lhe pagasse a bebida.

A discussão sobre métrica rendeu três canecas de vinho, antes que Derridarius tomasse coragem para perguntar:

– O senhor trouxe o livro ou não trouxe?

Dolens põe na mesa um saco de lona, de onde tira o rolo de papiro mofado. Derridarius toma o rolo. Abre-o. Lê os primeiros versos e desanda a tremer, com a respiração curta e o coração aos pulos.
— Começa assim — Dolens comenta. — Daqui a pouco, vêm os espirros.
Derridarius não espirra, mas um pequeno terremoto estala as vigas do teto da *Domus Matri Tuae*.
— O destino do mundo está em nossas mãos — Derridarius afirma, em voz falhada.
— Se você diz... — Dolens ergue o braço. — Mais vinho!

XXVIII

Aulus Vitellius Germanicus *Imperator* César Augustus, que muito bem poderia ter se proclamado o maior de todos os césares, não pelos feitos, mas pelo diâmetro da cintura, conduziu, na condição de *Pontifex Maximus*, a cerimônia quadrimestral de abertura e fechamento do *Mundus*, o poço sagrado no *Forum*, à beira do qual os romanos podiam contemplar, por alguns instantes, a fome do abismo.

Era o nono dia antes das calendas de setembro do ano 822 da fundação de Roma. Devotos aguardavam em fila para lançar ao poço flores, frutos, grãos e desejos. Eram milhares: velhos e jovens, aristocratas e plebeus, cidadãos livres e escravos. Entre os escravos, havia um de pequena estatura e grande topete: Derridarius, da casa Flaviana, que carregava numa cesta de vime as anotações de Nerva e o malfadado papiro do *Nekronomaeikon*.

Vita Dolentis, de Quintus Trebellius Nepos.

XXIX

— Se a metafísica da escrita fonética pode ser desafiada, e se o gesto de um indivíduo, em circunstâncias ideais, é suficiente para desviar o curso principal dos acontecimentos, posso afirmar que salvei o mundo — diz Derridarius.
— Bom para você.

Novamente convocado pela escrava corcunda, e novamente para pagar a conta, Derridarius encontrou seu desdenhoso cúmplice numa casa de banhos no Monte Célio.

Desiderius Dolens, nu e mergulhado até os ombros nas águas mornas do *tepidarium*, bebe sem economias o vinho que Derridarius pagará, enquanto o próprio Derridarius se mantém malsentado num banquinho à beira da piscina.

– Quando você arremessou no poço aquele papiro velho e as tabuinhas de Nerva, o que aconteceu?

– Já esclareci essa questão, senhor – Derridarius retruca. – O mundo foi salvo.

– Perguntei o que aconteceu – insiste Dolens. – O céu mudou de cor? Relâmpagos estalaram? Vozes inumanas grunhiram das profundezas do *Mundus*? A terra sacudiu?

Derridarius silencia.

– Gosta tanto de falar e agora ficou mudo... – Dolens esvazia o cálice de vinho e pede outro. – Tudo bem. Sei exatamente o que aconteceu no instante em que você jogou os tesouros de Nerva no buraco do *Mundus*: nada.

– E se o nada acontecer for um bom acontecimento? – Derridarius argumenta. – O senhor percebeu que os terremotos cessaram?

– Pode ter sido coincidência.

– Senhor, se tomarmos Platão ao pé da letra, temos de admitir que nem as coincidências ocorrem por acaso.

Dolens ergue as sobrancelhas:

– Muito bem. Se você diz que é, que seja. Agora só me resta torcer pela recuperação do senador Nerva.

– Talvez o senador Nerva tenha mergulhado fundo demais nos segredos profanos.

– Nerva é meu padrinho e meu amigo. Se ele não se curar dessa praga, doença, maldição ou sei lá o que, ficarei muito desapontado.

– Entendo.

– Para afogar meu desapontamento, talvez eu mate você. Com as mãos nuas. Quebrando cada osso desse corpinho de professor. Bem devagar.

A espinha de Derridarius se curva, seus ombros se retraem e seu topete arrepia como o pelo de um gato acuado.

— Pague meu vinho e suma – Dolens ordena, sendo prontamente atendido.

XXX

Marcus Cocceius Nerva, ao se recobrar do transe místico, pareceu aliviado ao ver as cinzas e restos de sua sala de escrita, como se o peso de uma condenação lhe tivesse saído das costas. O chamado de Catulo não podia mais ser respondido por ele. Desde então, em vez das lides literárias, ele preferiu dedicar suas horas de folga ao cultivo de orquídeas.

A floração de pequenos terremotos murchou e morreu. Depois de um verão instável, os cidadãos de Roma puderam pisar de novo em solo firme.

Não se podia dizer o mesmo de Aulus Vitellius, o imperador ameaçado, para quem o outono, numa metáfora cruelmente óbvia, se anunciava como a estação da queda.

Vita Dolentis, de Quintus Trebellius Nepos.

XXXI

A cana, depois de cada mergulho no tinteiro, desce no papiro em gordos adjetivos, até acabar sua jornada com a assinatura do senador Cocceius Nerva.

— Esta carta pode ter dois efeitos – Nerva diz. – Ou permitirá que você chegue vivo ao Vêneto, ou nos condenará à morte.

— Se os vitellianos me capturarem, prometo dizer que forjei a assinatura.

— Vamos ver se eles acreditam.

— O senhor tem certeza de que ir para o norte é a melhor alternativa?

— Até onde você conseguiria chegar, se fosse para o sul? O Egito é mais distante que o Vêneto, e um navio é mais difícil de conseguir que um cavalo.

— Flavius Vespasianus está no Egito. Não está?

— Está e, provavelmente, não irá se mover até que a guerra seja vencida. Se você quer mostrar valor como homem de armas, o norte é seu destino.

— Se ao menos eu soubesse onde no Vêneto as tropas flavianas se aquartelaram...

– Vá em direção à Gália o mais que puder. Os legionários que você encontrar apontando lanças para o norte serão vitellianos. Quando as lanças estiverem viradas para o sul, você terá chegado ao território flaviano.

– Resta torcer para que as lanças de um lado ou de outro não se voltem contra mim.

– É preciso bem mais que algumas lanças para vencer o carniceiro de Bonna.

– Obrigado por sua confiança, senador.

– Tente não morrer, centurião – Nerva diz e, num rompante, abraça Dolens.

O abraço depressa se desfaz, porque tanto quem abraçou quanto quem foi abraçado têm dificuldades com manifestações de afeto que violem a hierarquia social.

– Tribuno – Dolens resmunga.

– O quê?

– Sou tribuno, não centurião.

– Claro, claro.

– Ave! – Dolens, constrangido, faz a saudação dos nobres. E sai.

XXXII

Marcus Antonius Primus, o mais arrojado dentre os líderes da facção flaviana, fincou seu estandarte em Verona, a pouco mais de quatrocentas milhas romanas da Urbe e menos de sessenta milhas a nordeste do acampamento de Cécina, em Cremona.

A pequena distância entre Verona e Cremona propiciou uma abundante troca de cartas entre os dois comandantes. Cada um convidava o outro à rendição, porém o estilo das propostas era bastante diferente. As cartas de Verona vinham do punho de um líder guerreiro que não admitia perder. As cartas de Cremona eram assinadas por um chefe de tropa cujas ambições eram mais políticas que militares, e cujo interesse imediato era o salvamento do próprio pescoço.

É razoável acreditar que, se o pouco diplomático Antonius Primus houvesse enumerado suas exigências de modo menos arrogante, Cécina teria se rendido.

De um lado e de outro, legionários afiavam as espadas, inocentes do fato de que gotas de tinta no papiro valiam mais que ânforas de sangue no campo de batalha.

Vita Dolentis, de Quintus Trebellius Nepos.

XXXIII

— Quando sunt tenebrae
et nemo audit te,
quando advesperascit
et tu potes flere,
lux est cuniculo
ad desperatis,
est humillis portus
ad quem pervult advenire.
Ego sum lucerna
mortuorum mari,
ego te exspecto.
Tempta non remorari...

A voz da escrava corcunda, embora áspera, é clara, quente e cheia de matizes.

O escravo rapazote perdeu rápido o medo do teclado.

Dois artistas que apenas precisavam de uma oportunidade, Dolens pensa ao manejar a alavanca direita do *hydraulis*.

— Se ele toca e ela canta – Rutília reclama, subindo e descendo a alavanca da esquerda –, quem vai mexer nas alavancas? Você e eu, para sempre?

— Diga ao dono desse puteiro para abrir a bolsa e comprar mais dois escravos. Os mais baratos, velhos e fedorentos que houver. Não é preciso ser professor de filosofia para mexer numa alavanca.

— E se ele não quiser?

— Diga que, quando eu voltar a Roma, arranco os dentes dele pelo cu.

— É um bom argumento.

Rutília e Dolens abandonam as alavancas, caem um sobre o outro e se beijam aos agarros e ofegos.

– Você vai voltar, não vai? – Rutília murmura, entre uma mordida e um chupão. – Diga que vai voltar!
– Se eu não voltar, lembre do que eu fui.
– Você é um escroto.
– Lembre disso.
Rutília e Dolens copulam no chão, diante dos escravos.

XXXIV

Sextus Lucilius Bassus, comandante da frota imperial do Mar Adriático, sediada no porto de Ravena, decidiu se aliar a Flavius Vespasianus. Ele pretendia, apenas por manter quietos os marinheiros e ancorados os navios, ganhar a gratidão do novo imperador. Perdeu-se, porém, como ocorre a tantos homens públicos, pelo excesso de retórica. Seu discurso pró-flaviano foi tão empolgante que os marinheiros acharam muito pouco apenas esperar. Eles queriam meter velas ao vento, remos n'água e espadas na pança de Vitellius. A opção pela inércia, chamada por Lucilius Bassus de "apoio passivo", irritou tanto os seus comandados que eles se rebelaram.

Um dos líderes do motim foi Statius Murcus, antigo legionário das coortes urbanas que Desiderius Dolens havia promovido a centurião. Murcus, a contragosto, saíra de Roma para lutar na marinha de Otho sem sequer saber nadar. Era um homem de raciocínio lento e fala inconveniente que, por alguma estranha bênção de Netuno, converteu-se num comandante naval tão hábil que os vitellianos, após a derrota de Otho, acharam mais útil cooptá-lo que puni-lo. Ao se rebelar contra Vitellius, ele, sem saber, voltava novamente a lutar do mesmo lado que o carniceiro de Bonna.

Bassus foi metido em correntes e só não morreu porque Cornelius Fuscus, comandante flaviano enviado às pressas por Antonius Primus, assumiu o controle da marujada e o libertou.

A perda, sem batalha, de toda a frota do leste mostrou a Cécina que seu ramalhete de opções começava a murchar. Ele, um dos primeiros a antever a derrota de Vitellius, teve medo de ficar em último na fila dos rebeldes de ocasião e resolveu agir.

Como tantas vezes acontece com quem segue o tempo alheio e não o seu próprio, ele agiu errado.

Diante de seus legados, tribunos e centuriões *primi pili*, Cécina renegou Vitellius e declarou apoio à causa flaviana. Foi aplaudido. Detrás das palmas, porém, havia caretas de angústia. Muitos oficiais cecinianos também apostavam na derrota de Vitellius, mas temiam a reação da tropa. Legionários curtidos na Germânia e jamais vencidos em combate concordariam em se render sem luta?

Não concordaram. Àquela noite, décimo quinto dia antes das calendas de novembro, um eclipse afogou a lua em vermelho-sangue, o que está longe de ser considerado bom presságio.

Sob a lua sanguínea, Cécina e os oficiais que o apoiaram foram acorrentados, e a tropa urrou ferozmente sua fidelidade a Vitellius Augustus.

Alheio às disputas internas do inimigo, mas atento aos vigias de estrada, Desiderius Dolens, em seu caminho até o Vêneto, foi obrigado a seguir escondido por pântanos, bosques, barrancos e vales, a rastejar no meio de plantações, a dormir debaixo de arbustos. Banhava-se em córregos. Comia apenas o que pudesse colher, caçar ou pescar, o que, em boa parte do tempo, limitou-o a uma dieta de azeitonas amargas, lagartixas e girinos. Não tinha vinho para beber, o que o deixava tremendamente mal-humorado.

Em circunstâncias normais, pelas estradas romanas, o trajeto da Urbe a Verona pode ser percorrido por um legionário a pé em vinte dias. Dolens gastou sessenta.

Vita Dolentis, de Quintus Trebellius Nepos.

XXXV

Todos os caminhos levam a Roma, porém alguns fazem escala em Verona. Bem assentada ao nordeste da península e na rota da Narbonense, por Verona passam a Via Gálica, que vai de Augusta Taurinorum, a oeste, até Aquileia, ao leste; a Via Postúmia, que vai da Ligúria banhada pelo Tirreno até a Ilíria, na margem bárbara do Adriático; a Via Cláudia Augusta, que vai de Mutina, no Vale do Pó, até a Récia, na beira do Danúbio; e mais uma infinidade de estradas secundárias que vão aonde se queira ir.

Por nenhum desses caminhos chegou Desiderius Dolens. Barbudo, fedido, com lama, folhas secas e cardos na roupa, na barba e nos cabelos, ele emerge do mato. Avança montado numa mula. Custou-lhe muito descobrir que Verona era o quartel-general flaviano na península. Custou-lhe também, ao contemplar à distância os muros e o famoso anfiteatro aquém-muros, criar coragem para se mostrar. Esses custos, no entanto – o do deslocamento, o da camuflagem, o da observação e o da ousadia –, Dolens pagou com exaustão física, noites em vigília e fome constante.

A mula custou dinheiro.

No único contato humano que se permitiu em sessenta dias, Dolens abordou uma velha viúva de vista embaçada, que tinha um pequeno vinhedo nas redondezas de Verona. A viúva, cuja astúcia compensava largamente o que a visão não lhe provia, vendeu por seiscentos sestércios, quantia que, não por acaso, era quase tudo o que Dolens possuía, a mula de pelo gris. A viúva garantiu que se tratava de um animal forte, obediente e fiel. No meio de tantos louvores, deixou escapar que era dona da mula desde mocinha, pois a recebera como presente de casamento.

Se Dolens tivesse feito as contas, perceberia que não era bom negócio, mas ele tinha pouca escolha, pouca paciência, muita vontade de beber vinho e, depois que a viúva lhe serviu algumas canecas, sua pouca matemática se afogou.

Ele é cavaleiro romano. Cavaleiros andam a cavalo. Ou, na falta desses, em mulas. Ou em qualquer quadrúpede que possa carregar um homem adulto.

Montado na mula, com a cota de malha pegando ferrugem, o gládio e o punhal nas bainhas e o escudo auriverde pendurado nas costas, ele avança para o portão sudoeste das muralhas de Verona.

– *Quo vadis*? – grita-lhe um sentinela.

– Sou Publius Desiderius Dolens, tribuno angusticlávio momentaneamente descomissionado – Dolens diz, e a mula morre de velhice.

Ele cai, embolado com o recém-cadáver, no instante em que dizia "Ave!".

Todo o *contubernium* de legionários encarregado de vigiar o portão saca os gládios e avança.

COISA DO PÂNTANO

21 a 29 de outubro do ano 69 d.C.

1

Há pessoas. Há histórias. As pessoas pensam que dão forma às histórias, mas o oposto, com frequência, é mais próximo da verdade.

Chove nos telhados de Verona.

O prédio da Basílica Augusta, no extremo leste do fórum veronense, foi ocupado por Antonius Primus e seus oficiais. Entre esses, Arrius Varus, tribuno laticlávio, que teve azar no sorteio das salas e ganhou, como gabinete, um espaço térreo onde antes funcionava um açougue. Por mais que o chão e as paredes tenham sido lavados, permanece um azedume de putrefação. Incensos ardem o dia todo, pagos pelo próprio Varus. O efeito, no nariz dos visitantes, é uma agridoce disputa entre a carne e o olíbano. Desiderius Dolens, cujo corpo exala maus cheiros diversos, entra como terceiro oponente nessa batalha de odores.

Dois dos legionários que o capturaram obrigam Dolens a se ajoelhar diante da escrivaninha de Varus, que encara brevemente o prisioneiro, antes de desviar os olhos para o chefe do *contubernium*:

– Quem é o monstro do pântano?

– Sou cavaleiro romano – Dolens diz, por baixo da crosta de lama – e exijo ser tratado de acordo com minha dignidade.

– Dignidade...? Interessante. O que motivou o nobre cavaleiro a visitar Verona?

– Quero me juntar às tropas de Flavius Vespasianus.

– Muita gente quer por estes dias.

– Fui comandante das coortes urbanas sob Otho. Estive em Brixellum. Lutei em *Locus Castorum*.

– Pode provar?

Dolens tira da bolsa um rolo de papiro e o estende a Varus.

– "Ao imperador Vespasianus, a seus legados e tribunos" – Varus começa a ler em voz alta. – "Em nome do Senado e do povo, saúdo-os e rogo que as bênçãos de Júpiter Capitolino"... Blá-blá-blá... "Publius Desiderius Dolens"... Blá-blá-blá... "Bonna"... Mais blá-blá-blá... "Senador Marcus Cocceius Nerva" – Varus torna a enrolar o papiro. – Pronto. Agora você acabou de me criar um problema – ele se ergue da cadeira e sai detrás da escrivaninha. – Levante-se – ordena.

Dolens se põe de pé e estende o braço.

– Ave, tribuno!

– Veja só as minhas alternativas – Varus prossegue, sem responder à saudação: – se mando matar você, posso ganhar a inimizade de um senador romano. Se o recebo como tribuno angusticlávio, posso ser decapitado por dar honras de oficial a um espião inimigo. No meu lugar, Desiderius Dolens, o que você faria?

– Chamaria meu chefe.

– Antonius Primus anda muito ocupado. Tenho vários assuntos a tratar com ele, mas não consigo marcar uma audiência.

– Então me mate – Dolens empina o queixo e puxa a barba para cima. – O pescoço está aqui.

– Há uma terceira opção – Varus sorri com todos os dentes. – Deve ser a mais sábia, porque resolve o problema, mas não satisfaz a nenhum de nós dois.

Cuspido como o conteúdo de um balde de lixo, Dolens cai de cara no pátio do acampamento improvisado da quinta coorte da *Legio Septima Galbiana*. O centurião *pilus prior* se aproxima, intrigado:

– O que é isso?

– Novo recruta – diz o legionário instruído por Arrius Varus.

– Sério? Desse jeito, vamos acabar recrutando porcos do mato e ursos – o centurião se inclina diante de Dolens: – Tenho uma tarefa perfeita para alguém com o seu nível de higiene pessoal. A limpeza das latrinas!

ll

Publius Desiderius Dolens, por mais que quisesse fugir da insanidade que seu pai lhe deixara como herança, via-se com triste frequência tragado pela voragem do absurdo. Por isso, convém lembrar aos leitores, o relato de sua vida volta e meia se parece com o diário de um louco.

Legionário desde os dezessete anos, Dolens se viu aos trinta e sete, naquele outubro do ano 822 da fundação da Urbe, de volta aonde havia começado: como recruta. Os mais velhos dentre os seus novos companheiros eram quinze anos mais jovens que ele. E ninguém na *Legio Septima Galbiana*, que Galba mandou convocar na Hispânia Tarraconense e Vitellius mandou enfiar nos cafundós da Panônia, sabia quem era o "carniceiro de Bonna". A maior parte dos legionários e suboficiais da *Septima Galbiana* nem sabia, na verdade, onde Bonna ficava.

Em seu primeiro dia como novato na tropa, Dolens limpou latrinas. No segundo, participou dos treinamentos e tentou não fazer má figura. O que lhe faltava de agilidade, compensava pela experiência. O que faltava no fôlego, compensava na força. E o que faltava em perícia compensava com algum golpe baixo. De nada adiantou. Aos olhos dos outros legionários, continuava sendo velho, forasteiro e possível espião. Isso ficou bem claro quando, ao se deitar, ele encontrou um morcego meio morto se debatendo em seu beliche.

Os colegas de alojamento, com risos abafados e caçoadas em voz baixa, estavam ansiosos para ver como ele reagiria. Se gritasse de susto, seria um covarde. Se exigisse saber quem era o autor da gracinha, seria um encrenqueiro. Se reclamasse aos oficiais, seria um dedo-duro.

Dolens pegou o morcego, arrancou-lhe a cabeça com os dentes, mastigou e cuspiu. E depois se acomodou para dormir, embalado por um silêncio doce de cemitério.

Vita Dolentis, de Quintus Trebellius Nepos.

III

Um legionário despeja outro balde:

— E agora? A temperatura está boa?

— Melhorou – diz Dolens, amolecendo devagar na tina de água morna, enquanto outro legionário o esfrega com uma esponja. – Menos força, por favor.

— Vinho? – um terceiro legionário vem com outra jarra.

— Pode encher – Dolens estende a caneca. – Lembrou de lavar meu escudo?

— E afiei sua espada.

— Serviço de barbearia? – um quarto legionário se aproxima com tesoura e navalha.

— Raspe a barba e deixe o cabelo bem curto. E se você puder cortar esses pelinhos das minhas narinas...

Sob o céu cinzento da manhã de outono, o carniceiro de Bonna pretende aproveitar ao máximo seu pequeno triunfo.

A cinquenta *passus* de distância, Arrius Varus observa a cena, rindo entre dentes. A seu lado, o centurião *primus prior* cospe raiva e perdigotos:

— Ele pensa que meu quartel é o quê? Casa de termas?

— Pelo menos, os companheiros de armas gostam dele.

— Têm medo dele! Dizem que é o carniceiro de Tonna.

— Bonna. Era o que dizia na carta do senador.

— Vieram me contar que ele afirma ter destruído uma cidade na Germânia e matado seis mil pessoas. Sozinho.

— Provavelmente, não era uma cidade. Provavelmente, não foram seis mil pessoas. E aposto que ele não estava sozinho.

— Tribuno, esse homem é uma afronta à disciplina.

— Mande açoitá-lo, ora.

O centurião hesita e respira fundo, antes de responder em voz baixa:

— E se ele não gostar?

Arrius Varus ergue as sobrancelhas e encara o centurião:

— Esse é o objetivo. Não é?

— Mas, tribuno...

O centurião parece diminuir de tamanho em sua vergonha. Varus, que de vez em quando gosta de amaciar seus sapatos pisando nos subalternos, resolve provocá-lo:

– Você está com medo?! E daí se ele matou sei lá quantos germanos?
– Ele comeu um morcego.
– O quê?
– Um morcego. Vivo. Ele pegou aquele bicho peludo e asqueroso, e comeu!
– Só por isso você não tem coragem de mandá-lo para o açoite?
– Quem come um morcego é capaz de qualquer coisa.

Varus pensa em mandar açoitar o centurião para ensiná-lo a não ser frouxo, mas desiste, movido apenas pelo receio de perder popularidade entre os oficiais:

– Não se preocupe. A solução do seu problema está marchando para cá.

IV

Gaius Suetonius Laetus, tribuno angusticlávio da *Legio Decima Tertia Gemina*, completou vinte e cinco anos de idade durante a guerra civil. Embora compartilhassem o mesmo nome de família, ele e o rapinoso senador Suetonius Paulinus não tinham nenhum laço de sangue. Suetonius Laetus também combateu em favor de Otho, mas, ao contrário de Suetonius Paulinus, sofreu o ostracismo destinado aos othonianos da plebe e da baixa nobreza. Pouco depois dos vários ciclos de matança daqueles tempos, foi pai de um menino que hoje, nem tão menino nos seus cinquenta e poucos, é o encarregado da correspondência oficial de nosso amado imperador Adriano. Recentemente, Suetonius Tranquilus, o filho de Laetus, tornou público o delicioso relato *De vita Caesarum*, também conhecido como "Os doze césares", cuja leitura recomendo com entusiasmo.

Como seu posto era alto o suficiente para receber missões importantes, mas não tão alto que pudesse esquivar-se delas, coube a Suetonius Laetus a tarefa de agrupar os legionários que, descomissionados por terem lutado em favor de Otho, haviam recebido a convocação dos mensageiros de Vespasianus.

Lentamente, reunimo-nos – também fui para lá – em Ateste, a cinquenta milhas romanas de Verona, desejosos, eu, ao menos, de alguma justiça. Os outros, quase todos, queriam vingança e salário.

Boa parte dos homens de armas que serviam na Urbe quando Otho se apossou do Império morrera durante a perseguição de Vitellius. Dos sobreviventes, vários preferiram desaparecer e se manter desaparecidos, enfurnando-se como toupeiras nos rincões da península. Pela graça ou por descuido dos deuses, reencontrei companheiros que nem supunha vivos, como o centurião Atticus e o *signifer* Flavus.

Apresentaram-se em Ateste pouco menos de seis mil combatentes, que foram reunidos em doze coortes.

Meu velho posto, ou nem tão velho, já que o exerci durante um mês antes de cair em desgraça, foi restaurado: centurião *pilus posterior* da segunda centúria da primeira coorte. Tornei-me, assim, hierarquicamente próximo de Suetonius Laetus, o que rapidamente nos converteu em amigos. Tal como eu, Laetus era homem de papiros e penas, bem mais que de escudos e lanças. Cometia uns versos horríveis, quase tão ruins quanto os meus. É curioso que, embora a vocação literária tenha germinado com o pai, o talento só viria mesmo a florescer no filho.

Ao chegarmos a Verona, depois de três dias de marcha, os antigos pretorianos, que eram maioria entre nós, foram organizados numa unidade própria. Os restantes, ou seja, os urbanicianos, alguns *vigiles* e outros homens de guarnições desfeitas, foram distribuídos entre as legiões de Antonius Primus.

O centurião Julius Atticus, por ser *pilus prior*, o *signifer* Flavus, porque era um alamano gigante e eu, pela recém-adquirida amizade com Suetonius Laetus, ganhamos o direito de integrar as fileiras da *Decima Tertia*, a célebre tropa que, há cento e setenta anos, no morrer das luzes da velha República, atravessou o Rubicão com Julius César.

Confesso que me senti mal.

Perdoem a ousadia deste velho, mas desde jovem sempre suspeitei que a República poderia ter menos tropeços se o divino Julius houvesse cruzado aquele córrego como cidadão privado, e não como líder guerreiro.

Mal pisamos em Verona e nos mandaram marchar de novo. Até Bedríaco, de triste memória.

Vita Dolentis, de Quintus Trebellius Nepos.

V

Sob o manto das folhas secas, raízes crescem ávidas de umidade. O outono segue seu ritmo, até que as cáligas e os machados trazem a morte. Cinco mil árvores são derrubadas para erguer o quartel de campanha em Bedríaco.

– Mais rápido! – Suetonius Laetus grita aos legionários que alinham troncos na paliçada. –Precisamos dar o exemplo. Somos a *Decima Tertia*!

– "Somos a *Decima Tertia*! Somos a *Decima Tertia*" – Julius Atticus repete baixo, em falsete, enquanto desce a marreta numa escora. – Ele já disse isso mais de treze mil vezes. Grande coisa ser a *Decima Tertia* – Atticus, como oficial, nem precisaria ajudar no trabalho pesado, mas resolveu dar marretadas para exercitar a raiva e reprimir o medo. – *Decima Tertia*... Uma bosta de legião que ficou famosa só porque vadeou um riachinho.

– É com essa bosta de legião que enfrentaremos Vitellius – Nepos retruca.

Oito legionários se aproximam.

– Ave! – o mais graduado deles saúda. – Onde está o comandante do manípulo?

– Sou eu – diz Suetonius Laetus.

– Arrius Varus, tribuno laticlávio da *Legio Septima Galbiana*, mandou transferir o recruta Publius Desiderius Dolens para as suas coortes.

Os oito homens desfazem a formação de marcha e, do meio deles, aparece Dolens. Bêbado.

– Recruta é a puta que os pariu. Eu sou tribuno!

VI

Gaius Fabius Valens, principal líder vitelliano e antigo comandante de Dolens em Bonna nos tempos da *Legio Prima Germanica*, marchou da Urbe para apoiar as forças do norte, tão logo soube da traição de Cécina, mesmo sem estar completamente curado de sua crise intestinal.

O avanço das legiões valentinas, com muitas paradas a curtos intervalos, parecia imitar o fluxo atormentado das entranhas do próprio Valens. Para se distrair das aflições internas e das tribulações externas, ele se fazia acompanhar de um cortejo de eunucos e concubinas, e de vez em quando violentava a filha ou a esposa de algum dos muitos fazendeiros que extorquiu pelo caminho. O ultraje das pobres mulheres era repugnante, mas durava pouco: Valens precisava interromper-se para atender às urgências da diarreia.

Apesar da doença e da distância, ele poderia ter chegado a Cremona, quartel das forças vitellianas ao norte da península, com a rapidez necessária para mudar o rumo da guerra, abortando a investida de Antonius Primus. Optou, no entanto, por retardar a marcha e dividir suas forças: três coortes foram enviadas ao leste para Ariminum, na beira do Adriático; a cavalaria rumou para a terra dos úmbrios, no centro da península; o próprio Valens, com o grosso das tropas, esparramou-se a oeste pela Etrúria. Posso imaginar que o plano de Valens fosse consolidar uma barreira de costa a costa contra os flavianos. Se estou certo, ele era péssimo estrategista, primeiro por não ter efetivos para garantir uma linha de defesa tão extensa, e segundo porque uma vitória flaviana ao norte seria imparável, como foi, de fato.

Os espiões de Antonius Primus, dispersos dos Alpes ao Lácio, porém limitados pela velocidade dos cavalos, informaram-no dos movimentos de Valens, mas não da sua intenção de parar cento e cinquenta milhas ao sul de Cremona. Também o alertaram sobre um contingente vitelliano formado por coortes gaulesas, hispanas e britanas, que marchava desde a Gália para tomar os Alpes e cortar o contato de Verona com as forças flavianas do leste.

Antonius Primus, aos trinta e quatro anos, tinha o físico de um lutador de *pankration*, a coragem de um cão hidrófobo e a paciência de um cobrador de impostos. A soma de tais qualidades o fez decidir sem hesitação por um ataque frontal aos vitellianos, a partir da recém-construída fortificação em Bedríaco.

Obviamente ele não teve tempo nem de passar os olhos pelo requerimento de um legionário da *Decima Tertia* que pretendia ser reconhecido como tribuno.

Suetonius Laetus não tinha poderes para resolver a questão; assim, restou-me acolher Dolens em minha centúria e, à guisa de consolo, nomeá-lo meu *optio*.

Vita Dolentis, de Quintus Trebellius Nepos.

VII

Alas de cavalaria, tropas auxiliares e centúrias alongam a formação para cruzar de oriente a ocidente o barrancoso rio Ollius por uma estreita ponte de madeira, que desemboca num caminho barrento apertado entre encostas. Na retaguarda da segunda centúria da primeira coorte, Dolens marcha em silêncio, carregando a *hastile*, comprida vara com castão de bronze que identifica os *optiones* em campanha, como quem carrega uma infâmia. Nepos, preocupado, se aproxima dele:

— Acho que precisamos conversar.

— Seu lugar é na vanguarda, centurião.

— Não me olhe com essa cara. O que eu poderia fazer?

— A justiça foi feita: você é superior a mim pelo nascimento, pela instrução e pela fortuna. Era incongruente que eu fosse o oficial superior e você o subalterno.

— Dolens, se dependesse de mim, sua dignidade de tribuno jamais seria contestada. Mas que poder eu tenho?

— Neste momento, centurião, você tem poder sobre oitenta legionários. Exerça-o.

Logo a oeste do Ollius, eles ouvem, à frente, os corneteiros da cavalaria flaviana darem o toque de "atacar".

— Já?! — Nepos exclama, pasmo. — Eles enlouqueceram!

— A batalha começou, centurião — diz Dolens.

VIII

Quintus Arrius Varus, tribuno laticlávio, ávido de glórias e ansioso por impressionar seu chefe Antonius Primus, viu brilhar uma faísca de oportunidade e deu ordem de ataque às alas de cavalaria sob seu comando.

Foi o início da segunda batalha de Bedríaco.

A arremetida flaviana intimidou a vanguarda vitelliana, mas não por muito tempo. Os vitellianos se reagruparam, mataram os cavalarianos mais ousados e puseram os outros a fugir.

Varus não conseguiu deter e nem organizar a retirada. Suas alas desembestaram num recuo que atropelou a infantaria e espalhou o pânico entre as forças flavianas.

Antonius Primus, no decurso daquele dia, provou ser um líder quase comparável aos velhos heróis da República. Ele galopou para a vanguarda, na esperança de reagrupar ginetes e infantes com o vigor de seu exemplo. Expôs-se a flechas, espadas e lanças, acudiu feridos, animou recalcitrantes, agrupou dispersos e organizou contra-ataques. Quando viu um *signifer* da cavalaria em fuga com o estandarte da *Septima Galbiana*, matou-o. E, brandindo ele mesmo o estandarte, arremessou-se contra o inimigo.

Tanta bravura, porém, não freou a debandada do grosso das tropas flavianas, que, na ânsia de voltar para o leste do rio Ollius, se espremiam num trecho de estrada rasgado no fundo de um despenhadeiro.

Minha centúria, por graça e desgraça, ficou no caminho entre a ponte do Ollius e os irmãos de armas que fugiam.

Vita Dolentis, de Quintus Trebellius Nepos.

IX

O corrosivo suor do medo deságua na margem do rio. O castão de bronze da *hastile* voa dolorosamente na cabeça e nas costas dos homens na retaguarda:

— Ninguém recua! — Dolens ruge, com as cáligas cravadas na cabeceira da ponte. — Ninguém recua! Avante!

— *Optio!* — um legionário, apesar das pancadas, cria coragem para o protesto: — Se não cruzarmos a ponte, vamos ser pisoteados!

Dolens olha para trás, por cima do ombro: a ponte é um frágil caminho de madeira entre a morte heroica e a fuga vergonhosa. Dolens não é um herói, sabe que não é herói e não deseja ser herói, mas também não quer que Vitellius vença.

— A ponte caiu — ele diz.

O legionário, por instantes, fica imóvel, sem entender a frase. O impasse contagia os outros homens. Dolens solta a *hastile* e saca o gládio:

— Avisem as fileiras da vanguarda que a ponte caiu. Nosso único caminho é à frente.

Curado da perplexidade, o legionário, num ímpeto, tenta alcançar a ponte. Dolens o degola num rápido golpe de gume. Dois homens tentam vingar o companheiro. Dolens desfere duas estocadas: no olho de um, até tocar o cérebro, na axila do outro, perfurando o coração. Os três imprudentes ainda agonizam, estrebuchando, quando Dolens os chuta para o rio, diante do paralisado espanto dos outros legionários.

– Lá na frente – ele diz, com a espada sangrenta apontada para o oeste – não há nada pior do que eu. Avisem a vanguarda que a ponte caiu!

X

Publius Desiderius Dolens deu duas opções aos legionários nas últimas fileiras da minha centúria: recuar, lutando pela própria vida contra um suboficial enlouquecido, ou avançar, empurrando os colegas da vanguarda em direção aos vitellianos. Alguns homens ficaram de tal maneira dominados pela virulência de Dolens que chegaram a ajudá-lo a derrubar as toras de madeira que sustinham a cabeça ocidental da ponte, usando gládios e escudos como se fossem pás.

Às coortes e alas do exército flaviano, usurpadas da única rota de fuga, espremidas entre si e pouco dispostas a nadar diante do risco de afogamento sob o peso das couraças, restava apenas uma alternativa: voltar-se em formação cerrada contra o inimigo.

Os vitellianos, que dispersamente os perseguiam, foram trucidados.

Muitas vezes o desespero, sozinho, consegue o que a coragem, a sabedoria e a força, juntas, não conseguiriam.

Vita Dolentis, de Quintus Trebellius Nepos.

XI

No vermelho tremulante da *Decima Tertia*, o leão dourado faísca sob os últimos raios de sol que escapam das nuvens. O *signifer* que carrega o estandarte, seguido por dois oficiais, um suboficial e um *contubernium*, tenta não pisar nos cadáveres, especialmente nos que ainda se mexem. O cheiro de mato esmagado, barro, suor, sangue, carne crua, merda e mijo paira pesado e horrivelmente doce.

— Vitelliano ou flaviano? — o *signifer* pergunta a cada moribundo que encontra. — Vitelliano ou flaviano? — a verificação é necessária porque inimigos e aliados usam o mesmo uniforme.

Os legionários do *contubernium* têm a tarefa de oferecer socorro aos companheiros e misericórdia aos inimigos, sendo que "misericórdia" consiste na morte rápida com um golpe de gládio na garganta.

— Todos que conseguem falar dizem que estão do nosso lado — Smerkjan, o *signifer* alamano, comenta roído de dúvidas. — Será que estão mentindo?

— Você diria a verdade? — Dolens pergunta, num tom retórico. Mas, depois de mirar Smerkjan nos olhos, um par de olhos azuis e redondos de uma inocência irritante, ele pondera: — Diria. Você diria. Eles não são você. Socorro aos que conseguirem falar! — Dolens ordena ao *contubernium*. — Misericórdia a quem estiver para morrer.

Tão logo dá a ordem, Dolens se lembra de que não tem mais autoridade para isso. Ele é apenas um *optio*, hierarquicamente igual a um *signifer* e inferior aos centuriões *pilus posterior* e *pilus prior* que o acompanham.

— Apenas uma sugestão — ele emenda.

— Sugestão aceita, Dolens — diz Nepos, realçando a ironia.

— Posso continuar sugerindo? — Dolens se anima. — E se um de vocês procurasse Antonius Primus para lembrá-lo de *Locus Castorum*?

Julius Atticus, em dúvida, volta seus olhinhos vesgos para Nepos.

— Em *Locus Castorum* — Dolens insiste — as fortificações do inimigo estavam diante de nossos olhos, e mesmo assim nos mandaram parar. Exatamente como agora!

— Cremona não está diante dos olhos — Atticus, a piscar, argumenta. — São quatro milhas até lá.

— Menos de uma hora de marcha! — Dolens rebate. — Vamos reagrupar as tropas e foder esses filhos da puta.

— Cremona não é um quartel de campanha — retruca Nepos. — É uma cidade!

— Uma cidade rica.

— Rica e guarnecida com muralhas bem altas... — Atticus lamenta.

— O que vocês querem? — Nepos espeta sua bengala no chão, entre o corpo de um cavalariano e uma perna desmembrada. — Invadir casa a casa, massacrar os homens, estuprar as mulheres e roubar qualquer coisa que tenha valor?

– Falando assim, até parece que somos uns bárbaros – Atticus se defende.

– Sejamos realistas – Dolens diz, num mastigado amargor. – Cremona está condenada. E aposto que nosso amado comandante Antonius Primus espera que, até amanhã, os vitellianos se rendam. Se isso acontecer, o tesouro de Cremona irá para a bolsa de quem? De Antonius Primus! Agora, só por hipótese, vamos imaginar o que aconteceria se a cidade fosse atacada esta noite, antes de ter tempo para a rendição. As riquezas seriam de quem pudesse pegar!

– Cremona é uma cidade romana. Habitada por cidadãos romanos!

Dolens estende os braços, abarcando no gesto o tapete de mortos e agonizantes que se estende pelo vale:

– Trucidar cidadãos romanos é novidade para nós?

XII

Marcus Antonius Primus, principal líder flaviano em terras itálicas, viu-se, no anoitecer do nono dia antes das calendas de novembro, ameaçado por uma insurreição. A tropa, depois de meses de marcha e luta, exigia recompensa, e a queria naquela noite, ao custo do saqueio de Cremona.

Temos, hoje, cada vez mais comandantes de gabinete: versados nos mapas de terrenos onde jamais pisarão; exigentes de sangue sem nunca tê-lo visto verter em batalha, nem do corpo do inimigo e muito menos do próprio. Antonius Primus, por mais defeitos que tivesse, e os tinha muitos, era corajoso o suficiente para apostar em suas decisões não apenas a vida dos subordinados, mas também a própria.

O mesmo vigor que o levou a se meter na linha de frente das escaramuças do dia, ele usou para confrontar seus legionários à noite. Convenceu-os, valendo-se de uma retórica pobre, mas eficaz, de que seria imprudência atacar às escuras uma cidade desconhecida e fortemente murada, ainda mais sem dispor das ferramentas que um assédio exige, como pás para cavar trincheiras, picaretas para solapar muralhas, além de machados, serrotes, verrumas, pregos e o mais que fosse necessário no erguimento das torres de assalto. Tais apetrechos, para não atrasar a marcha, haviam sido deixados no quartel de campanha, na margem leste do Ollius; seria mais prudente enviar um destacamento até lá para buscá-los, e preparar a invasão para as primeiras luzes do dia seguinte.

Do ponto de vista da tática militar, o arrazoado de Antonius Primus foi perfeito. De um ponto de vista ético, seu desinteresse pela vida dos milhares de cidadãos que habitavam Cremona era revoltante, embora nada incomum durante a guerra civil. Por isso afirmo que ele era "quase" comparável aos velhos heróis da República. Nossos pais da pátria ao menos sabiam fingir alguma bondade.

Para atender, ao menos parcialmente, o anseio de seus homens por alguma ação noturna, Antonius Primus mandou pequenas patrulhas a cavalo em missão de reconhecimento até quase a beira dos muros cremonenses. Essas patrulhas capturaram três civis e cinco legionários inimigos. Os oito prisioneiros foram, um a um, espancados e interrogados. A notícia que se obteve do conjunto dos depoimentos foi aterradora: mensageiros vindos de Hostília haviam informado à guarnição de Cremona que seis legiões vitellianas, reforçadas por alas de cavalaria e coortes auxiliares, tinham partido de seu acampamento dois dias antes para se reunir a seus companheiros; e mensageiros de Cremona, cuja ordem era forçar seus cavalos até a morte, foram mandados para interceptar essas tropas, falar-lhes da derrota e implorar que acelerassem a marcha.

O dilema dos legionários flavianos não era mais saquear ou não saquear uma cidade romana, era fugir ou lutar contra cinquenta mil novos inimigos que chegariam a qualquer instante. A maioria, mais cobiçosa de ouro alheio do que amante da própria vida, decidiu lutar. Os poucos que preferiam fugir foram mantidos em seus postos à custa de dois ou três sopapos.

Antonius Primus, a quem nessas alturas pouco importava se o motor de seus homens era o patriotismo ou a prevaricação, distribuiu as tropas da melhor maneira que pôde: a *Decima Tertia* cravou cáligas no calçamento da Via Postúmia; do lado sul da estrada, em campo aberto, posicionou-se a *Septima Galbiana*, em cuja esquerda, protegida por uma depressão do terreno, abrigou-se a *Septima Claudiana*; do lado norte da Via Postúmia, à direita da *Decima Tertia* e também em campo aberto, ficou a *Octava Augusta*, por sua vez ladeada pela *Tertia Gallica*, que se camuflou num bosque rasteiro; os pretorianos ficaram ao norte da *Tertia Gallica*; as alas de cavalaria e as coortes auxiliares protegiam os dois flancos; contingentes de alamanos suevos, fiéis à causa flaviana graças à diplomacia e ao suborno, assumiram posições na vanguarda.

Essa é a descrição das forças de Antonius Primus, tal como apareceria se desenhada num mapa de campanha. A verdade miúda, por baixo dos estandartes de centúria e das águias de legião, era mais difusa: naquela noite nublada, ninguém sabia ao certo onde ficar e nem aonde ir.

A segunda batalha de Bedríaco estava longe do fim.

Vita Dolentis, de Quintus Trebellius Nepos.

XIII

Chove sobre os estandartes.

Milhares de homens, várias e várias dezenas de milhares de homens cujos uniformes e armamentos são iguais, cujas ordens de comando e imprecações são gritadas na mesma língua, tentam identificar quem é quem no meio da chuva, da lama e da escuridão. De um lado e outro, há centúrias de uma mesma coorte que desandam a lutar entre si, até perceberem que estão a matar os próprios companheiros. De nada valem os olhos, e pouco valem os ouvidos dos infelizes que, como disse o velho poeta, "as lanças e arcos tomam, tubas soam. Instrumentos de guerra tudo atroam!"

A segunda centúria da primeira coorte da *Legio Decima Tertia* se desfez, assim como a maioria das outras. A tática de avanço ordenado, tão estimada pelos oficiais, é substituída pelo modo dos bárbaros: todos à frente e cada um que cuide de si.

Diante do caos, Desiderius Dolens desiste da *hastile*, abandona o posto na retaguarda e, com o gládio em riste, corre para a linha de frente.

– Formar em cunha! Formar em cunha! – ele ordena.

Como *optio*, Dolens não tem autoridade para guiar tropas, mas a experiência lhe ensinou que, no miolo da batalha, comandante é quem grita mais alto.

Transbordantes de ímpeto, mas vazios de liderança, os legionários mais próximos obedecem. A cunha, com o próprio Dolens como ponta de lança, rompe a linha vitelliana e abre um corredor que vai sendo alargado por mais e mais flavianos. O escudo de Dolens, com o dístico *Orbus in procella* em letras de prata, volta e meia refulge sob os relâmpagos.

— Formar fileiras! — Dolens troveja, diante do inimigo que recua. — Oito por dez! Oito por dez!

Debaixo de chuva e treva, os homens se perfilam em linhas de oito lado a lado.

— Contagem!

O primeiro legionário à direita de cada linha grita seu número na formação: *Primus! Secundus! Tertius! Quartus! Quintus! Sextus!*

Seis linhas, apenas. Quatro a menos do que teria uma centúria completa. Ainda assim, é mais do que Dolens esperava.

— Avançar! — Dolens espeta o gládio na carne da noite. — Matem tudo que aparecer pela frente.

— Dolens, é você? — um par de olhinhos vesgos pisca sob um elmo empenachado.

— Atticus? Onde está sua centúria?

— Se você a encontrar por aí, me avise.

— Junte-se à formação, se não quiser morrer por engano.

— Pode deixar. Ave, tribuno! — Atticus saúda, o que provoca um átimo de constrangimento entre ele e Dolens.

— O senhor é o oficial aqui, centurião. Eu sou apenas um *optio*. Ave!

— Como centurião eu ordeno que você continue o que está fazendo. Ave! — Julius Atticus se põe ao lado de Dolens na muralha de escudos. — E Nepos? — ele se lembra de perguntar. — Morreu?

— Se você o encontrar por aí, me avise.

A horda inimiga percebe enfim que está em maior número, se reagrupa e contra-ataca. Chocam-se os escudos. Julius Atticus, ferido na perna, no flanco e no pescoço por um jovem vitelliano, tomba indefeso. Dolens arma um golpe de revide, mas congela quando Atticus, que borbota sangue e pesar, estende a mão ao vitelliano, num gesto mais de carinho que de autodefesa, e piscando os olhos tortos, exclama:

– Lancéolo!?

O rapaz deixa cair a espada:

– Pai?!

XIV

Manius Julius Atticus partiu dos barracões das coortes urbanas em março do ano 822 da fundação da Urbe, como centurião *pilus prior*, para lutar pela causa de Otho. Deixou em Roma a esposa, três filhos e um cão chamado Cancrius. Seis meses mais tarde, sem notícia nem pecúlio, a família tentava se acostumar à fome. O cão, fiel até depois do fim, foi cozido numa panela de barro com um punhado de alecrim fresco roubado de um canteiro nos Jardins de Salústio.

Oficiais da *Legio Prima Italica*, então estacionada rente aos muros da Cidade, procuravam recrutas para preencher os buracos nas fileiras. O primogênito de Atticus, cujo nome era Manius Julius Lancéolo, foi convencido a se alistar, porque lhe ofereceram um décimo do pagamento anual como adiantamento, soma que ele poderia deixar com a mãe e com os irmãos menores.

Na metade de setembro, Lancéolo, que mal havia completado dezessete anos, marchou para o norte sob os estandartes de Cécina, sem jamais imaginar que seu pai não só estava vivo como havia sido recrutado pelos flavianos.

Vita Dolentis, de Quintus Trebellius Nepos.

XV

Lancéolo urra sob a chuva, com o pai moribundo em seus braços.

– Trégua! Trégua! – Dolens berra, erguendo os braços. – Problema de família!

A luta se interrompe naquele canto da frente de batalha. Vitellianos e flavianos se comovem ante o drama do filho forçado a lutar contra o próprio pai.

Julius Atticus murmura algo no ouvido de Lancéolo e morre.
– Que foi que ele disse? – Dolens pergunta.
O rapaz, penalizado, hesita antes e chora depois de responder:
– Disse "cuide do cachorro".
– A guerra é uma merda – resmunga um centurião vitelliano.
– Nem fale – Dolens concorda.
– Seu oficial superior? – o vitelliano aponta, com o queixo, o cadáver de Atticus.
– Meu amigo.
O centurião saca do cinto um pequeno odre de vinho:
– Quer um gole?
– Desesperadamente – Dolens diz, estendendo a mão.
– E agora? – o centurião sobrevoa o olhar pelo inferno de lama e sangue que os rodeia. – O que faremos?
– O rapaz precisa de tempo para carregar o corpo do pai até a retaguarda.
– A nossa retaguarda ou a de vocês?
– Ele que decida.
– Por mim, continuamos amanhã. Não tenho pressa.
– Eu tenho – Dolens diz, e suspira. – Mas, numa hora como essa, fico pensando se vale a pena.
Uma trombeta de cavalaria rasga a tempestade.
Trebellius Nepos, montado numa égua alazã, irrompe comandando um esquadrão de cavalarianos. Quando percebe que sua própria infantaria não o apoia, e que a infantaria do inimigo não reage, ele ergue o braço e detém a arremetida:
– Que é que está acontecendo aqui?
Dolens põe o dedo indicador nos lábios:
– Psst! Vamos respeitar os mortos.

XVI

"G. Julius Mansuetus, XXI *Rapax*" estava escrito a ferro quente no couro da sela. O cavalo encolhia-se sob a chuva, tão perdido de seu dono quanto eu de minha centúria. Nunca consegui saber se o vitelliano Gaius Julius Mansuetus, da *Legio Vigesima Prima Rapax*, sobreviveu àquela batalha. Sei que sua montaria, que tomei a meu serviço, salvou-me a vida. Substituí um joelho entrevado por quatro patas velozes, e tratei, com todo o vigor dos pulmões, de agrupar os cavalarianos desgarrados que encontrava para comandá-los numa ofensiva.

Meu ímpeto foi travado pela comoção em volta do pobre Julius Atticus e de seu filho. Vitellianos e flavianos compartilhavam a dor do garoto que, sem saber, se fizera órfão pela própria espada.

Aqueles de nós que traziam dinheiro fizeram doações para o mármore da sepultura. O garoto recebeu moedas que tinham, umas, a efígie de Vitellius, outras, a de Flavius Vespasianus, e algumas ainda as tristes figuras de Otho, Galba ou Nero.

Foi decidido que Julius Atticus seria sepultado perto de Cremona, território dos vitellianos, porque temíamos que o garoto pudesse ser executado como espião caso se aventurasse pelo interior das linhas flavianas.

"Você sabe nossos nomes", Desiderius Dolens disse ao jovem Lancéolo. "Queremos ajudá-lo. Se o nosso lado vencer, procure-nos."

"E se o meu lado vencer?", ele perguntou.

"Não nos procure."

Ofereci meu cavalo, ou melhor, minha égua, ou, mais exatamente, ofereci a montaria do desconhecido Mansuetus ao filho para que levasse o pai até bem longe da frente de batalha. E assim terminou minha primeira experiência como cavalariano.

Lancéolo ergueu seu pai, botou-o atravessado de borco sobre a sela, tomou a rédea e, a pé, conduziu a égua para oeste.

Quando o pequeno cortejo sumia de nossa vista, a chuva parou. As nuvens recuaram e a lua cheia, como um inesperado reforço, surgiu por trás dos flavianos, alongando-lhes as sombras. Os vitellianos, com o luar a lhes bater na cara, passaram a ver os inimigos à contraluz, o que tornava difícil distinguir o vulto de um homem da sombra de um homem. E, entre vultos e sombras, perdia-se a pontaria.

Sob essa pequena vantagem celeste à causa flaviana, a matança mútua recomeçou, tão cruel quanto antes.

Vita Dolentis, de Quintus Trebellius Nepos.

XVII

Ao luar, as poças d'água brilham prateadas, as poças de sangue parecem azuis e a lama devora os mortos.

Cremona é protegida por muros centenários. As forças vitellianas, muito numerosas para se aquartelarem na cidade, ergueram acampamento ao pé dos muros, e se protegeram com uma robusta paliçada de madeira, terra e pedras. É com esse duplo obstáculo que se deparam os flavianos, ao perseguirem os inimigos que fogem. Sem que nenhum dos lados planejasse, a luta campal transforma-se em batalha de assédio.

Em campo aberto, os flavianos haviam conquistado a vantagem da ofensiva, obrigando os vitellianos a recuar. Em volta de Cremona, porém, pesa mais a vantagem do terreno elevado: nas ameias da paliçada, os vitellianos têm muito mais facilidade para arremessar flechas, lanças, dardos, pedras e insultos.

Uma centúria da *Legio Tertia Gallica*, separada em formações de tartaruga, avança contra o portão oeste da paliçada. Cada tartaruga é um bloco formado por quatro linhas de cinco legionários cada, totalizando vinte. Os homens da primeira linha unem seus escudos em parede; os demais erguem os escudos sobre a cabeça, criando um teto. O objetivo de cada retângulo encouraçado é avançar incólume até bem perto da paliçada, para que os últimos da formação ponham-se de pé sobre a carapaça de escudos e pulem para as ameias.

Essa tática funciona lindamente contra os bárbaros, mas os sitiados de Cremona são civilizados e dispõem de artilharia. Naquele trecho da paliçada, especialmente, há uma balista capaz de lançar pedras de setenta libras romanas.

As quatro tartarugas da *Tertia Gallica* são destroçadas.

Gaius Volusius, o centurião que comandou o ataque, consegue escapar das pedras da balista e dos dardos lançados pelos *scorpiones* inimigos; reúne os sobreviventes e se refugia atrás de uma barricada feita com cinco cavalos mortos que Nepos, Dolens e outros legionários perdidos da *Decima Tertia* arrastaram para se proteger. A maior parte das tropas flavianas está bem mais atrás, fora do alcance dos disparos.

– Você precisa de tartarugas menores – Dolens diz a Volusius. – Ave!

– Quem são vocês?

– Destacamento da *Decima Tertia* – Nepos diz. – Eu sou o oficial comandante.

– Na verdade – Dolens pondera –, somos um destacamento involuntário. A maior parte da *Decima Tertia* deve ter ido para lá e nós, sem querer, viemos para cá.

– Viemos à posição certa – Nepos retruca. – Eles é que foram na direção errada.

– Resumindo – Volusius compreende: – Estamos todos fodidos.

– Sábias palavras – Nepos, num suspiro, se vê forçado a concordar.

– Temos gente bastante para mais uma arremetida – Dolens diz.

– Seria suicídio – Nepos contrapõe.

– Tartarugas menores – Dolens insiste. – Dois por três em zigue-zague.

– Pode dar certo – os olhos de Gaius Volusius se iluminam ao luar.

Sete minitartarugas arremetem contra os vitellianos. Em cada uma, há apenas seis homens em três linhas. Os dois primeiros escudos fazem a parede frontal, os quatro restantes o teto. Por serem pequenas, e por correrem em zigue-zague, as tartarugas dificultam a pontaria do inimigo. Ainda assim, quatro das sete são abatidas. Duas, uma das quais comandada por Dolens e a outra por Gaius Volusius, alcançam a paliçada e começam a escalá-la. A última se atrasa, porque seu avanço é ditado pelo passo entrevado de Nepos.

Nem a grande balista, nem os *scorpiones* têm ângulo para atingir os atacantes no pé da paliçada. Nas ameias, os vitellianos entram em pânico, até que um deles tem a ideia: "já que as pedras da balista não atingem esses filhos da puta, vamos jogar a própria balista em cima deles."

A balista é uma pesada máquina de guerra, feita de madeira maciça e ferro. Quando os vitellianos a empurram do alto das ameias, ela cai como a mão de Júpiter sobre os atacantes. Cai com tanta força, porém, que leva junto uma parte das ameias e abre um rombo na paliçada, por onde Gaius Volusius, de novo sobrevivente e se valendo dos escombros como rampa de acesso, invade a fortificação vitelliana.

O grosso das tropas flavianas que, às primeiras luzes do amanhecer, pôde acompanhar à distância o ataque das minitartarugas, forma em cunha e avança em corrida para acompanhar Volusius.

Nepos, desolado, se detém ante os escombros da paliçada. Ele tira o elmo e murmura, quase sem mexer os lábios:
– Que os deuses guardem sua alma, Desiderius Dolens.

XVIII

Marcus Antonius Primus, tão logo pisou no acampamento inimigo, viu-se diante de uma nova e monumental empreitada: a maior parte do contingente vitelliano se refugiara atrás das muralhas de Cremona, mais largas e sólidas que a paliçada recém-transposta. Ele ordenou que vários *contubernii* tomassem posição sobre os telhados de prédios civis e barracões legionários que ficavam próximos ao muro, e de lá arremessassem projéteis incendiários contra a cidade. Ao mesmo tempo, carrobalistas e *scorpiones* flavianos, somados às máquinas de guerra abandonadas pelo próprio inimigo, deram início a cargas de artilharia quase ininterruptas, que matavam ou afugentavam qualquer defensor que estivesse nas ameias.

Uma resistência de muitos dias era o que Antonius Primus esperava. Para surpresa sua, no entanto, antes do final daquela mesma manhã os legionários vitellianos exibiram por cima da muralha ramos entrelaçados e ínfulas, sinal de que se rendiam.

Vita Dolentis, de Quintus Trebellius Nepos.

XIX

Troncos, terra, pedras, lama, couro, ferro, carne. Por baixo dos restos da balista, dos restos da paliçada, dos restos da tempestade e dos restos de cinco homens, está Desiderius Dolens, preso no vão formado entre dois escudos e uma viga, sem espaço para mover braços ou pernas, e com os cravos da cáliga do pé de um cadáver a lhe amassar a cara. Está vivo. Não tem nenhum ferimento grave. E, pior que tudo, está consciente.

Debaixo do mundo e de uma manhã de outono, ele grita por socorro, mas quem, no meio da agonia de milhares de feridos, consegue ouvir os lamentos de um soterrado?

XX

Aulus Cécina Alienus, nominalmente ainda cônsul romano e comandante das legiões setentrionais de Vitellius, havia sido acorrentado e esquecido num calabouço em Cremona desde o instante em que tentara se bandear para o lado de Flavius Vespasianus. Ante visão da derrota, porém, seus homens começaram a pensar que talvez ele tivesse razão. Cécina foi libertado das correntes, metido em sua toga pretexta, rodeado de lictores e enviado a Antonius Primus como embaixador.

Não foi uma embaixada difícil, já que Antonius Primus, ciente do cansaço de suas tropas, queria encerrar as hostilidades o quanto antes.

Apesar do cansaço, porém, e das feridas, os legionários de Antonius Primus, ao verem o suposto comandante inimigo se pavonear com atavios de figurão da República, quiseram linchá-lo. Antonius Primus teve de se valer de sua autoridade, sua garganta e seus xingamentos para garantir que Cécina, vivo e inteiro, fosse enviado como troféu a Vespasianus.

Desarmadas e murchas, as legiões vitellianas saíram em procissão pela porta leste de Cremona, debaixo de ameaças, insultos e cusparadas dos vencedores. Mais tarde, seriam enviadas pelo novo imperador para guarnecer a Ilíria, a leste do Adriático.

Os cidadãos de Cremona, covardemente abandonados pelas tropas que deviam defendê-los, se viram entregues à fúria dos invasores.

Devo dizer, em favor de Antonius Primus, que o massacre não foi ordenado por ele. O massacre se fez por si.

Vita Dolentis, de Quintus Trebellius Nepos.

XXI

Há frestas entre os escombros que deixam passar fiapos de luz, um pouco de ar e, ocasionalmente, água da chuva, que Dolens consegue lamber com dificuldade, forçando a boca contra a sola de couro e metal que o oprime. Também lhe chegam, abafados, tropéis de cascos e cáligas, urros de quem mata e ganidos de quem morre.

Quando a pouca luz desaparece, ele entende que anoiteceu. Quando a luz volta, uma eternidade depois, ele vê que está há um dia inteiro enterrado vivo. O alarido da matança não para. E assim passa outro dia. E outro.

– Não podemos organizar uma fila? – Dolens reclama, acotovelado pela multidão, mas ninguém responde.

Aos poucos, ele percebe que os legionários que o cercam têm couraças rompidas e carnes desfeitas; estão cobertos de sangue e lhes faltam pedaços do corpo. Dolens tenta sair de onde está, empurrando um e outro, mas se move com dificuldade, porque seus pés afundam na lama. Ele esbarra num centurião cabisbaixo, tão cabisbaixo que sua cabeça, com o esbarro, se solta de vez do pescoço e cai-lhe diante dos pés. Dolens, desconcertado, recolhe a cabeça e a devolve ao dono; este, ao invés de pô-la no lugar, mantém a cabeça junto ao peito, como se fosse um bebê. Dolens pede desculpas e avança mais um pouco, até encontrar Julius Atticus, cujo rosto não tem mais cor, pois a vida se lhe esvaiu pelas feridas abertas.

– Gostei do seu filho. Bom rapaz – Dolens tenta puxar assunto. – Sabe manejar uma espada, não sabe? Tomara que vocês consigam superar aquele mal-entendido.

Julius Atticus, sem nada dizer, mantém os olhos pregados no infinito. Um de seus olhos, pelo menos, contempla o infinito. O outro, desviado pelo estrabismo, espia qualquer outra coisa.

Dolens se esforça para dar mais alguns passos, até que, por entre os ombros despedaçados de tantos companheiros, vê o rio que se arrasta por aquelas margens lodosas, vê o cais feito de tábuas, pedras e ossos e vê o barco, pontudo como bico de corvo, conduzido por um remador alto como as colunas do Capitólio e feio como filhote de pardal, que recolhe apenas alguns mortos de cada vez.

– Com licença – Dolens dá as costas ao rio e, aos empurrões, tenta voltar para de onde veio, mesmo sem saber onde esse onde é. Sabe somente que não quer cruzar o rio.

Depois de marchar penosamente na lama, aos trancos e atropelos, ele se afasta tanto do rio que a multidão dos mortos começa a rarear. A lama fica mais sólida. Alguma relva nasce aqui e ali. Suaves colinas verdes entortam o horizonte.

Sobre uma das colinas, há cinco mulheres sentadas à volta de um jarro. Dolens as reconhece: Galswinth, a esposa; Moderata, a mãe; Olímpia, a cozinheira; Desidéria, a irmã; Eutrópia, a esposa da irmã.

– Vocês também morreram? – ele pergunta, aflito.

– Não, patrãozinho – diz a liberta Olímpia. – Só viemos ajudar na travessia.

– Que travessia?

– A travessia do Aqueronte – diz Eutrópia. – Quem morre precisa atravessar o rio.

– Eu não morri!

– Teimoso até o fim... – Moderata comenta.

– Até depois do fim – Desidéria corrige.

Dolens tenta se agarrar a qualquer fiapo de esperança:

– Que é que tem nessa jarra? Tomara que seja vinho, porque estou louco de sede.

– É você, meu amor... – diz Galswinth. Ela destampa o jarro e despeja um tanto de cinza sobre a relva.

– Sobrou só isso de mim?

– Isso e o seu filho.

– Meu filho? Você deu à luz um menino? Onde está ele?

– Ave, pai – um garoto imberbe estende o braço, imitando desajeitadamente a saudação dos nobres.

– Este é Gaius Dolens – diz Galswinth.

– Meu netinho – diz Moderata.

– A cara do pai – diz Olímpia.

– Tão feio quanto – diz Desidéria, e Eutrópia lhe dá um tapa no ombro.

– Meu filho?!

Gaius Dolens é uma versão jovem e corrigida do pai. O nariz é mais fino, os ossos da face são simétricos e os olhos são perfeitamente alinhados. Dolens, engasgado em lágrimas, tenta abraçá-lo.

– Meu filho!

Gaius Dolens estende a ele uma moeda de cobre:

– Tome, pai.

Dolens pega a moeda, confuso.

– O senhor precisa pagar o barqueiro – o menino explica.

– Eu não quero atravessar o rio!

— O seu pai viveu muito e só lhe trouxe sofrimento – diz o menino. – O senhor vai fazer a mesma coisa comigo?

Dolens sente a moeda congelar na sua mão, ao mesmo tempo em que um peso se lhe abate nas costelas.

Ele acorda com uma unha pontuda cutucando-lhe o abutre de bronze que traz preso no peito. Como não pode se mover, ele arfa, bufa e grunhe. A unha, amedrontada, se retira, e uma voz aguda se faz ouvir:

— Tem um homem vivo aqui!

XXII

Umbra, a africana, tinha vários nomes. Aos falantes de grego, ela se apresentava como Ker Skoteiní; entre os germanos, se fazia chamar de Swartas Valkyrja; para os celtas, era Dubu Morrigan, e consta que, no reino remoto além-deserto de onde ela teria vindo, a conheciam como Nanan Borodo.

Muito se dizia dela: que era imortal, que bebia sangue humano, que era uma deusa da chuva, da lama, dos pântanos e da morte. Era famosa como bruxa, vidente e astróloga, embora oficialmente fosse apenas a cozinheira de Arrius Varus, que a comprara de mercadores da Armênia e a tornara liberta alguns anos depois. Muita gente suspeitava que ela e Varus seriam amantes. Umbra, por mais que metesse medo em quem ousasse mirá-la nos olhos, era uma bela mulher, mas aparentava ter idade para ser mãe de Varus. Nisso, estava aquém dos boatos, que asseguravam que ela era velha o bastante para ser avó do avô dele.

O fato é que Arrius Varus tolerava muitas excentricidades de sua liberta. Permitia, por exemplo, que ela vagasse pelos campos de batalha coletando pequenas lembranças.

Graças a esse capricho, Desiderius Dolens pôde ver de novo o azul do céu.

Vita Dolentis, de Quintus Trebellius Nepos.

XXIII

– Água... água...! – Dolens pede, num fiapo de consciência, desabado numa esteira de palha no chão da barraca dos feridos.

Umbra vem com um balde e uma cumbuca, ajoelha-se ao lado de Dolens e lhe dá de beber. Ele esvazia três cumbucas d'água. Parece ganhar algum brilho nos olhos. E pede, com voz mais firme:

– Vinho... vinho...!

– Três dias? – Antonius Primus, depois de dar uma boa mirada em Dolens, insiste com Arrius Varus. – Ele ficou soterrado por três dias?

– Sim, senhor. Os centuriões Trebellius Nepos, da *Decima Tertia*, e Gaius Volusius *Tertia Gallica*, chegaram a escrever elogios póstumos a ele.

– E ele é o homem que alega ser tribuno angusticlávio e afilhado do senador... qual senador?

– Cocceius Nerva, senhor. Não tínhamos como avaliar nem a lealdade do senador Nerva ao imperador Flavius Vespasianus, nem a veracidade das alegações do cidadão Dolens. Por isso, ele foi incorporado como legionário raso.

– Não há mais dúvidas do apoio desse pobre homem à nossa causa. Ele é um exemplo para as legiões. Mesmo que desabe o mundo, Roma se manterá de pé!

– Com todo o respeito, senhor, acho que ele não consegue se manter de pé.

– Se ele se recuperar, dê-lhe a dignidade de tribuno. Abençoado seja. É o único de nós que não terá nas mãos o sangue de Cremona... Ave!

Antonius Primus sai do barracão. Arrius Varus se permite um sorriso irônico ao encarar Umbra:

– Seus cuidados com esse moribundo estão me deixando com ciúme.

– Ele vai viver – ela diz.

– Como você sabe?

– Ele tem raiva da vida. E a raiva não descansa.

– Vinho... – Dolens resmunga. – Se não tiver, aceito cerveja...

Um legionário entra, amparando Trebellius Nepos, cuja pele pálida está colorida pelo roxo de hematomas e pelo rubro enegrecido do sangue seco.

– Dolens?! – Nepos se surpreende. – Você está vivo?

Ante um rosto conhecido, Dolens enfim consegue ligar um raciocínio a outro:

– Cremona é nossa?

– Não existe mais Cremona – Nepos resmunga, enquanto se lembra de antigos versos: "De sangue e corpos mortos ficou cheia, e de fogo e trovões desfeita e feia."

XXIV

Aníbal Barca, terrível inimigo de Roma, foi de certo modo o pai de Cremona. Ele não fundou a cidade, mas deu a nossos ancestrais os motivos para fundá-la. O que antes era um pobre assentamento de gauleses cenomanos foi convertido em colônia murada, baluarte contra invasões do norte.

O perigo cartaginês foi extinto, a Gália foi pacificada e as terras férteis do Vale do Pó, assim como a proximidade dos Alpes, deram a Cremona uma importância econômica bem maior que o original valor estratégico. Quase três séculos depois de sua fundação, tornara-se a próspera sede de uma feira regional em que, duas vezes ao ano, nos meses de abril e outubro, se podia comprar e vender qualquer coisa: joias, rabanetes, cerâmica, salsichas, sapatos, cebolas, prataria, seda, escravos ou o que se possa imaginar.

Para as tropas flavianas, Cremona, após a rendição do inimigo, era uma virgem rechonchuda, rica e indefesa. Aqueles homens, cidadãos romanos, eles mesmos vítimas de injustiça e perseguição, que haviam erguido armas para combater o tirânico Vitellius em favor de um governante mais benévolo, se converteram em bestas assassinas.

Extorsões e confiscos ilegais são previsíveis numa guerra civil, assim como certo grau de violência contra a população desarmada. Ninguém aprova tais práticas, mas é consenso que não há como evitá-las. No correr dos confrontos que precipitaram e se seguiram ao suicídio de Nero, os legionários do próprio Nero, assim como os de Galba, os de Otho e os de Vitellius, achacaram povoados grandes e pequenos, queimaram colheitas e mataram inocentes. Nenhuma dessas torpezas, porém, se compara em número de vítimas ao que foi feito em Cremona. A pobre cidade levou anos para se reerguer dos destroços.

Cada casa, aristocrática ou plebeia, foi saqueada e queimada. Pais de família, mesmo que franqueassem tudo o que possuíam, mesmo que se ajoelhassem pedindo clemência, foram degolados. Mulheres, meninas e mesmo garotos imberbes sofreram o ultraje do estupro.

Templos foram invadidos: enquanto alguns celerados destruíam a mobília ou torturavam sacerdotes para descobrir onde se guardavam os tesouros, outros se divertiam mutilando as estátuas dos deuses ou cagando no *atrium*. Templos romanos, de deuses romanos, profanados por cidadãos romanos.

Os sobreviventes do massacre foram arrebanhados como gado para serem vendidos como escravos. Antonius Primus tentou combater essa infâmia. Emitiu um édito proibindo que qualquer cremonense fosse submetido à escravidão. Essa medida teve um efeito desagradavelmente inesperado: como as multidões de prisioneiros não tinham mais valor comercial, acabaram trucidadas por seus captores.

Cremona queimou até os alicerces. Eu estava lá e tentei impedir.

Subi num telhado e, aos gritos, discursei contra os excessos e a impiedade de meus companheiros. Lembrem-se, eu era jovem e acreditava no poder das palavras.

Fui derrubado a pedradas.

O prédio que escolhi para meu fútil protesto foi o único a permanecer de pé. Era o templo de Mefítis, deusa dos pântanos insalubres.

Um resto de senso de dever fez com que um legionário, vá saber se foi um dos que me apedrejaram, me levasse até a enfermaria. Lá, para meu espanto, encontrei Desiderius Dolens. Ele estava confuso, meio morto, e custou a entender o que eu tentava lhe contar. Quando entendeu, fez questão de manifestar tristeza pelo destino de Cremona e cuspiu duras palavras contra os saqueadores. Como eu o conhecia bem, percebi que sua indignação, embora temperada com solidariedade aos cremonenses, era cozida pela inveja. Enquanto estivera soterrado, havia gente enriquecendo, e ele perdeu a festa.

Vita Dolentis, de Quintus Trebellius Nepos.

O LEITE DA ADVERSIDADE

Final de outubro a 27 de novembro do ano 69 d.C.

1

A pátria do legionário é o Império. Há legionários greco-romanos na Germânia, germano-romanos na Hispânia, hispano-romanos na Britânia, britano-romanos na Gália, galo-romanos na Itália, ítalo-romanos na Ásia, asiático-romanos na Judeia, judeu-romanos no Egito e romano-romanos na Grécia, na Germânia, na Hispânia, na Britânia, na Gália, na Itália, na Ásia, na Judeia, no Egito, na Hiperbórea, no inferno e onde mais seja necessário, até mesmo em Roma.

Sem o Império, não haveria civilização. Sem legiões, não haveria Império. E o salário não é mau. Ainda assim, ninguém esquece da casa onde viveu a infância. Um legionário, ao erguer o escudo e sacar o gládio, é movido mais pelo sonho de voltar para onde o amam que pelo dever de avançar entre quem o odeia. O Império é a pátria, mas o coração bate mesmo pela "mátria".

Nas artérias do mundo civilizado, tanto quanto e junto com as mercadorias, fluem as cartas. Mensagens de mães e pais para seus filhos, de irmãos para irmãos, de noivos para suas pretendidas, de esposas para maridos, de maridos ou esposas para seus amantes, de amigos para amigos ou para inimigos ou de credores para devedores mantêm vivo o elo de cada legionário com sua terra natal, ao mesmo tempo em que, pela razoável eficiência do serviço, garantem um mínimo de confiança no Império.

O maior dos males da guerra civil é a interrupção do trânsito de pessoas, bens e palavras. Não é, porém, uma interrupção completa. Um pequeno tráfego – ou, a falar com rigor, tráfico – se mantém clandestinamente entre os campos adversários, graças aos motores do engenho humano: a cobiça e o desespero.

II

Publius Desiderius Dolens, tão logo se viu forte o bastante para amarrar o cadarço das cáligas, saiu a pavonear-se com suas readquiridas insígnias de tribuno.

Ele pretendia decorar seu elmo com uma crista de penas douradas de águia-real, mas o preço lhe foi proibitivo. Teve de se contentar com penas pretas de gralha-calva. Desde então, primeiro por contingência e depois por costume, o penacho negro no capacete tornou-se uma de suas marcas distintivas.

Nas andanças pelos armazéns, bordéis e tavernas de Verona, ele conheceu um mercador de trufas de Alba Pompeia.

O outono chuvoso propiciara uma bela colheita: o mercador tinha em seu alforje quatro tubérculos, cada um do tamanho de um punho. Em tempos normais, poderia vendê-los em Roma por dez mil sestércios a unidade. As dificuldades da guerra o levaram a triplicar o preço. Mesmo assim, teria compradores. Detivera-se em Verona, no entanto, por não confiar nas tropas flavianas. Seus contatos e patronos eram todos vitellianos, e ele temia ser morto como espião.

Dolens, na condição de tribuno, emitiu um salvo-conduto gravado em folha de cobre, que garantia passagem por qualquer posto de guarda ou barreira flaviana. Em troca, pediu apenas que o mercador levasse uma carta.

Vita Dolentis, de Quintus Trebellius Nepos.

III

"Ignóbil usurpador Aulus Vitellius, autoproclamado Aulus Vitellius Germanicus *Imperator* César Augustus, escrevo para informar-lhe que estou vivo e que pretendo cortar sua cabeça tão logo eu chegue a Roma.

Aguardo com ansiedade nosso reencontro.

Saudações.

Publius Desiderius Dolens, tribuno angusticlávio da *Legio Decima Tertia Gemina*."

Dolens acrescenta a data, sétimo dia antes dos idos de novembro, enrola o papiro, prende-o com barbante e lacra o nó com cera de abelha. Estende o papiro ao mercador.

– Entregue isso no Palácio, e o favor estará pago.

– Veja bem, tribuno – o mercador conseguira ler de soslaio a palavra "usurpador" e, apesar da amena temperatura de outono, desandou a suar –, agradeço muito sua ajuda, mas não quero problemas com o imperador. Com nenhum imperador.

– Ninguém fará nada contra você! – Dolens pousa amistosamente a mão no ombro do homem. – Dê a carta ao vigia do portão e vá embora. Depressa. Vá embora bem depressa. Só por precaução.

A mão de Dolens crispa como garra, e o toque no ombro se converte em ameaça:

– Claro que, no caminho até Roma, você pode jogar a carta fora. Não diga que isso não lhe passou pela cabeça. Como eu saberia que a carta não foi entregue? E, mesmo que ficasse sabendo, como conseguiria encontrar você para reclamar? Por outro lado, é fácil para mim reunir alguns amigos e visitar Alba Pompeia. Sua família mora lá, não é? Viu o que fizemos com Cremona?

– A carta será entregue. Juro por todos os deuses!

– Bom menino – Dolens solta o mercador, que sai fazendo reverências e por fim o deixa a sós no gabinete fedorento.

As mortes em batalha levaram a um rearranjo na Basílica Augusta de Verona. Arrius Varus tomou para si um espaço de esquina no primeiro andar com vista para o rio Ádige, e legou ao recém-promovido Dolens a sala empesteada pelo odor de matadouro.

Em seu primeiro dia no gabinete novo, Dolens imaginou que o cheiro dos cadáveres soterrados com ele na paliçada de Cremona havia se entranhado de tal forma em suas narinas que não sairia nunca mais. Quando soube que a sala cheirava assim porque ali houvera um açougue, ficou aliviado. Tal alívio, ao menos, serve de consolo, pois Dolens, à diferença de Arrius Varus, não tem dinheiro para comprar incenso.

– Ave, tribuno! – um legionário, na soleira da porta, saúda de braço estendido. – Permissão para entrar.

– Entre – Dolens diz, enquanto se acomoda melhor na cadeira e põe os pés em cima da escrivaninha. – Mas, por favor, repita o que você acabou de dizer.

— Permissão para entrar?
— Não. Antes.
— Ave, tribuno?
— Se você soubesse o prazer que me dá ouvir isso... Mais uma vez, pode ser?
— Ave, tribuno – o legionário repete, desconcertado. – O comandante Antonius Primus quer vê-lo.

IV

Lucius Vitellius, senador e irmão mais novo do imperador, proferiu na Cúria Júlia um discurso contra Cécina Alienus, comandante de tropas que traiu o Império, cidadão romano que traiu a República, homem que traiu seus amigos. Cécina, nas palavras de Lucius Vitellius, não era digno dos privilégios do comando, nem dos direitos da cidadania e nem mesmo dos atributos da humanidade. Merecia morrer numa vala como o rato que era.

Os demais senadores aplaudiram, enquanto o imperador Vitellius Augustus balançava a papada em concordância. Novos discursos se sucederam, pois cada senador queria expressar com mais eloquência que os colegas, não só o desprezo que nutria por Cécina, mas também a desconfiança que sempre tivera dele. Os mais inflamados eram justamente os antigos aliados de Cécina.

Não foi dita uma única palavra contra Antonius Primus, Licinius Mucianus ou qualquer outro comandante rebelde, e o nome de Flavius Vespasianus sequer foi lembrado. Era mais seguro aos senadores pisotear a honra de um traidor caído em desgraça do que atacar aqueles que talvez se tornassem os novos donos do poder.

Quanto ao traidor em questão, Cécina, ele foi muito bem recebido por Vespasianus, a quem jurou fidelidade. Surpreendentemente, conseguiu manter o juramento por uma década, ao fim da qual se envolveu numa nova conspiração. Denunciado e pego, morreu decapitado antes de completar cinquenta anos.

Vita Dolentis, de Quintus Trebellius Nepos.

v

— O incidente em Cremona — Antonius Primus diz, embora tenha consciência de que o eufemismo não convence — diminuiu a simpatia da população local à causa de Flavius César Vespasianus.

— Muito injusta, essa gente da província — Arrius Varus se permite a ironia. Antonius Primus olha feio para ele.

A liberta Umbra entra com uma jarra de vinho e cálices. Dolens e ela trocam olhares; ele é o primeiro a ser servido.

— Você, tribuno — Antonius Primus completa —, pode ser muito útil para nós neste momento.

— A deusa Ops é testemunha — Dolens diz, depois de esvaziar o cálice e estendê-lo para pedir mais: — se eu pudesse ter evitado o saque de Cremona...

— Não pôde porque foi enterrado vivo — Arrius Varus resume.

— Você é o único dos meus oficiais — Antonius Primus pousa a mão no ombro de Dolens — a quem ninguém acusará, nem por ação, nem por omissão, da chacina dos civis cremonenses.

— Bendita paliçada — Arrius Varus comenta, e ganha outro olhar feio de Antonius Primus.

— Estou pronto para qualquer tarefa — Dolens diz, com um leve medo na voz, porque ainda se sente fraco para lutar. É o medo que o impele a uma bravata: — Minha espada pertence ao imperador.

— Qual imperador? — Arrius Varus não resiste. — O deles ou o nosso?

Dolens sorri, de cenho franzido. Ainda não sabe se detesta ou admira Arrius Varus.

— Mantenha a espada na bainha — diz Antonius Primus. — Sua missão será mais política do que militar. Envolve a aristocracia de Verona. E é urgente.

— Tão urgente que você já deveria estar lá — Arrius Varus acrescenta.

Instantes depois, guiado por Varus, Dolens, que se fez acompanhar por Trebellius Nepos e por um *contubernium*, chega a um mausoléu rico em mármores, bronzes, afrescos e mosaicos no cemitério de Verona.

No piso gélido, um rapaz e uma moça, não mais velhos que os dezesseis anos, jazem mortos e abraçados. São lindos e parecem eternos em sua pose.

A moça segura um punhal. Uma feia mancha de sangue profana sua túnica de seda. No meio da mancha, há um rasgo por onde a lâmina abriu caminho em busca do coração. Caído próximo a ela, há um pequeno jarro talhado em alabastro, com menos de um palmo de altura.

Dolens se agacha ao lado dos corpos. Toma o punhal, em cujo cabo de marfim está gravada a letra "M". Recolhe o jarro, vê que está vazio, leva-o ao nariz e cheira. Não consegue evitar um sorriso. Pousa a mão no piso e depois na testa e no pescoço de cada um dos jovens. Belisca-lhes as bochechas, tenta abrir-lhes as pálpebras e lhes sacode o queixo. Depois os vira, revira e lhes ergue as túnicas.

– Isso tem algum propósito – Arrius Varus pergunta, incomodado –, ou você simplesmente gosta de brincar com os mortos?

– Estou tentando estimar a hora da morte. – Dolens se ergue. – Conheço cadáveres. Passei três dias na companhia de vários deles. A pele dos dois ainda está mais quente que as pedras do piso, mas já se nota um começo de rigidez. Eu diria que morreram ao mesmo tempo, ou quase, há umas quatro horas, pouco antes do amanhecer.

– Isso nós já sabemos – diz Arrius Varus.

– Também posso dizer que a menina se matou com o punhal do namorado. A arma estava na mão dela, mas a bainha está no cinto dele. Não há sinal de luta e só ela foi ferida. Ele certamente morreu por ingestão excessiva de ópio – Dolens sacode o frasco diante da cara de Varus. – Conheço o aroma. Meu palpite é que, ou ela o encontrou recém-morto, ou ele quis morrer diante dela. Em desespero, ela sacou o punhal dele e golpeou o próprio peito. Como há sangue em menos de um terço da lâmina, se vê que o golpe não foi muito fundo, mas, nesse corpinho frágil, dois dedos de aço já bastam para beijar o coração. A dor do golpe fez com que ela puxasse o punhal para fora. Sentindo a morte chegar, ela abraçou o garoto. E assim eles foram encontrados.

Arrius Varus ergue as sobrancelhas, impressionado, e logo em seguida, por vaidade, tenta aparentar desinteresse:

– Tomara que isso ajude a descobrir o assassino.

– Que assassino? – Nepos não consegue se conter: – O tribuno Dolens acabou de demonstrar que foi um duplo suicídio. Ou o casal fez um pacto de morte, ou foi vítima de algum equívoco trágico, tal como Tisbe e Píramo.

— Príamo? — Arrius Varus, sem entender, tenta repetir.

— Não, "Píramo". E Tisbe. O casal apaixonado das *Metamorphoses*, de Ovídio.

— Ele tem essa mania de vomitar cultura — Dolens diz a Varus, em tom condescendente. — Não ligue.

Nepos, roído de raiva, morde os lábios e crava as unhas no castão da bengala.

— Algum culpado precisa aparecer — Arrius Varus retruca. — Qualquer culpado. O casalzinho não descansará, as famílias deles não descansarão e ninguém nos deixará descansar enquanto essas mortes não forem vingadas, porque em Verona, desde que o sol nasceu, não se fala em história mais triste que a de Juliânia e Maronius.

VI

Sextus Julianius Capulus e Gaius Maronius Montícola, naqueles dias da guerra civil, eram os *patris familiae* mais ilustres, embora não os mais ricos, da cidade de Verona. Havia entre eles uma rivalidade tão antiga que sua origem se perdera: viria dos primeiros colonos de Roma que se estabeleceram na região, ou de antes ainda, dos celtas cenomanos, ou talvez até dos ancestrais etruscos. Montícola e Capulus podiam não saber por que suas famílias se odiavam, mas o ódio mútuo, para eles, era uma segunda natureza. Eles disputavam cada cargo das magistraturas municipais, concorriam em número de afilhados, libertos e escravos, e brigavam para estender um palmo que fosse para lá ou para cá os limites de suas terras.

Verona, bem plantada na confluência de estradas importantes, vivia, como ainda hoje vive, do comércio. E este é, como sempre foi, dominado por libertos ou plebeus endinheirados. A rotina de compras, vendas, especulações e financiamentos ignorava as idiossincrasias dos aristocratas, e assim novos séculos de briga entre famílias nobres poderiam se acumular às brigas de séculos passados. Montícola e Capulus, em suas querelas, sangravam-se entre si, mas pouco arranhavam o povo cremonense. Coube a dois jovens, quase crianças, o feito de romper esse torto equilíbrio, fazendo com que nobreza e plebe chorassem as mesmas lágrimas.

Maronius, filho de Montícola, e Juliânia, filha de Capulus, se conheceram no festival da Saturnália do ano 821 da fundação da Urbe. Os dois estavam mascarados; beijaram-se antes que as máscaras caíssem. Dez meses depois, surgiam mortos num jazigo.

Julianius Capulus e Maronius Montícola se uniram na dor. Trocaram pêsames e amaldiçoaram o ódio que, de geração em geração, levou ao suicídio daqueles dois inocentes. O sangue da tragédia firmou a paz entre as duas famílias.

A paz, no entanto, cobrava seu preço: os dois patriarcas arrependiam-se pela velha disputa, mas nenhum deles se julgava diretamente responsável pela morte do casal. Para ambos, a culpa vinha de fora, e precisava ser purgada.

Coube a nós, legionários flavianos, e especialmente a Desiderius Dolens, a tarefa de caçar alguém que se encaixasse no desejo de vingança das duas famílias.

Vita Dolentis, de Quintus Trebellius Nepos.

VII

— Tribuno — Arrius Varus, no portão do mausoléu, se despede no seu habitual tom sarcástico —, os vivos e os mortos contam com você.

— Suponho que sim.

— Estamos no meio de uma guerra — Nepos se queixa a Dolens — e nos mandam achar culpados para um suicídio!

— Já fizemos isso antes, não fizemos? — Dolens exibe seu sorriso mais cínico.

— Começamos por onde, tribuno? — Nepos resmunga, contrariado.

— Pelo básico. Vamos interrogar os moradores.

— Estamos num cemitério.

— Que é um lugar onde mendigos costumam passar a noite. Alguns deles ainda devem estar por aqui — Dolens se volta ao *contubernium* que os acompanha como escolta: — Espalhem-se pela área e me tragam mendigos.

Menos você – ele aponta para o mais jovem dos legionários e lhe joga uma moeda de prata: – Traga vinho. Lembra daquele *thermopolium* que vimos no caminho para cá? E traga pão também, em quantidade, para quem quiser beliscar. Pode ficar com o troco.

– Aí está algo para se comemorar – Nepos comenta. – Confesso que imaginei que, com tantas desventuras, o senhor estivesse completamente arruinado.

– Estou. Apenas ganhei alguns denários no jogo de dados, nos dias em que fiquei na barraca dos feridos. A deusa Fortuna não costuma me dar sua bênção, mas um dos meus oponentes tinha ficado cego no incêndio, outro estava com uma ponta de lança atravessada na cabeça, o que lhe confundia um pouco as ideias...

– Por favor, poupe-me dos detalhes.

– Havia um rapaz, coitado, que perdera os dois braços e me pedia para lançar os dados na vez dele. Depois de várias rodadas, ele desconfiou de alguma coisa e passou a recolher os dados do chão com a boca e cuspi-los. Foi pior, porque ele acabou engolindo um dos dados e ninguém quis esperar o tempo necessário para que ele o devolvesse.

– Já ouvi bem mais do que gostaria, tribuno.

– Eu estava tão mal de saúde quanto eles! Passei três dias soterrado e outros três entre a vida e a morte. O dinheiro que ganhei só dá para o vinho, e olhe lá. Sabe onde eu durmo? Num canto do escritório fedorento que Arrius Varus arranjou para mim!

– Se o senhor não tem dinheiro para alugar um quarto na cidade, por que não vai dormir nos barracões?

– Eu sou tribuno! Quem vai respeitar um tribuno que dorme num catre de quartel?

Dois legionários retornam, vindos de direções opostas. Um deles vem arrastando um homem barbudo, sujo e esfarrapado, que esperneia e xinga.

– Nossa primeira testemunha – Dolens diz, e se volta para o outro legionário: – E você? Por que voltou de mãos vazias?

– Tribuno, encontrei um morto.

– No cemitério? Só um?

– Um que não é morto residente. É clandestino. Está caído atrás de uma tumba rodeada de arbustos. Deve ter sido apunhalado. Usa uma túnica militar e botas.

— Achamos nosso culpado — Dolens diz a Nepos. — Vou até lá. Só por garantia, interrogue o mendigo. Mas seja gentil. Mendigos gostam de falar. Você não precisa arrancar pedaços do corpo dele para obter informação.

Nepos franze o cenho, num misto de ultraje e culpa. Dolens pede que o legionário o leve até o novo cadáver.

VIII

Gaius Volusius Páris, centurião da *Tertia Gallica*, aproveitou-se do desabamento da paliçada vitelliana para ser o primeiro homem a invadir Cremona. Foi uma façanha militar perfeitamente adequada às regras do bom combate e repleta de desprendimento à própria vida. É necessário dizer, também, que Volusius não se envolveu pessoalmente em nenhuma das atrocidades pós-invasão, embora o mesmo não possa ser dito da maioria de seus comandados.

Em reconhecimento, Antonius Primus o nomeou tribuno, alçando-o, assim, à dignidade de cavaleiro romano. Entre invejosos e admiradores, a voz era unânime: Gaius Volusius era uma estrela. No caos da guerra civil, quando se devia escolher entre o intolerável e o impossível, havia quem apostasse que ele poderia ascender de cavaleiro a senador, e de senador a sabe-se lá quais alturas.

Vita Dolentis, de Quintus Trebellius Nepos.

IX

O corpo de Volusius está caído de borco no meio do mato com um rasgão nas costas. Dolens, Nepos e o *contubernium* postaram-se à volta dele. Dolens bebe um comprido gole de vinho e diz:

— Vocês não acham que é um destino melancólico para aquele que foi, às minhas custas, o grande herói do cerco de Cremona? Não que eu guarde rancor, mas a ideia das tartarugas menores foi minha. E foi em cima de mim que caiu a paliçada, enquanto ele saltitava todo feliz para dentro do quartel vitelliano. Naquela noite, ele correu sem tropeçar, e aqui ele tropeçou. Claro que ele continuará, pela posteridade, sendo o primeiro legionário a botar o pé em Cremona. E eu sou aquele que ficou enterrado nos escombros. Só que eu saí vivo das entranhas da terra. Acho que ele não terá essa sorte.

– Tribuno – Nepos repreende–, seria de bom-tom que o senhor ao menos disfarçasse a felicidade.

– Felicidade? Estou chocado. O que me contenta é ver que o mistério da morte do casalzinho já tem solução.

– Que solução?

– Por algum motivo que não nos cabe precisar, nosso irmão de armas Gaius Volusius obrigou o garoto a beber uma dose fatal de ópio, apunhalou a moça e, arrependido dos crimes, deu fim à própria vida.

– O senhor acredita nisso?

– Não deveria?

– De que jeito Gaius Volusius se matou?

– Usando o punhal do garoto.

– Aquele punhal que estava nas mãos da menina, vários *passus* distante daqui?

– Volusius apunhalou a si mesmo no mausoléu e cambaleou até morrer aqui.

– A punhalada foi nas costas! Como alguém se suicida apunhalando-se nas costas?

– Flexibilidade muscular?

– Tribuno, o senhor sabe tão bem quanto eu qual é a resposta.

– Se parece que sei, eu nego.

– O garoto, Maronius, apunhalou Gaius Volusius. Depois se suicidou com ópio. Em seguida, Juliânia se matou com o punhal de Maronius. É a única sequência de eventos que faz sentido.

– Parabéns, centurião – Dolens diz em tom de queixa. – Antes, tínhamos duas mortes e nenhum suspeito. Agora temos três mortes. E nenhum suspeito!

– Temos um homicídio seguido de duplo suicídio. Nossa tarefa é descobrir como isso aconteceu.

– Nossa tarefa é descobrir "quem", não "como".

– Uma coisa levará a outra.

– Duvido muito. E o mendigo? Que foi que ele disse?

X

Critóbulo Silius ou, mais provavelmente, Silius Critóbulo – esse foi o nome que consegui anotar, embora não possa garantir, nem que seja verdadeiro, e nem que eu o tenha entendido direito, porque o homem, além de obviamente louco, tinha só dois dentes e falava aos assovios –, aparentava, sob a crosta de sujeira, qualquer idade entre os trinta e os cinquenta, vivia de pedir esmola nas arcadas do anfiteatro e dormia na soleira dos mausoléus do cemitério de Verona.

Quando fui interrogá-lo, desandou a clamar inocência e me pedir que parasse de bater nele, sem que eu tivesse tido tempo de fazer qualquer questionamento ou mesmo de tocá-lo. Esperei que ele cansasse e se acalmasse, para enfim lhe perguntar se vira algo estranho antes do nascer do sol.

Ele viu dois homens: segundo suas palavras, um era grande e feio, e o outro pequeno e belo. O grande-e-feio perseguiu o pequeno-e-belo por entre as tumbas, mas se perdeu, e o pequeno-e-belo o matou à traição. "E depois?", perguntei. "Depois veio a dama fantasma", ele disse.

Dei-lhe um sestércio e o liberei, pobre coitado.

Vita Dolentis, de Quintus Trebellius Nepos.

XI

– O grande-e-feio é Gaius Volusius – diz Nepos. – O pequeno-e-belo é Maronius Montícola. Não há o que discutir quanto a isso. A questão é: por que o mendigo descreveu Juliânia Capulensis como "dama fantasma"?

– Você mesmo disse que o sujeito é maluco – Dolens contrapõe. – Para ele, a menina deve ter parecido um fantasma porque vestia roupas claras, ou porque estava pálida, ou simplesmente porque morreu logo em seguida.

– E se ela já estivesse morta quando ele a viu chegar?

– Vou suspender o seu vinho.

– Não bebi, tribuno. Ao contrário do senhor.

– Então beba, para raciocinar como gente normal.

– Tribuno, com todo o respeito, acho que seria proveitoso examinar mais uma vez o lugar onde o casal foi encontrado.

– Se você faz questão...

O mausoléu, construído há quase um século, pertence à família de Julianius Capulus. Os corpos dos dois jovens não estão mais lá: foram levados, cada um por seus familiares, para os ritos de ablução e vigília.

– Não há mais nada para ver aqui – Dolens diz.

– E aquilo? – aponta Nepos para uma lousa de mármore rosado.

DIIS MANIBVS
IVLIANIA CAPVLENSIS
FILIA DILECTA S IVLIANII CAPVLI
VIXIT ANNIS XIV MENSIBVS III
PARENTES DESOLATI
FACIENDAM CVRAVERVNT HANC LAPIDEM
IN TRISTISSIMI DIE VITARUM SVAM

– "Aos deuses manes" – Nepos faz questão de ler em voz alta –, "Juliânia Capulensis, amada filha de Sextus Julianius Capulus. Viveu quatorze anos e três meses. Seus pais, arrasados, erigiram esta lápide no dia mais triste de suas vidas". O sangue da menina ainda nem secou no piso e ela já tem uma lápide!

Dolens cutuca as bordas do mármore:

– O sangue, não sei, mas a argamassa secou faz tempo. Tem até um pouco de poeira começando a se acumular. Esta pedra foi embutida na parede há pelo menos três dias.

– Como o senhor sabe?

– Nasci e cresci num *cenaculum* alugado na Suburra. Quem você acha que remendava as rachaduras na parede?

– Juliânia Capulensis ganhou seu monumento funerário três dias antes de morrer?

– Três dias, no mínimo.

– Por isso o mendigo a chamou de "dama fantasma". Ela morreu duas vezes!

– Sabe o que isso significa?

– O senhor sabe?

– Dor de cabeça. Em dobro – Dolens resmunga. – Precisarei de mais vinho.

XII

Sextus Julianius Capulus, entrincheirado nas dores do luto, recusou-se a nos receber. Desiderius Dolens e eu tivemos de nos contentar com as atenções do mordomo da casa, que nos deixou interrogar a escrava Angícia, aia e antiga ama de leite de Juliânia Capulensis.

"Nas calendas de agosto ela completou quatorze", contou-nos a escrava chorosa, que se lembrava do dia em que a patroinha desmamou, de quando ela se feriu na testa ao dar seus primeiros passos, das primeiras palavras que disse e de um terremoto que certa vez destruíra um pombal no *peristylium* da casa da família. O suicídio de Juliânia caía como uma golfada de sangue sobre esse cálido novelo de memórias.

Os pais da menina, atentos às reviravoltas da guerra, haviam planejado casá-la com Gaius Volusius, homem que, dias antes, era um centurião anônimo, plebeu e indigno de sequer frequentar a casa de aristocratas da província. Graças, porém, ao heroísmo demonstrado na queda de Cremona, um futuro de glórias – e de funções públicas de alta patente – se abria ante o recém-cavaleiro, transformando-o no mais desejável dos genros.

Apenas a escrava Angícia, e só ela, na vasta casa de Capulus, sabia que Juliânia se apaixonara pelo jovem Maronius, primogênito do clã rival, e com ele perdera sua castidade.

Juliânia, no entanto, tinha um primo, Tebassus, que, mesmo sem ter notícia do acontecido, era capaz de intuir que algo errado houvera ou haveria. Ele desafiou Maronius para um duelo. O jovem Maronius, por razões óbvias, não tinha interesse em aumentar o ódio entre as duas famílias e se recusou a lutar.

Infelizmente, Mercurianus, tio de Maronius, não se conteve diante das ofensas de Tebassus, sacou seu punhal para defender a honra de sua gente e foi morto. Maronius, enfim tomado de ódio, matou Tebassus em pleno fórum veronense, tornando-se criminoso diante de várias testemunhas.

Para escapar à punição, Maronius fugiu de Verona. Juliânia, abalada por tantas mortes, se matou, deixando-se afogar no rio. Ou, pelo menos, foi o que sua família supôs, ao encontrar, na triste manhã parida por uma noite de tempestade, a sobretúnica de seda, um pingente de esmeralda e tufos de cabelo enredados em galhos num barranco do Ádige.

O insucesso das buscas extinguiu a esperança de encontrar o corpo. Fizeram-se os rituais e convocaram-se os deuses. Uma lápide foi erguida no jazigo da família em memória à jovem defunta.

No terceiro dia após a consagração da lápide, descobriu-se, tarde demais, que Juliânia não morrera no rio: ela acabara de se matar com o punhal de Maronius.

Pode-se imaginar a dor de quem perde a mesma filha duas vezes?

Vita Dolentis, de Quintus Trebellius Nepos.

XIII

Lancéolo bebeu menos, mas está mais bêbado que seus interlocutores:

– Nã... Passará uma hora antes que eu pare de chorar; todos na minha família têm olhos sensíveis. Quando voltar a Roma, não terei herança a receber, e se tivesse, não a mereceria. Tenho certeza de que Cancrius, meu cão, foi o mais doce dos cães que já viveu: minha mãe chorava, meus irmãos se lamuriavam, nossa escrava gemia, nosso gato retorcia as patas temendo ser o próximo, toda a nossa casa em grande confusão; ainda assim, aquele cachorro de coração gentil não verteu uma lágrima.

Ele limpa o nariz na barra da túnica, bebe mais um gole de vinho e prossegue:

– Foi como se ele soubesse. E concordasse: "Podem me comer. Eu vou para a panela. Morro para vocês viverem!"

– Ele está chorando pelo pai ou pelo cachorro? – pergunta o alamano Smerkjan.

– Pai, cachorro, é tudo família – diz Dolens.

Julius Lancéolo, pouco depois de sepultar Julius Atticus, o pai a quem matara sem querer, perdeu também oficiais comandantes e companheiros de armas, quando a coorte em que servia foi trucidada nos estertores da derrota de Cremona. Em pânico, ele fugiu. Livrou-se das armas, das cáligas e da túnica militar, para não ser reconhecido como desertor, e entrou incógnito em Verona à busca dos amigos de Atticus.

Dolens, que estava em sua sala malcheirosa no fórum veronense, tentando sem muito sucesso ensinar o enorme Smerkjan a jogar tábula, recebeu Lancéolo e lhe ofereceu vinho para que bebesse e orelhas que o escutassem. O que Dolens não esperava era que Lancéolo fosse falar tanto.

– Estamos entendidos – ele interrompe as lamúrias do garoto. – Vou providenciar documentos e assinaturas para que você seja incorporado na *Decima Tertia*.

– Obrigado, senhor! – Lancéolo avança para beijar a mão de Dolens, mas, diante do olhar duro que recebe, compreende que deve expressar seu reconhecimento de outra maneira. Apruma o corpo e estende o braço: – Ave, tribuno!

– Muito bom – Dolens sorri. – Você estava do lado errado, na noite errada, e não morreu, isso é o que importa. Acredite: ser herói é fácil; o difícil é sobreviver.

– Só posso concordar, tribuno.

– Agora satisfaça minha curiosidade: onde você arrumou essa roupa de camponês? E, principalmente, como conseguiu entrar em Verona sem ser barrado, espancado e preso? Sei, por experiência própria, que não é tarefa simples.

Lancéolo baixa os olhos, constrangido.

– Pode falar. – Dolens bebe um pouco de vinho. – Seu pai era amigo nosso e nós somos seus amigos. Não é, Smerkjan?

– Acho que o centurião Atticus não gostava muito de mim – retruca Smerkjan.

– Cale a boca. – Dolens põe mais vinho no caneco de Lancéolo. – Conte. Você assaltou alguém? Matou um civil? Prostituiu-se para ganhar dinheiro? Não quero julgar nem condenar. Quero aprender. Vá que a lição me seja útil?

– Um sacerdote me ajudou – Lancéolo diz, num fio de voz.

– Sacerdote? De qual templo?

Lancéolo faz menção de responder, mas se interrompe.

– De qual templo? – Dolens repete, com temíveis pausas entre as palavras.

– Um sacerdote cristão... – confessa Lancéolo.

Dolens se ergue e, por sobre a escrivaninha, agarra Lancéolo pela túnica:

– Moleque filho da puta! Quer desgraçar a memória de seu pai?!

– Eu não sabia o que fazer!

— Também não sei o que fazer — Dolens solta Lancéolo e tenta alisar-lhe a túnica amassada. — Garoto novo, não muito inteligente, filho do meu amigo... A questão é simples: ou você é cristão, ou é legionário. Não se pode ser as duas coisas e esperar manter a cabeça grudada no pescoço. Decida.

— Decidir...?

— Se quiser ser legionário, será legionário. Se quiser ser cristão, o *signifer* Smerkjan arrancará seu fígado com os dentes. Não é, Smerkjan?

— Precisa ser com os dentes? — Smerkjan pergunta, enojado.

— Use o gládio, se preferir — Dolens retruca.

— Quero ser legionário! — diz Lancéolo.

— Bom menino — Dolens pousa-lhe a mão no ombro. — Conte sempre com os amigos do seu pai — a mão de Dolens se aperta em garra: — Mas não se esqueça de que me deve um favor. Talvez, um dia, eu cobre.

XIV

Gaius Maronius Montícola, o pai do jovem Maronius, recebeu-nos numa das salas de *sudatorium* da maior casa de termas de Verona. Um dia depois de sepultar o filho, ele pagara pela exclusividade da sala, mandara enchê-la de incensórios de cânhamo e lá se quedara, sentado na bancada, tentando entorpecer o luto por meio do calor e dos vapores canabiáceos.

Dolens e eu, nus e suados diante dele, sentíamo-nos pouco confortáveis para o interrogatório. E Montícola, do alto de sua nobreza provinciana e debaixo de nuvens de cânhamo, não era o mais prestativo dos informantes.

Pouco me lembro da conversa que tivemos, porque a intoxicação canábica comeu minhas memórias. Guardei apenas um nome, do qual Dolens, em geral mais resistente que eu aos eflúvios de vapores e poções, garantia não se lembrar: Belisarius, grego de Alexandria, escravo camareiro do jovem Maronius.

Vita Dolentis, de Quintus Trebellius Nepos.

XV

Com as mãos atadas às costas, arrastado por Nepos e por mais dois legionários, lançado ao chão diante da escrivaninha de Dolens, o escravo Belisarius, ainda assim, parece mais composto que o próprio Nepos, a quem o tumulto da perseguição deixou à beira de vomitar as tripas.

— A testemunha não quis colaborar? — Dolens diz em tom cínico, enquanto bebe um gole de vinho.

— Ele corre mais que uma lebre — Nepos responde aos arquejos.

— Vá descansar, centurião — Dolens sorri e mastiga um pedaço de queijo. — E leve os meninos. Eu cuido do interrogatório.

— O senhor não quer ajuda?

— Vamos ver: a testemunha é um escravinho de dormitório, dois palmos mais baixo que eu, cinquenta libras mais leve... Dispensados.

— Ave, tribuno! — Nepos saúda, os dois legionários ecoam a saudação e os três saem.

Dolens contorna a escrivaninha e se agacha ao lado de Belisarius:

— Você foi demasiadamente maltratado ou só razoavelmente maltratado?

— Caíram em cima de mim como cães! O manquinho me espancou com a bengala.

— Lamentável.

Dolens segura Belisarius pelas axilas e lhe dá apoio para se erguer. Quando ele se põe de pé, Dolens saca o punhal. Belisarius se apavora, mas o punhal é usado apenas para romper a corda que lhe prende os pulsos. Depois, Dolens tenta ajeitar-lhe a roupa e desemaranhar-lhe os cabelos. Seca-lhe o suor do rosto com um retalho de lã:

— Melhor agora?

— Sim, senhor.

Dolens mete-lhe um soco no queixo, jogando-o de novo no chão.

— Quem mandou fugir, filho da puta?

— Pensei que estavam atrás da mercadoria!

— Ninguém sabe da mercadoria.

— O senhor não contou?

— Não me insulte. Posso ter mil defeitos, mas minha palavra é uma só.

– O senhor me apalavrou cinquenta sestércios.
– Serão pagos.
– De que me adianta receber, se me matarem antes?
– Conte o que houve com seu patrãozinho, e nenhum mal lhe será feito.
– Não posso.
– Por quê?
– Fiz uma promessa.
– A quem?
– Meu patrãozinho.
– O defunto?
– Não se quebra uma promessa feita aos mortos.
– Dê sua mão.
Belisarius hesita. Dolens insiste:
– Dê sua mão. Por favor.

Temeroso, Belisarius estende a mão direita. Dolens a toma entre as suas e, num golpe rápido, lhe parte o metacarpo do dedo médio. Belisarius urra.

– O que dói mais – Dolens pergunta, em tom gentil: – quebrar um osso ou uma promessa?

Belisarius conta tudo o que Dolens quer ouvir. Dolens se despede com um abraço, depois de jurar pela deusa Ops que, assim que possível, pagará os cinquenta sestércios.

Novamente a sós na sala fedorenta, ele abre uma gaveta da escrivaninha e de lá tira um pequeno frasco de barro, menor que uma palma de mão. Desarrolha o frasco e pinga algumas gotas em sua caneca de vinho. Esse é o produto que Belisarius contrabandeia, graças a uma rede de mercadores, gregos como ele, que com guerra ou sem dão jeito de chegar a Alexandria: leite de papoula, lágrimas de dormideira, ópio. O mesmo ópio que matou Maronius. Bom como veneno, bom como sonífero, bom como relaxante, a depender da dose administrada e do organismo de quem usa.

XVI

Gaius Maronius Montícola, o filho, depois de matar Tebassus, sobrinho de Capulus, foi esconder-se na casa de parentes em Mântua. Assim relatou o escravo Belisarius a Desiderius Dolens. Conforme o relato, foi o próprio Belisarius quem, após dois dias em lombo de mula, deu a Maronius a notícia da morte de Juliânia. Maronius pulou no cavalo, devorou o caminho entre Mântua e Verona em menos de um dia e, depois da perseguição entre as tumbas que culminou na morte de Gaius Volusius, cometeu suicídio em frente ao túmulo de sua amada, sem saber que ela ainda vivia. Segundo disse Dolens, Belisarius não tinha ideia de onde, ou com quem, Maronius poderia ter conseguido a dose fatal de ópio.

Vita Dolentis, de Quintus Trebellius Nepos.

XVII

Desiderius Dolens saiu da Basílica Augusta, desceu até a margem do Ádige e lá ficou, amuado, jogando pedrinhas na água. A liberta Umbra, sentada ao pé de um salgueiro, esboça um sorriso enquanto o observa.

— Voltei dos mortos para isso? – Dolens queixa-se. – Caçar os culpados de um crime que não existe?

— Foram cinco mortes. Alguma coisa existe.

— Cinco mortes – Dolens repete. – O tio do menino foi morto pelo primo da menina. O primo da menina foi morto pelo menino, que também matou Gaius Volusius e se suicidou diante da lápide da menina, acreditando que o suicídio dela fosse de verdade. E a menina, ao ver o namorado morto, se matou com o punhal dele. Todo mundo morreu! Não sobrou ninguém para levar a culpa.

— A culpa é dos pais. E dos pais dos pais. E dos pais dos pais dos pais. E dos pais dos pais dos... Você entendeu, não entendeu?

— Diga isso ao seu padrinho Arrius Varus.

— Não é a ele que você deve prestar contas.

— Eu sei. É ao chefe dele, Antonius Primus.

— São os nobres e o povo de Verona que esperam uma resposta. Eles e os deuses.

— Aqui a minha resposta! – Dolens leva a mão aos colhões, e de imediato se arrepende. – Desculpe. É o ópio, o vinho... e a vida, que continua a mesma merda.

— Experimente o doce leite da adversidade, a filosofia.

– Tenho muitos vícios. Filosofia não é um deles.
– O filósofo toma qualquer acontecimento como lição.
– Que lição se pode tomar de um casal de amantes mortos?
– Diga você.
– Eles se amavam...?
– Óbvio.
– Tinham medo de enfrentar os pais. Sentiam-se impotentes diante da rivalidade entre as famílias.
– Que mais?
– Ninguém simula suicídio só pelo prazer de enganar os outros. A menina seguia um plano. Ela queria, depois da falsa morte, viver incógnita com seu amado. Evidentemente, houve uma falha de comunicação entre ela e ele. Essa falha pressupõe a existência de um intermediário. Um cúmplice. Talvez, até mesmo, um instigador.
– Muito bem, tribuno – Umbra sorri.
– Isso me deixa duas alternativas. A primeira é torturar todos os escravos de Capulus e de Montícola, até obter uma confissão. Seria um trabalhinho desagradável, demorado e barulhento. Além disso, cada escravo danificado constaria como prejuízo infligido pelas tropas flavianas, passível, talvez, de ressarcimento pelos cofres públicos. Para justificar as despesas, eu teria que escrever relatórios detalhados de cada sessão de tortura. Algum advogado poderia contestar sei lá qual minúcia dos relatórios e, no final da história, eu, cavaleiro arruinado, teria que dar como indenização um dinheiro que não tenho a uns provincianos ricos que eu não respeito.
– E a segunda alternativa?
– Culpar os cristãos.
– Desculpe, não consegui acompanhar o raciocínio.
– É a tática de Nero: na dúvida, acuse os cristãos. E meu palpite é que, desta vez, será uma acusação justa.

XVIII

Manius Julius Lancéolo, o filho de Julius Atticus recém-engajado na *Decima Tertia*, foi chamado à sala de Desiderius Dolens e espontaneamente revelou o nome do sacerdote cristão que, tendo-o encontrado desertor e clandestino, lhe ofereceu ajuda. Era um camponês, dono de um pequeno bosque de loureiros ao sul da Via Postúmia, na cercania de Verona, que vivia da criação de porcos e da venda de coroas de louro para o templo local de Apolo. Chamava-se, por acaso ou não, Laurentis.

Vita Dolentis, de Quintus Trebellius Nepos.

XIX

— Cerquem o terreno — Dolens ordena aos cinco *contubernii* de legionários. — Não deixem ninguém sair. Se eu der o comando de ataque, matem tudo o que estiver vivo, incluindo as árvores.
— Precisamos ser tão dramáticos? — Nepos pergunta, irônico.
— A ocasião pede — Dolens diz, e mete o calcanhar na porta do casebre.

XX

Quintus Hortensius Laurentis era velho, viúvo e quase cego. Quando invadimos sua pobre casa, ele por pouco não morreu de susto, mas depressa se recompôs e assumiu aquela resignação arrogante dos cristãos.

Vita Dolentis, de Quintus Trebellius Nepos.

XXI

— Dei conselhos a jovens que se amavam — Laurentis confessa, em voz pedregosa. — Esse é meu crime aos olhos de Roma. Não pude salvá-los da morte. Esse é meu crime aos olhos de Deus.
— Você os converteu ao cristianismo? — pergunta Nepos.
— Batizei e casei os dois como servos de Christus, mas eles não morreram como cristãos. Amavam mais um ao outro que ao Deus verdadeiro.
— Egoísmo e ciúme — Dolens comenta: — os principais atributos do deus cristão.
— O falso suicídio foi invenção sua? — Nepos pergunta.

— Depois que Maronius fugiu, Juliânia veio me procurar. Disse que se mataria se não pudesse ficar com seu amor — Laurentis suspira, arrependido: — Então tive a ideia.

— Que, pelo jeito, não foi muito bem executada — Dolens diz, num sorriso maldoso.

— Enviei a Mântua um irmão em Christus, mas ele foi atacado por salteadores que lhe roubaram a mula. Maronius recebeu apenas a notícia falsa, e a tomou por verdade.

— Agora sim, sabemos o que causou a morte de Juliânia e Maronius — Nepos bate com sua bengala no chão.

— Não foi nosso amiguinho aí? — Dolens diz, enquanto destampa os jarros da casa em procura de vinho.

— O senhor não ouviu a história da mula?

— A culpa é da mula?

— Pense melhor.

— Do mensageiro cristão? Dos salteadores?

— A culpa, tribuno, é da guerra civil. Se os legionários romanos não estivessem tão ocupados matando-se uns aos outros, as estradas seriam melhor policiadas.

— Que lindo! A culpa é nossa?

— De certo modo, sim.

— Escreva isso numa tabuinha, assine e entregue a Antonius Primus. Vamos ver o que diz ele.

Dolens finalmente acha um pouco de vinho. Cheira a boca do jarro e faz uma careta. Ainda assim, insiste: molha a ponta do indicador e o leva à língua. Urra de desgosto.

— Nem o mijo de Plutão deve ser tão ruim! Esse é o vinho que você serve nos cultos?

— É o vinho que posso pagar.

— Já vi comunidades cristãs bem mais ricas.

— Somos poucos em Verona.

— O que faremos, tribuno? — Nepos pergunta.

— Compraremos vinho num lugar decente.

— E o cristão?

Dolens se aproxima de Laurentis e pousa-lhe a mão no ombro.

— Quantos anos você tem, vovô?

— Setenta e oito.

— Longa vida. Espero que tenha sido feliz.

— Vivi na dissipação e na luxúria, mas há vinte anos me entreguei a Christus.

— Resumindo, você foi feliz por quase sessenta anos. Bom. Lembre disso quando o entregarmos aos pais do casalzinho.

— Serei crucificado, como Christus?

— Gostaria de ser?

— Como cidadão romano – Nepos faz questão de explicar – você provavelmente será decapitado.

— Mas antes, Montícola e Capulus farão você sofrer – Dolens mira Laurentis nos olhos. – Se um açoitador profissional, que só precisa justificar o salário que recebe, já pode ser bastante cruel, tente imaginar um pai, ou dois, em busca de vingança.

Laurentis faz algo que Dolens jamais poderia esperar de um cristão: começa a chorar aos soluços. Dolens e Nepos se entreolham.

— Patético – diz Nepos.

— Não faça nada até eu voltar – Dolens diz, e sai.

Uma hora depois, ele volta e põe um pequeno frasco de barro diante de Laurentis.

— Misture no seu vinho ruim e beba, vovô.

Laurentis obedece. Em instantes, o desespero some de seus olhos, substituído por um torpor beatífico.

— Ópio? – pergunta Nepos.

— Suficiente para matar um boi.

— De quem o senhor comprou?

— Não pergunte.

— Mais uma vez o senhor me surpreende, tribuno.

— Acha que eu gostaria de ver um plebeu velho ser torturado e mutilado só para satisfazer o capricho de dois aristocratas velhos?

— Bom saber que ainda há um coração por baixo da sua couraça.

— Não tenho coração. É meu fígado que trabalha em dobro.

Laurentis, num último espasmo antes de se entregar à morte, ergue os olhos ao céu:

— A face de Deus – ele murmura. – Estou vendo Deus!

— Sei como é – Dolens retruca. – Já vi muitos.

XXII

Quintus Hortensius Laurentis confessou seu hediondo crime tão logo o abordamos, e em seguida se matou, sem que tivéssemos tempo para impedi-lo. Este foi nosso relatório oficial, nada verdadeiro, mas convincente. Entregamos o cadáver a Capulus e Montícola, que o pisotearam, profanaram, despedaçaram e depois jogaram as sobras no Ádige. Os dois *patris familiae* sentiram-se vingados, a paz entre os clãs prosperou e Verona se mostrou grata às tropas flavianas.

Dolens recebeu das mãos de Antonius Primus uma fálera de prata para pendurar no arnês, e estava tentando vendê-la por peso a cambistas do fórum veronense quando lhe veio a ordem de marchar.

Vita Dolentis, de Quintus Trebellius Nepos.

XXIII

Quinto dia antes dos idos de novembro. Trinta mil homens com aparatos de guerra e campanha partem de Verona. Duzentas milhas romanas adiante e dezoito dias depois, no quinto dia antes das calendas de dezembro, tendo enfrentado apenas escaramuças breves com o inimigo em retirada, os trinta mil com seu chefe Antonius Primus chegam a Fanum Fortunae, pequena cidade à beira do Adriático. Outras duzentas milhas, apenas, os separam da Urbe.

A chuva cinzenta desbota o azul do mar.

Dolens mal se acomoda sob a lona do recém-construído barracão dos oficiais quando um mercador vem procurá-lo. O cabelo cortado rente e a postura marcial do suposto mercador o denunciam.

– Primeiro – Dolens diz, com a mão no cabo do punhal: – mostre-me seu melhor sorriso. Segundo: me dê um motivo para não cortar sua garganta.

O espião vitelliano se esforça para sorrir, implora mentalmente pela vida a todos os deuses do Panteão de Agripa e, com mão trêmula, estende um pequeno rolo de papiro:

– Mensagem para o senhor.

Dolens, num gesto gentil, pega o papiro:
– Se eu não gostar da mensagem, terei vontade de matar o mensageiro. Desapareça antes que eu comece a ler.

O espião obedece com a rapidez de uma mosca que foge de um tapa. Dolens rompe com a unha do polegar o lacre do papiro e o desenrola:

"Querido Desiderius Dolens, me alegra saber que você está vivo.
    Sinto sua falta.
    Aquela prostituta gordinha de quem você gosta também sente. Mandei prendê-la.
    Nas calendas de dezembro, pretendo fazer com que ela seja trucidada por feras no *Circus Maximus*. Escolhi pessoalmente um tigre bem robusto.
    Posso mudar de ideia, caso você se renda à guarnição de Mevânia até dois dias antes das calendas.
    Também anseio por nosso reencontro.
    Saudações.
    Aulus Vitellius Germanicus *Imperator* César Augustus, imperador legítimo pela vontade do Senado e do povo de Roma."

A queda da Casa de Ísis

28 de novembro a 1º de dezembro do ano 69 d.C.

I

Durante três dias escuros, mudos e angustiosos no final do outono, quando as nuvens pendiam baixas e opressivas no céu, Dolens cruza sozinho, forçando quase à morte o cavalo que roubara, cem milhas de um trecho singularmente lúgubre da Via Flamínia, até que por fim se detém, com as sombras da noite, à vista do melancólico portão da cidade de Mevânia.

A muralha de tijolos crus, esverdeada de musgo, é farelenta ao toque em tempos de estiagem e parece sangrar nos dias úmidos. Dolens a mira com desprezo. Vinte iguais a ele poderiam romper com pontapés e picaretas aquele arremedo de defesa. Mas ele está sozinho. Por trás do escudo auriverde, sob o negro penacho de seu elmo, ele se anuncia aos legionários de guarda:

– Publius Desiderius Dolens, tribuno angusticlávio, inimigo do imperador!

II

Marcus Antonius Primus, líder da vanguarda flaviana, negou desconcertado o pedido de Dolens por dez dias de licença para tratar de questões pessoais. Não se pede folga durante uma guerra civil. Dolens, então, contou a verdade: falou do ódio que Vitellius nutria por ele e do amor pela prostituta Rutília. Antonius Primus achou graça. Disse entender o apego de Dolens a seus antigos brinquedos, mas ressaltou que a guerra impõe sacrifícios, sendo que a perda de uma prostituta de estimação nem é dos maiores. "Eu mesmo perdi Magnobadius, que tão bem me serviu por cinco anos", ele disse. Magnobadius era o cavalo de Antonius Primus, morto em Bedríaco.

Dolens fingiu concordar, afiou suas lâminas e fugiu.

Vita Dolentis, de Quintus Trebellius Nepos.

III

Nem a montaria roubada escapa do espancamento no portão de Mevânia.

Dolens é apeado à força, despido de seus ferros, socado e chutado, até que o suboficial responsável por aquele turno repara no abutre de bronze e tenta pegá-lo para examinar melhor. Dolens crava seus dedos no pulso do suboficial:

— Espere eu morrer, antes de me roubar.

— O corvo! — o suboficial puxa para si as tiras do arnês de Dolens. — É o corvo!

— É um abutre — Dolens tenta dizer, mas ninguém o escuta.

Meio zonzo das pancadas, ele é erguido do chão, espanado e alisado. Recebe as honras devidas a um prisioneiro de alta classe. Devolvem-lhe armas e elmo, numa tentativa de restaurar-lhe a dignidade, mas o penacho preto, pisoteado e torto, não faz boa figura. Ainda assim, os legionários se perfilam e estendem o braço em saudação.

Dolens imagina que possa ter-lhe valido, ou a condição de tribuno, ou até mesmo o interesse de Vitellius: ser odiado pelo imperador deve contar como prova de importância. Sem que lhe deem qualquer explicação, ele é conduzido à mais bela casa de Mevânia. Passa por salões ricos em mármores e afrescos, mas vazios de móveis e de gente. É obrigado a descer degraus de pórfiro até um refúgio subterrâneo que parece, ao mesmo tempo, *tablinum*, *triclinium*, biblioteca, dormitório e depósito de mobília cara. O piso de tão estranho aposento é decorado com serpentes entrelaçadas, vívidas de tal modo nas cores do mosaico que dá medo de andar sobre elas. O mosaico, como se não se contentasse em ser somente chão, ou como se fosse, ele mesmo, uma cobra prestes ao bote, prossegue na parede oposta à escada de pórfiro e mostra as serpentes a formar o pedestal onde repousam suavemente os pés da terrível Medusa, bela e nua.

Um perfume doce pesa no ar. Vem dos candeeiros, abastecidos com o dispendioso óleo de sementes de uva, usado nas termas para massagear a pele das matronas mais ricas. O dono da casa gasta-o sem pena como combustível, porque o cheiro do azeite comum lhe é insuportável. Alertado desde muito pelos passos das visitas e de pé no centro de seu voluntário calabouço, ele aguardava, dono da casa e de alguns destinos, menos do próprio. Metade homem e metade memória do homem que foi. De seu crânio ossudo brotam fios esparsos, finos e grudentos como teia de aranha. Tem quarenta anos, mas poderia ter quatrocentos. É mais alto que Dolens e mais frágil que um feto.

– Ave, duúnviro! – o suboficial saúda.

O dono da casa tapa os ouvidos com as mãos:

– Mais baixo!

– Perdão, duúnviro – o suboficial sussurra, arrependido do entusiasmo, e mostra o abutre de bronze: – Acho que, desta vez, conseguimos capturar o corvo.

– É um abutre – Dolens protesta, de novo sem nenhum efeito.

O dono da casa arregala os olhos, se arrepia, estremece, perde o fôlego e o recupera:

– É você? É você! Ave, *corvus*! – ele diz, abraça Dolens e começa a beijá-lo nas bochechas e nos lábios.

Dolens, cuja reação natural seria livrar-se num tranco, permanece imóvel porque o gládio do suboficial e três lanças dos legionários estão a lhe cutucar as costas.

– Sonhei com você – diz o dono da casa.

– Comigo?!

O dono da casa recita:

> "E essa ebânea ave, sem aviso, fez de meus medos, sorriso
> por seu grave e solene decoro, de atavios senhoriais.
> 'Tendes a crista desfeita de torvo modo', falei, 'e não vos
>   [é estorvo,
> velho, austero e lúrido corvo, indeciso entre negros portais,
> contai que nome tendes para lá dos plutonianos portais!'
> Disse o corvo, 'Nunca mais'."

– É um abutre! – Dolens insiste, sacudindo o arnês com o urubu de bronze.

– Cale a boca, corvo – diz o suboficial.

IV

Aulus Sextilius Rogatus era o homem mais rico de Mevânia, e isso bastava para que fosse reeleito eternamente como duúnviro. Os outros magistrados do conselho municipal – o segundo duúnviro e os dois edis – costumavam ser seus afilhados ou devedores. Na votação daquele ano, sua vitória, mais do que certa, tornou-se obrigatória, pois, além dos dotes econômicos, ele e o imperador eram primos. Seu pai era irmão de Sextília, mãe de Aulus Vitellius.

Outra de suas características, tão notória quanto a riqueza e o parentesco, era a loucura. Atormentava-o uma condição mental maligna e progressiva, que o impedia de executar por conta própria, não só os encargos de administrador, mas também as mais triviais tarefas de um homem normal. Ao contrário, porém, de loucos majestáticos como Calígula ou Nero, e felizmente para os munícipes, Rogatus aparentava, na maior parte do tempo e na medida em que isso é possível para um louco, ter boa índole. Ele e os próximos a ele sofriam, mas Mevânia podia sobreviver sem grandes ameaças, porque uma última luz de sanidade o fazia delegar decisões importantes a cabeças menos perturbadas.

A natureza de sua doença confundiu médicos, sacerdotes e curandeiros chamados para tratá-lo. Sextilius Rogatus padecia de uma agudeza mórbida dos sentidos: só os alimentos mais insípidos não o faziam vomitar; o perfume de qualquer flor o sufocava; o sol, mesmo nos dias nublados, torturava-lhe os olhos; apenas roupas da mais pura seda não irritavam sua pele e somente alguns sons de determinados instrumentos de corda não lhe causavam horror. Se tais suplícios eram sintomas de sua loucura, ou se ele enlouqueceu justamente por não suportá-los, é algo que jamais se pôde saber.

Mevânia, naquele final de novembro, era o quartel de um vasto contingente de tropas dominado pelos instáveis pretorianos de Vitellius, movidos mais pelo apego aos salários que pela fé na causa vitelliana.

O próprio Vitellius, pressionado na Urbe pelos senadores, que depois da queda de Cremona estavam a meio passo de apoiar Flavius Vespasianus, e pressionado na frente de batalha tanto pela desconfiança de seus legionários quanto pela investida do inimigo, aboletara-se numa carruagem, descera do Palácio e viajara cem milhas para discursar no fórum mevaniense.

Sextilius Rogatus, louco, mas não tolo, aproveitou a visita do primo para anunciar a doação de três milhões de sestércios aos homens de armas que ocupavam Mevânia. Vitellius, comovido, prometeu-lhe o consulado em Roma para dali a dois anos – promessa jamais cumprida, por razões óbvias. Quanto aos legionários, esses passaram a adorar o duúnviro Rogatus como a um deus. Não importava que ele fosse doido; deuses, em geral, costumam ser meio estranhos.

Antes que chegasse a sobremesa, em seu primeiro e único banquete em Mevânia, Vitellius foi informado de que a armada de Misenum, a mais poderosa força naval do Império, declarara apoio a Vespasianus.

Com a digestão interrompida, o ânimo murcho e a coragem ausente, Vitellius, ainda assim, tentou animar as tropas. Tinha em mãos uma tabuinha com belos parágrafos escritos por Galerius Trachalus, que anteriormente havia sido redator dos discursos de Otho. Vitellius, com sua altura e largura, suas bochechas rosadas, seu riso fácil, seus olhinhos brilhantes e sua voz almofadada, não fazia má figura. Para quem não o conhecia, era fácil gostar dele. A simpatia de Vitellius, no entanto, e as frases de Galerius Trachalus foram, naquele dia, literalmente obscurecidas.

Uma revoada de corvos tapou o sol.

À sombra daquelas aves de mau agouro, os legionários se inquietaram. Boatos a respeito do avanço do inimigo e murmúrios de deserção se tornaram mais importantes que as palavras do imperador. Vitellius, intimidado, voltou a Roma, deixando as dúvidas da tropa nas mãos de tribunos e legados.

Seu primo Rogatus, na noite seguinte, sonhou que um corvo pousava-lhe à janela para lhe falar de Melina, a radiante e perdida Melina.

Vita Dolentis, de Quintus Trebellius Nepos.

v

Dolens tira o elmo e, enquanto tenta, sem sucesso, alinhar as plumas pretas da crista, observa de viés a insólita figura de Rogatus. Um fiapo de ideia o anima:

— Se eu sou um corvo...

— O corvo — Rogatus corrige.

— Desculpe. "O" corvo. Eu sou o corvo e isso, pelo que entendi, vale alguma coisa, não vale? — Dolens mete o elmo na cabeça e estufa o peito: — Sendo assim, tenho exigências a fazer.

— Mande, e será obedecido. Deseja um banho nas minhas termas particulares? Roupas limpas? Comida? Vinho?

— Tudo isso, mas depois. O que exijo agora, de preferência para antes de agora, é que mensageiros galopem, voem, zunam até Roma, e cheguem lá antes do amanhecer.

— Levando qual mensagem?

— O tribuno Dolens se rendeu e espera que o imperador liberte Lupa Rutília.

— Você ouviu — Rogatus diz ao suboficial. — Partam dez homens a cavalo! Com ordens minhas para requisitar montarias descansadas em qualquer guarnição militar da Via Flamínia.

— Sim, senhor. Ave, duúnviro!

O suboficial sai, deixando oito homens no subterrâneo a tomar conta de Dolens, além dos outros oito da guarda pessoal de Rogatus.

— Você seguirá para Roma amanhã cedo — Rogatus diz a Dolens. — Meu primo Vitellius foi bem específico nas instruções. Quer que você viaje à luz do dia, a pé e acorrentado, para que todos o vejam.

— Seu primo é muito previsível.

Dolens, que já quase se conformara em perder a vida de modo infame, torna-se, por alguns instantes, esperançoso. Se Vitellius, ao receber a mensagem, tiver a decência de soltar Rutília, ou se, de alguma forma, for possível tomar Rogatus como refém, talvez haja uma chance de sobrevivência, para Rutília e para ele, apesar da ira de Vitellius e no meio de dezenas de milhares de legionários vitellianos. Talvez. Mas, muito provavelmente, não. A esperança, feita com as cinzas do desejo, depressa se desfaz.

É crime tão grande, para um plebeu pobre, desejar ser cavaleiro? Tão grande que a punição é a perda ou a morte dos entes queridos? Tão grande que o preço é o sofrimento sem fim? "E se eu quiser de volta a tristeza simples da Suburra?", grita Dolens em silêncio. Rogatus, como se pudesse ler-lhe os pensamentos, desanda a dançar lentamente, a pisar nas cobras, distraído, enquanto repete num murmúrio: "nunca mais... nunca mais... nunca mais."

VI

Sextília Melina, irmã gêmea de Rogatus, tinha o porte esbelto do irmão e a triste beleza de uma flor recém-colhida: úmida, fresca, frágil e fadada a morrer.

A enfermidade que a dominava, embora diversa, nos sintomas, daquela que destruíra a mente do seu irmão, não era menos grave. Sem motivo aparente, Melina podia saltar da alegria mais alucinada ao mais choroso desespero. Frequentemente, acessos convulsivos tombavam-na ao chão em espasmos. E, quando nada parecia perturbá-la, e ela se recostava num divã do *peristylium* para reler as "Sátiras" de Horácio ou os "Amores" de Ovídio, do nada o papiro caía de suas mãos e ela se quedava estática, com músculos rígidos e olhos vítreos, sem piscar nem se mover durante horas.

Médicos gregos, discípulos nem sempre fiéis a seu mestre Hipócrates, mas preferidos pela família sextiliana a quaisquer outros por terem a melhor retórica, debatiam três possíveis diagnósticos: epilepsia, histeria ou alguma abominável combinação de ambas.

A epilepsia, conhecida como "doença sagrada" por ser supostamente obra dos *daemones* e por ter vitimado personagens ilustres como o semideus Hércules, o filósofo Sócrates e o divino Julius César, foi descrita há seis séculos nos textos de Hipócrates como resultado da produção excessiva de fluidos pelo cérebro, que acaba por envenenar o sangue. Já a histeria, segundo a medicina hipocrática, é um mal que afeta as mulheres, provocado pelo deslocamento do útero no interior do corpo feminino, que ocasiona dor, angústia e severas mudanças de comportamento. Tanto a epilepsia quanto a histeria, para além das lições do velho sábio grego, costumam ser, como tantos aspectos da vida, consideradas castigo dos deuses. Qual crime teria cometido Melina para merecer tamanha punição? Bocas e bicos de Mevânia corvejavam uma suspeita, para muitos justificada pela loucura de Rogatus.

Por muito tempo, a timidez levou Melina a esconder o rosto num torvelinho de cabelos castanho-acobreados, até que, aos trinta anos, raspou a cabeça e assim a manteve, por dever de ofício: aqueles que se entregam aos mistérios de Ísis não podem ter pelos no corpo. Ela era, autoproclamada, mas era, suma sacerdotisa do *iseum* de Mevânia.

O apetite dos povos do Império por religiões exóticas tem feito brotar *isea* por toda parte: Roma, Fluentia, Delos, Moguntiacum, Savária e sabe-se lá mais onde. Em Mevânia, o *iseum* foi erguido a mando de Rogatus apenas para agradar a irmã. Ficava ao lado da casa do clã Sextilius, e um túnel subterrâneo ligava os aposentos de Rogatus ao *atrium* do templo, onde a imagem da morena deusa Ísis do Egito, talhada no mármore mais branco, tinha as feições de Melina.

A cada convulsão, desmaio, paralisia ou surto de ódio de sua irmã, Rogatus enlouquecia mais um pouco. Havia quem dissesse, não a ele, nem em público, que sua intolerância à luz, ao barulho e aos odores era, ao invés de maldição, uma bênção torta concedida pelos deuses, um caminho de fuga, como se sua mente torturada tentasse escapar de si mesma para não ver, ouvir, sentir ou, sobretudo, lembrar o que ele e Melina haviam feito na infância e, supõe-se, ainda faziam.

Em seus delírios, Rogatus viu um velho corvo que trazia no bico a salvação de Melina. Ao acordar, mandou que lhe trouxessem "o" corvo. Prometeu uma desvairada recompensa. Obviamente, foi atendido, para desgraça de corvos, gralhas e quaisquer outros pássaros de plumagem escura que vivessem na cercania de Mevânia. As aves, vivas ou mortas, eram exibidas a Rogatus, que a todas recebia com uma careta de nojo e a frase: "Não é o corvo." Esse absurdo ritual se arrastou por dias, até que, sem nada saber, Desiderius Dolens, o carniceiro de Bonna, se apresentou nos portões.

Vita Dolentis, de Quintus Trebellius Nepos.

VII

— Nada? – a voz tremelicante de Rogatus ecoa nas paredes do subterrâneo. – Você não tem nada a dizer sobre a saúde da minha irmã?

— Duúnviro – ao mesmo tempo em que busca palavras para se entender com seu alucinado anfitrião, Dolens busca rotas de fuga, porém não vê nenhuma além da porta que leva à escada de pórfiro, bem guardada por dezesseis legionários mais altos, mais fortes e menos gentis que ele próprio –, não conheço sua irmã.

— Conhecerá – diz Rogatus. Ele vai até a parede do fundo e pousa as mãos, casualmente ou não, nos seios da Medusa. Empurra a parede: a moldura de espinheiros e cobras que delimita o mosaico revela ser o umbral de uma porta secreta. – Venha.

"Mais uma rota", pensa Dolens, um tantinho menos pessimista, enquanto se mete com Rogatus num túnel revestido por tijolos esmaltados. Os legionários, todos os dezesseis, os acompanham. Dois carregam lanternas a óleo. Os outros desembainharam os gládios, o que arrefece o ânimo de Dolens para uma tentativa de fuga.

O túnel, depois de sessenta *passus* e de vinte degraus, desemboca num pesadelo estético. Paredes revestidas de mármore branco, róseo, verde, dourado, rubro, gris, azul, acastanhado e negro sustentam tapeçarias do Egito e afrescos frenéticos. Ex-votos de cera em forma de braços, pernas, cabeças e úteros se amontoam às centenas junto a jarros de óleos aromáticos e cestas de vime transbordantes de frutas secas, sob a luz de trezentos candeeiros de bronze e mil velas em candelabros de prata, no *atrium* quadrangular do templo de Ísis, cujos lados mal têm quinze *passus*.

Diante da estátua da deusa, ergue-se a mais cara pira funerária que já se viu, feita com toras de cedro do Chipre, palha de linho, cordas de seda e noventa libras de grânulos de mirra, sobre a qual se apoia o ataúde de ébano sem tampa onde jaz Melina.

— Minha irmã – aponta Rogatus.

— Ali em cima? – Dolens se espanta.

— Diga-me se ela tem cura.

— Se tivesse, acho que não estaria num caixão.

— Converse com ela.

Por ordem de Rogatus, uma estreita escada de madeira é apoiada num dos lados da pira. Dolens não tem outra alternativa senão subir. Surpreende-lhe a beleza de Melina. Os mesmos traços que, no irmão, fazem lembrar um frango depenado, nela se compõem numa inusitada harmonia: nariz comprido, mas suave, testa ampla, queixo tímido, boca pequena, olhos grandes e pestanudos. Os únicos pelos de seu corpo, aliás, são os cílios. As sobrancelhas foram desenhadas, o cabelo é uma peruca de fios de seda tingidos de negro que imita o penteado de antigas rainhas do Egito e a nudez, perturbadora num cadáver, atesta o empenho na eliminação de qualquer pilosidade.

Confuso no topo da escada, frente àquela dama vestida apenas com as joias da família, Dolens se volta para encarar Rogatus:

— Duúnviro, o que o senhor quer que eu faça?

— Realize meu sonho.

"Que bom que é um pedido fácil...", resmunga Dolens para si mesmo e, sem alternativa, examina a morta. Dá-lhe beliscões e cutucadas, para avaliar a rigidez dos músculos. Estima-lhe a temperatura do corpo, pousando a mão, com algum constrangimento, em vários recantos.

— Morreu faz pouco — ele declara, convencido de que está dizendo o óbvio. — Três horas, no máximo.

— Ela está assim há três dias — Rogatus retruca.

— Algum médico a examinou?

— Os cinco médicos que cuidavam dela atestaram o óbito.

— Então ela morreu. Sinto muito.

— Minha irmã não pode morrer!

— Duúnviro, com todo o respeito — Dolens diz, enquanto desce da escada —, se sua irmã está viva, por que meteram a coitada em cima de uma fogueira de cremação?

— Ela pediu.

— Antes ou depois da morte?

— Como ela poderia ter me pedido qualquer coisa depois de morrer? Você acha que sou um maluco que fala com os mortos?

— O senhor admite que ela está morta?

— Jamais!

Dolens ergue os olhos, numa expressão de desalento. Nisso, acaba por reparar nas vigas de madeira do teto:

– Sem querer interferir nos assuntos religiosos, não é perigoso acender uma fogueira desse tamanho num ambiente fechado?

– O telhado será removido antes da cremação.

– Imagino que vá dar algum trabalho.

– Para agradar Melina, nenhum esforço é excessivo. O *iseum* está cercado por andaimes e guindastes, apenas à espera de minha ordem.

Teto de madeira. Andaimes. Cestas de vime. Objetos de cera. Jarros de óleo. Tapeçarias. Candeeiros. Velas. No meio, uma fogueira gigante. A oportunidade é tão óbvia que Dolens fica sem fôlego:

– Duúnviro – ele diz, depois de respirar fundo três vezes –, eu posso ressuscitar sua irmã.

– Pode? Do jeito que vi no meu sonho?

– Talvez não exatamente como no sonho, mas o efeito é garantido.

– Que poderes mágicos você carrega, tribuno, para realizar tamanho prodígio?

Uma ruga de desconfiança na testa de Rogatus lhe projeta uma inquietante sombra de lucidez nos olhos, ou ao menos isso é o que, num átimo, Dolens pensa ver, e basta para preocupá-lo: a farsa que planejou precisa ser um pouco mais complexa:

– Alguém me ajuda? – ele pede aos legionários, indicando a própria armadura.

Livre do arnês, da cota de malha, do cinto e da sobretúnica, Dolens ergue sua túnica de lã e exibe a cicatriz em forma de peixe, pouco abaixo do mamilo esquerdo.

– Fui iniciado na fé proscrita dos mortos-vivos – ele diz. – Sou servo do homem que se disse deus, foi morto e reviveu para provar que não mentia. Isto – ele cutuca a cicatriz – é o símbolo cristão!

– Uma barata? – Rogatus pergunta.

– Peixe. Parece uma barata, mas é um peixe. Cristãos gostam de peixe.

– Como o seu peixe me trará Melina?

– O ritual é simples, mas exige absoluta cooperação.

VIII

Publius Desiderius Dolens, que costumava ser constrangedoramente explícito nas confissões que me fazia, se enredava em reticências ao falar daquela noite em Mevânia. O que sei, pelo pouco que ele contou e pelo tanto que pesquisei, é que ele insistiu que seu ritual de ressuscitação só poderia ser testemunhado por quem tivesse o coração puro. Quando lhe perguntaram o que isso significava, ele disse: "tem o coração puro apenas quem nunca matou ninguém."

Com esse estratagema, Dolens pretendia afastar do *atrium* os homens que o custodiavam, incendiar o templo, tomar Sextilius Rogatus como refém e fugir com ele de Mevânia. Para sua desgraça, porém, e ao contrário do que ele dava como certo, os legionários não eram todos veteranos cães de guerra. Havia um com carnes de bebê sob a couraça: tinha dezessete anos e nenhuma experiência de batalha. Esse um permaneceu no *atrium*, e Dolens teve de matá-lo. Não foi tarefa simples, porque o garoto era robusto. No meio da luta, jogado de um lado a outro, Rogatus também foi morto. E, quando Dolens acendeu a pira funerária, Melina, milagrosamente, despertou de seu transe letárgico e se pôs a gritar em pânico. O ritual de Dolens, malgrado o próprio, de algum modo funcionara.

O *iseum* de Mevânia se desfez em fogo. Dolens conseguiu fugir levando um candelabro de prata debaixo do braço. Atravessou o portão sul da cidade, protegido pelo tumulto que o incêndio causara, e naquela mesma noite, depois de quinze milhas romanas percorridas a pé, chegou ao povoado de Vicus Martanus, onde trocou o candelabro por algumas moedas e um cavalo, com o qual se pôs a galope pela Via Flamínia em direção a Roma.

Melina, com a cabeça raspada a luzir sob as chamas, jurou que se vingaria. De um modo torto, e ainda que ela mesma, pelas décadas seguintes, jamais viesse a admitir, arrisco dizer que o juramento foi cumprido. E assim a garra torta do destino se fechou sobre a casa de Ísis.

Vita Dolentis, de Quintus Trebellius Nepos.

Mas os tigres vêm à noite

3 e 4 de dezembro do ano 69 d.C.

1

A terrível simetria entre as grades da cela e as riscas do tigre despedaça, a cada respiro da besta, as esperanças de Rutília.

Ela chorou de medo nos dois primeiros dias. Foi ignorada. Ameaçou os guardas por cinco dias, falando-lhes da cruel reputação de Desiderius Dolens. Riram dela. Tentou conseguir uma audiência com Aulus Vitellius durante três dias. Disseram-lhe que o imperador não fala com carne de arena. Encolheu-se num canto pelos dois dias seguintes e recusou a ração que lhe davam, querendo morrer de fome. Foi atendida. Mudou de ideia no terceiro dia e aceitou a sopa de trigo, decidida a se fortalecer para o plano que acabara de engendrar.

Sob as arquibancadas do *Circus Maximus* estão as baias das carruagens de quadriga, os camarins dos atores, bailarinos e músicos, as enfermarias dos gladiadores e as jaulas dos animais. Rutília tem, como vizinhos de cárcere, à direita um camelo doente, que perde pelos e cospe, e à esquerda o tigre que irá devorá-la.

O guarda do turno do dia, só para espantar o tédio, costuma atiçar o tigre: "Carne gorda! Carne gorda!" Ele bate a lança nas grades e aponta a prisioneira. O tigre ruge, pula e golpeia o ar, com as patas estendidas para a futura refeição. Rutília odeia o guarda do dia, mas odeia ainda mais o guarda da noite, que às vezes traz comida para o tigre. Enquanto a fera come, o guarda da noite abre a cela de Rutília e a estupra.

No dia anterior à décima terceira noite, Rutília rasgou em tiras a barra de sua túnica e trançou uma corda, não mais grossa que um dedo mínimo nem mais longa que cinco palmos. Quando o guarda da noite se inclinou sobre ela, Rutília prendeu-lhe o pescoço num laço e apertou:

— Morre, filho da puta!

Uma mulher em desespero pode virar tigresa, mas um legionário, mesmo que esteja fora de forma, mesmo que nunca tenha provado seu valor em combate, mesmo que seja um fracassado que não merece tarefa mais honrosa que a de vigiar gaiolas no *Circus Maximus*, ainda assim é legionário. Rutília tem a força dos oprimidos e a audácia dos justos. O guarda da noite tem uma espada. À beira do sufocamento, ele a usa.

Desiderius Dolens irrompe na cela, ofegante e tinto de sangue, com seu punhal de estimação na mão esquerda e o gládio de aço indiano na direita. Tudo o que se meteu no seu caminho, ele matou.

O guarda do turno da noite se ergue, indeciso entre lutar ou argumentar. Dolens crava-lhe o gládio na virilha, sobe a lâmina até o diafragma, torce e tira. As vísceras do guarda explodem para fora do corpo.

Dolens embainha o punhal, enquanto o guarda urra de horror. Com a mão esquerda, Dolens o agarra pelo pescoço e o arrasta até a jaula do tigre; rompe o cadeado com três golpes de gládio, abre a jaula e joga o guarda destripado, mas vivo, aos pés da fera.

O tigre, que nem está com fome, aceita o petisco por gulodice ou talvez por educação. O guarda, com sangue a jorrar pelo ventre aberto, ainda está consciente quando começa a ser devorado.

Dolens corre para acudir Rutília. Mesmo ferida, ela o esbofeteia.

— Por que demorou tanto?

— Você não imagina como está o trânsito na Via Flamínia.

Ele tenta estancar a hemorragia no peito dela, mas o sangue insiste em lhe escapar por entre os dedos.

— Foi só um arranhão – ele mente, mais para si do que para ela.

— Você não devia ter vindo – ela esbofeteia de novo, desta vez quase sem forças.

— Decida-se: a raiva é porque demorei para chegar ou porque cheguei?

Rutília ergue a mão outra vez. Dolens, por reflexo, se retrai. Ela o acaricia.

— Meu amor – ela diz –, Vitellius vai matar você.

— Nós, da Suburra, não morremos tão fácil. Você me chamou de meu amor?

— Chamo qualquer um de meu amor, meu amor.

– A mim você nunca havia chamado de meu amor.
– Nunca quis mentir para você.
– E agora falou a verdade?
– Se você me amasse, saberia.
– De todas as mulheres que conheci, você é a única que eu amo.
– E a esposinha germana?
– Casei por luxúria.
– O normal é que o homem se deite com a esposa por amor e com a puta por desejo, não o contrário.
– Estou longe de ser normal.
– Você não sente desejo por mim?
– Aqui, no fundo deste calabouço, você quer discutir a nossa relação?
– Dá para ter paciência? – Rutília tosse. Cospe sangue. – Estou morrendo.
– Não diga isso.
– É verdade.
– Poupe fôlego.
– Uma vez você me disse que nós somos brinquedos quebrados. Os aristocratas se cansam de brincar e nos jogam no Tibre.

Dolens beija Rutília. Acolhe-a junto ao peito, como se quisesse que o bater do seu coração animasse o coração dela:

– Você não será jogada no Tibre.

Rutília morre docemente nos braços do homem da sua vida.

O tigre, depois da refeição, sai em passo calmo pela porta aberta da jaula e some no labirinto de vielas. Jamais será encontrado. À cada noite, em cada esquina escura de Roma, sua sombra, suas listras e seus ofegos serão para sempre entressentidos.

11

Ceres, deusa da fertilidade e filha da deusa Ops, tem há muitos séculos seu templo de estilo etrusco na subida do Aventino, a poucos, embora íngremes, passos da quina mais ocidental do *Circus Maximus*. Foi para lá que Dolens, penosamente, carregou o corpo de sua amada prostituta. Ele arrombou a porta do templo e à ponta de espada, obrigou o escravo de vigia a ajudá-lo nos ritos fúnebres.

Lupa Rutília, deposta numa pira de madeiras consagradas, foi cremada no pátio do templo, tendo como testemunhas o céu, o escravo de vigia, Desiderius Dolens e um pequeno bosque de oliveiras.

Vita Dolentis, de Quintus Trebellius Nepos.

III

A fumaça aperta os olhos e engrossa as lágrimas. Ajoelhado ante o fogo, Dolens tenta lembrar de alguma reza que soe apropriada. Não consegue. Vem-lhe à mente, apenas, um trecho de canção:

> *– Propter te,*
> *ego desinam bibendi.*
> *Propter te,*
> *ego dives sim in mense.*
> *Dormeam in toga*
> *ad patricium fiendum.*

Ele insiste que o escravo vigia cante também. O rapaz, tomado como prisioneiro por um louco sujo de sangue, canta com uma vozinha aguda de medo, o que, ironicamente, faz um agradável contraponto aos graves pedregosos de Dolens:

> *– Ego mutem etiam meum nomem.*
> *Vivam sine aqua victuque.*
> *Desiderem quotidie*
> *ipsam mulierem!*
> *Propter te! Propter te! Propter te! Propter te!*

As cinzas de Rutília, ao primeiro lume do amanhecer, são enterradas entre as raízes da mais robusta oliveira do bosque. Dolens grava com a ponta do punhal uma inscrição no tronco:

> DIIS MANIBVS
> LVPA RVTILIA

VIXIT ANNIS XXXVII
DESIDERIVS DOLENS
VLCISCETVR NECEM SVAM [1]

IV

Gaius Fabius Valens, principal líder vitelliano, era teimoso o bastante para se crer capaz de ganhar a guerra sozinho. Enquanto mofava na Etrúria, acossado pelos informes da queda de Cremona e da deserção da frota de Misenum, concebeu um plano que, se adequadamente executado, poderia levar, talvez não à vitória, mas certamente a um prolongamento dos combates, arrastando a guerra civil para muito além do que de fato durou.

A estratégia era malignamente simples: transformar as agruras da guerra em triunfo. As províncias gaulesas e germânicas sofriam com a falta de notícias: como saber se o imperador que apoiavam estava vivo? Muitos quartéis ainda veneravam a efígie de Otho, a de Galba, até a de Nero, e não sabiam quem ou quando atacar, e menos ainda por quê. Valens, partindo de navio da península itálica com poucos oficiais de confiança e muito dinheiro, pretendia desembarcar na Gália Narbonense, onde mediante suborno, lisonja e promessas de bons cargos na hierarquia do Império, seduziria para a causa vitelliana os diversos chefes de guarnição cuja lealdade era hesitante. Pouco mais de um mês lhe bastaria para reunir um exército ao menos provisoriamente leal a Vitellius e, assim, criar uma nova frente de batalha que sangraria os flavianos ao norte, detendo-lhes o avanço a Roma.

Valens zarpou de Pisa. Ventos e deuses desfavoráveis o conduziram ao Porto de Hércules, em Mônaco, território administrado por Marius Maturus, comandante vitelliano que, por aqueles dias, já havia escrito

---

1 "Aos deuses manes,
Lupa Rutília.
Viveu trinta e sete anos.
Desiderius Dolens
vingará sua morte." (N. do A.)

três rascunhos do discurso no qual declararia seu apoio a Flavius Vespasianus.

Maturus disse a Valens, e isso era parcialmente verdade, que o litoral narbonense fervilhava de naus flavianas. Ainda assim, Valens lançou-se de novo ao mar. Pouco após sua partida, Maturus desertou para o lado flaviano.

A pequena frota valentina foi cercada pelos flavianos na costa setentrional das ilhas Estécades. Fabius Valens se rendeu, mas exigiu de seus captores as honras devidas a um cônsul. Como lhe foram negadas, ele tentou angariar simpatia por intermédio de seu centurião *primus pilus*, Floronius Maurusius, sogro do valoroso combatente flaviano Desiderius Dolens. "Quem não conhece Desiderius Dolens?", dizia Valens. Ninguém conhecia. Valens, Maurusius e o restante do séquito foram metidos em correntes. Assim morreu, antes de nascer, o levante galo-germano.

Não que as províncias precisassem de incentivo para se rebelar. Por aqueles meses, os combates na Judeia prosseguiam sem esperança de término, uma disputa de poder na tribo dos brigantes levou a Britânia ao caos, o Pontus foi acossado por piratas e os batavos da Germânia, sob o comando do cuspinhento Julius Civilis, iniciavam uma revolta que por pouco não destruiu o Império.

Vita Dolentis, de Quintus Trebellius Nepos.

v

– *Unus, duo, tres! Unus, duo, tres. Unus, duo, tres...*

A *Cloaca Maxima*, secular escoadouro subterrâneo de detritos, dispensa metáforas: é literalmente o cu de Roma, a excretar no Tibre toda sujeira que os cidadãos respeitáveis não querem exibir ao sol, o que ocasionalmente inclui alguns cadáveres.

– *Unus... duo... tres... Unus. Duo. Tres. Unus! Duo! Tres!*

Nos meses em que o Tibre se mantém comportado, é possível caminhar pelas beiradas do vasto túnel de pedra, tijolo e cimento. Há mendigos que dormem na *Cloaca Maxima* durante o verão. É um abrigo seguro e fresco, embora malcheiroso. Nos meses mais frios e molhados, só loucos, ratos e, raramente, os escravos encarregados da manutenção, se arriscam a descer até lá.

– *Unus, duo, tres... quattuor, cuinque...*

Desiderius Dolens tenta desovar um cadáver no esgoto: o dele mesmo. Sentado na beira do túnel, com água suja a lhe beijar os pés e a água de muitas lágrimas a lhe lamber o rosto, empunha o gládio contra o próprio peito, arma o golpe, enrijece os músculos, conta até três e perde coragem no último instante. Depois de muitas desistências, admite que não conseguirá morrer pela própria mão. Permanecerá vivo, contra sua vontade. E quem é vivo se vinga. Ele ergue o gládio num ímpeto que, a céu aberto, espetaria a lua. Urra como bicho, ecoando em mil ganidos sua dor pelo túnel. O carniceiro de Bonna está à solta na Urbe.

As cruezas mortais que Roma viu

5 a 19 de dezembro do ano 69 d.C.

1

— Nós, mortais, passamos esta curta vida a sofrer todo tipo de injustiça – sob a fraca luz da vela, o velho *flamen martialis* filosofa em sua cadeira, ao pé da intimidante estátua do deus Marte Vingador. – Não há um de nós que não tenha, mais de uma vez, desejado se vingar. E quantos, de fato, conseguem? Poucos? Quase nenhum? Mesmo a menor vingança exige enormes sacrifícios. Pode-se perder a honra, a vida e a alma num ato de vingança. É por isso que só os deuses e os loucos se vingam.

— Em qual categoria você me enquadra? – Aulus Vitellius retruca. Seus olhinhos redondos parecem mais duros que o mármore da estátua de Marte.

O *flamen martialis* sorri, torcendo ao contrário os vincos de um rosto habituado a expressões menos doces:

— Como imperador, *princeps* e *pontifex maximus*, o senhor é quase deus.

— Não quero uma quase vingança.

— Talharei na madeira os nomes de seus inimigos e os queimarei na pira sagrada. Vespasianus, Mucianus, Antonius Primus... quem mais?

Vitellius agita a mão macia e cheia de anéis num gesto negativo:

— Desses cuido sozinho. Não preciso de deuses.

— Bravas palavras.

— Inimigos distantes não me preocupam. Não pretendo repetir o erro de Otho, que marchou para a linha de frente e morreu, nem o de Galba, que não soube cativar a guarda pretoriana – Vitellius se permite um risinho. – Os pretorianos são meus. Muito bem pagos para serem meus. E não porei de novo o pé fora dos muros.

— Sendo assim, qual graça Marte Vingador pode lhe conceder?
— Há um plebeu que tentará se vingar de mim.
— Só um?
— Ele está em Roma.
— Roma é uma colmeia de plebeus.
— Esse plebeu é um cão de guerra completamente insano.
— Dê-me o nome e o queimarei no fogo marcial.
— O nome é Dolens. Desiderius Dolens. Mas eu gostaria de algo mais específico que o nome na fogueira.
— Esse algo seria...?
— O que preciso dar a Marte Vingador para que ele faça Dolens desistir da vingança?

As sobrancelhas do *flamen martialis* se erguem:

— Nobre *princeps* — ele começa, com prudência —, Marte Vingador é o deus que abençoa a execução da vingança, não a desistência dela.
— Então adiei meu jantar para uma visita ao templo do deus errado?
— Não se pode dizer que haja um deus errado... Mas por que o senhor não vai ao templo de Concórdia?
— Vou me entender com a deusa Concórdia — Vitellius ergue o corpanzil do banco baixo onde estivera sentado. — E você vai se entender com os questores que enviarei para auditar suas finanças.
— Mas, senhor...!
— O tirano se vinga; o príncipe cobra impostos. O que, no final das contas, é só uma distinção retórica.

II

Lucius Vitellius, irmão mais novo do imperador, foi enviado à Campânia com seis coortes e quinhentos cavalarianos para conter as tropas que, influenciadas pela deserção da frota de Misenum, haviam jurado fidelidade a Flavius Vespasianus e invadido a praça-forte de Tarracina, apenas oitenta milhas romanas ao sul da Urbe.

Golpeado ao sul, o Império de Vitellius Augustus continuava também a sangrar ao norte: Mevânia, difícil de ser defendida com seus muros frágeis e desfeita em tumultos após a morte do duúnviro, foi abandonada pelos vitellianos, que preferiram buscar refúgio em Nárnia, terra natal do senador Cocceius Nerva, quarenta milhas mais perto dos portões de Roma. Quatro dias depois, Antonius Primus fincou seu estandarte no fórum mevaniense. Flavius Vespasianus, comodamente acampado no Egito e tão imóvel quanto a Esfinge de Guizé, estava, mesmo assim, cada vez mais perto do trono de Vitellius.

Nas ruas de Roma, porém, a plebe parecia feliz com seu gordo e simpático imperador. Sempre que aparecia em público, Vitellius era saudado com juras de fidelidade. Ele multiplicava tal devoção lançando moedas de prata do tesouro público às mãos que o aplaudiam, e esse aplauso, mesmo comprado, o fazia confiante na vitória final, ainda que o bom senso ditasse o contrário.

Um poeta contemporâneo escreveu a respeito desses dias: "Das gentes populares, uns aprovam a guerra com que a pátria se sustinha; uns as armas a limpam e renovam, que a ferrugem da paz gastadas tinha: capacetes estofam, peitos provam, arma-se cada um como convinha; outros fazem vestidos de mil cores, com letras e tenções de seus amores."

Vita Dolentis, de Quintus Trebellius Nepos.

III

Não amanheceu ainda e o viscoso rastejar das nuvens faz prever mais um dia com cara de noite, como tantos daquele dezembro. Camillus, que conhece o caminho bem o bastante para se orientar no escuro, desce do Palatino e vem subindo o Monte Esquilino rumo ao *Macellum Magnum*, para ser dos primeiros a chegar. Ele não percebe, mas, entre as sombras, uma sombra acompanha seus passos. No quebrar de uma esquina, a sombra o alcança:

– Homem do Palácio – diz a sombra –, quem é seu imperador?

Camillus, assustado, desata a correr. A sombra o alcança, o derruba e repete:

– Homem do Palácio, quem é seu imperador?

– Vitellius Augustus – Camillus diz, tomado de pânico. – Ave!

– Resposta errada.

A pequena corda que Rutília trançara com tiras rasgadas de sua túnica é usada para estrangular Camillus.

Desiderius Dolens arrasta o corpo até o *Macellum Magnum* e o pendura no braço de uma estátua de Vitellius. No pedestal da estátua, ele risca fundo com o punhal:

MORERE TYRANNE [2]

IV

Aulus Vitellius Germanicus *Imperator* César Augustus assustou-se, mas não muito. Dolens, durante vários dias, planejara assassinar um membro da família Vitélia ou pelo menos algum oficial importante da administração do Império. Como não pôde sequer chegar perto de alguém desse *status*, contentou-se em matar o escravo Camillus, ajudante de cozinha do Palácio, na madrugada em que o pobre rapaz se dirigia ao *Macellum Magnum* para encomendar salmonetes vivos aos peixeiros.

O salmonete era bastante apreciado nos banquetes vitellianos, não tanto pelo gosto, mas pelo colorido. Quando deixado para morrer lentamente fora d'água, o salmonete muda de cor: suas escamas assumem um vibrante tom vermelho. Vitellius gostava que fossem servidos ainda com vida, para que ele e os convidados pudessem apreciar a transformação. Quando os peixes, já muito rubros, finalmente paravam de se debater, eram retalhados, regados ao garum e comidos crus.

Vita Dolentis, de Quintus Trebellius Nepos.

V

— Paguei tão caro pelo ópio — Dolens se queixa — que, só de me lembrar do preço, fico sóbrio outra vez.

— Teria sido mais prudente reservar suas últimas moedas para uma emergência.

---

2 Morra, tirano. (N. do A.)

– Minha vida é uma emergência. E, se eu fosse prudente, seria padeiro.
– Você preferiu ser legionário. Tribuno. Herói de guerra.
– Desertor. Bêbado. Arruinado.
– Isso também. Mas não perca a esperança, meu filho.
– A esperança é mais perigosa que o ópio, sabia? A esperança me faz acreditar que, um dia, o preço de cada decisão não será pago em sangue, que serei reconhecido como um grande romano, que poderei comprar uma casa onde caibam minha esposa, minha mãe, minha liberta, minha irmã, minha cunhada, meu filho e Rutília.
– Rutília está morta.
– Esse é o veneno da esperança: desejar o impossível e receber o intolerável.
– A esperança fez com que você viesse à minha casa.
– Não, não. Deusa Ops, mãe da riqueza e das colheitas, vim à sua casa, depois de tanto sofrimento, tanta perda, tanto sonho esmagado, nas vésperas do festival da Opália, para dizer, do fundo de meu coração, que eu quero que a senhora se foda.

A deusa Ops arregala os olhos, chocada.

Dolens, sujo e desfeito, desperta do delírio sob a chuva miúda que martela os degraus do templo de Ops no Monte Capitolino. Transido de frio, temeroso de ser pego, ele foge sem rumo. Aos olhos do povo de Roma, é só mais um miserável.

VI

Gaius Fabius Valens, legado da *Legio Prima Germanica*, cônsul romano, braço armado de Vitellius, foi morto a fio de espada pelos flavianos na cidade de Urvinum. Sua cabeça, na ponta de uma lança, viajou até os muros de Nárnia, o que prontamente convenceu a guarnição vitelliana a se render.

Floronius Maurusius, centurião *primus pilus*, oficial de confiança de Fabius Valens e sogro de Desiderius Dolens, conseguiu fugir do cárcere flaviano pouco antes ou pouco depois da execução de seu chefe. Se a fuga se tornou possível pelo desleixo dos captores, pela engenhosidade do capturado ou por suborno, não sei. O próprio Maurusius era reticente a respeito.

Um dia depois da queda de Nárnia, o décimo sétimo antes das calendas de janeiro, a notícia da rendição chegou a Roma. Vitellius, abalado, recolheu-se a seus aposentos e não quis almoçar. A perda de apetite do mais glutão dos imperadores fomentou o pavor na corte vitelliana.

Não tardaram a chegar ao Palácio cartas de Antonius Primus, vindas de Nárnia, e de Licinius Mucianus, do norte da península. Mucianus, mais político, menos guerreiro e mais distante, era cinicamente diplomático. Antonius Primus, belicoso, arrogante e a apenas sessenta milhas da Urbe, era francamente autoritário. Abstraindo-se as escolhas estilísticas, o conteúdo das cartas era o mesmo: Vitellius, se quisesse viver, deveria negociar sua rendição com o *praefectus urbi* Titus Flavius Sabinus, irmão mais velho de Flavius Vespasianus.

Tais mensagens, por sigilosas que fossem, não deixaram de circular aos sussurros entre bocas e ouvidos dos acólitos, amantes, conselheiros, convivas e cozinheiros de Vitellius. Todos esperavam dele alguma atitude minimamente digna de um *princeps*, fosse a rendição honrosa, fosse o suicídio, fosse um discurso que daria alento às tropas para uma arremetida final.

Vitellius Augustus, depois de um dia sem falar com ninguém, emitiu um édito para ser lido no *Forum*, no qual aumentava o prêmio pela cabeça de Publius Desiderius Dolens para cem mil sestércios, que equivaliam a mais de cem vezes o salário anual de um legionário. Indagado a respeito da utilidade daquilo, Vitellius disse que uma grande derrota não o impediria de ter uma ou duas pequenas vitórias.

Vita Dolentis, de Quintus Trebellius Nepos.

VII

Figos secos e um caneco de vinho compõem o frugal desjejum do senador Nerva, que se distrai a pensar na vida, na morte e nas pequenezas que acontecem entre uma e outra, quando o escravo Apophis surge afobado:

– Senador! O comandante dos pretorianos quer vê-lo.

— Diga que posso recebê-lo nas calendas de janeiro.
— Ele já entrou, senhor.

Julius Priscus, *praefectus praetorianus* nomeado por Vitellius, irrompe no *peristylium* com dezesseis legionários:

— Ave, senador!
— Bom-dia. Aceita um figo?
— Estou à procura de algo menos doce que figos.
— Alcachofras?

Julius Priscus, por baixo do cenho franzido, libera um sorriso condescendente:

— Onde ele está?
— Quem?
— Senador, apesar das circunstâncias, tentarei ser formal: em nome do Senado e do povo, vim buscar o traidor da República, inimigo do *princeps* e desertor das legiões que atende pelo nome Publius Desiderius Dolens.
— Nunca ouvi falar.
— O senhor é patrono dele.
— Sou patrono de muitos.
— Ele está aqui.
— Aqui em Roma?
— Na sua casa.
— Sabe que o imperador é irmão da minha esposa?
— Foi o irmão da sua esposa quem me enviou. Até agora, estou sendo gentil.
— E vai revistar a casa de um senador? Isso é uma ofensa à República!
— Não será a primeira. Nem a última – Julius Priscus se volta para seus homens: – Virem tudo pelo avesso! Ninguém sai daqui até acharmos o filho da puta.

Desiderius Dolens, escondido na despensa, começa a suar.

VIII

Marcus Cocceius Nerva de novo se havia assustado ao receber a visita de Dolens, a quem supunha, na melhor das hipóteses, longe de Roma ou, na pior, longe do mundo dos vivos. Ainda assim, lhe deu abrigo.

Não agradava a Dolens expor o pescoço de seu patrono ao risco da degola, porém, mais do que refúgio, ele ansiava por comida, banho quente, roupas limpas, enfim, por todas as mínimas coisas que compõem a dignidade humana. Em troca desses favores, ele ofereceu a própria cabeça, que valia cem mil sestércios. Para surpresa de Dolens, Nerva começou imediatamente a fazer planos com o dinheiro: a guerra civil havia arruinado dezenas de aristocratas provincianos; com cem mil sestércios, seria possível comprar vinhedos na Ligúria ou talvez uma pedreira de mármore na Toscana. Diante do desespero esbugalhado de Dolens, Nerva desatou a rir como um menino travesso, jurou que dinheiro nenhum o faria deixar que separassem do corpo a cabeça do carniceiro de Bonna e mandou que o escravo Apophis servisse a ele pão, queijo, vinho e salsichas.

Vita Dolentis, de Quintus Trebellius Nepos.

IX

A chuva aguilhoante no jardim da casa Cocceiana denuncia o avanço do inverno. Protegidos nas arcadas do *peristylium*, o senador Nerva e o *praefectus* Julius Priscus aguardam a conclusão da busca. Priscus não consegue parar quieto. Anda três passos para cá, três para lá, cruza os braços, descruza, bufa, dá soquinhos no mármore da coluna mais próxima. Nerva, sentado, imóvel, parece um monumento à serenidade, e isso é um grande mérito, já que, por baixo da calma fingida na pele, suas entranhas se contorcem no mais puro terror intestinal.

– Senhor – um legionário de Priscus avisa. – Ele está na despensa!

– Vitellius Augustus ficará triste quando souber que seu cunhado é um traidor – o comandante pretoriano por pouco não se põe a saltitar em vitoriosa euforia.

Priscus e os dezesseis legionários cercam a despensa, espremendo-se diante da porta estreita. Nerva os segue, com pernas trêmulas, amparado por Apophis.

Detrás das ânforas de azeite e de garum, das cestas de frutas secas e de peixe salgado, uma sombra, encurralada e em pânico, respira pesadamente.

– Renda-se, Dolens – Priscus ordena. – Em nome do Senado e do povo!

Nenhuma resposta.

Priscus toma a lança de um dos legionários. Num golpe brutal por entre cestos e jarros, fere de morte quem estava escondido.

– Morra, traidor! – brada Priscus.

Um terrível grito de agonia dói na alma de todos.

A cara de um porco enorme, arreganhada em desespero, surge do fundo da despensa. Depois de urrar sua dor o tanto que pode, o porco morre aos pés de Priscus.

– Eu estava engordando o pobre bicho para o festival da Saturnália – diz o senador Nerva, tomado de um alívio beatífico. – Agora que você o matou, só me resta mandar prepará-lo para o jantar. Gosta de toucinho, *praefectus*?

Os legionários riem. Julius Priscus, humilhado, vai embora mudo.

– Pelo amor de Marte Vingador – Nerva diz, por fim deixando-se desabar, emocionalmente exausto, nos braços de Apophis –, onde está aquele doido?

– Aqui – gane o doido com voz fraca.

Os homens de Julius Priscus reviraram cada canto da casa, do rés do chão às vigas do teto, mas não olharam além do teto. Dolens havia subido no telhado e lá ficara, encolhido como coruja, a morrer de frio debaixo da chuva até o perigo passar.

– Senador – batendo os dentes, ele diz –, dou a vida por um copo de vinho quente.

Depois de seco e aquecido, Dolens põe nas costas o saco onde guarda seu escudo e suas armas e avisa a Nerva que vai embora:

– Senador, peço perdão por lhe ter procurado. Não é justo que sua vida e honra sejam ameaçadas por minha causa.

– Deixe de bravatas. Você tem lugar para ir, por acaso?

– Nunca tive. Mas vou.

X

Gaius Licinius Mucianus, governador da Síria e líder da mais poderosa divisão das forças flavianas era, nominalmente, chefe de Antonius Primus. Na prática, Antonius Primus agia por conta própria quase o tempo todo, conduzindo como bem queria o avanço pela península itálica.

Isso desagradava Mucianus, que desejava obter do novo césar Vespasianus o mérito exclusivo de "fazedor de imperadores".

Flavius Vespasianus, em seu quartel no Egito, não pôde deixar de perceber a mudança temática nos informes que recebia. Junto ao relato da movimentação das tropas, as cartas de Mucianus criticavam a impetuosidade de Antonius Primus; já as cartas de Antonius Primus reclamavam da falta de iniciativa de Mucianus. Vespasianus, sabiamente, decidiu acreditar em ambas as queixas, o que privou os dois comandantes da confiança integral do novo imperador.

Vita Dolentis, de Quintus Trebellius Nepos.

XI

Enrolado em trapos molhados, o mendigo bate à porta da casa Flaviana. O escravo mordomo abre um postigo:

– Chegou tarde para a distribuição de esmolas. Volte amanhã.

O mendigo dá ao mordomo um retalho de tecido coberto de frases escritas a carvão:

– Entregue a Domiciano. Por favor.

O postigo se fecha. Depois de longa espera, abre-se uma fresta na porta de onde surge, trêmulo, o topete branco do escravo Derridarius:

– Vá embora – diz Derridarius, numa vozinha estrangulada pelo medo. – O patrãozinho não quer vê-lo.

– Ele não leu o bilhete? Ofereço duas alternativas: ou ele me ajuda, como faria um homem honrado, ou me denuncia e ganha cem mil sestércios.

– A casa Flaviana não quer nenhuma relação com você, para o bem ou para o mal.

– Foi isso que Domiciano mandou dizer?

– Exatamente.

– Só me resta, então – diz o mendigo –, me curvar à vontade dele.

Desiderius Dolens se curva e dá uma cabeçada no nariz de Derridarius. O escravo, com sangue a jorrar das narinas, grita por socorro.

– Tenha um bom dia – Dolens diz, ao dar as costas.

Ele anda cinquenta *passus* antes de perceber que alguém o segue. Vira-se, pronto para lutar, e dá de cara com Turpis, o homúnculo.

– Fugi dos flávios – Turpis diz. – Para ficar com você.
– Péssima escolha.
– Turpis esperto!
– Vai me entregar para receber cem mil sestércios?
– Não, não, não. Pode ser. Depende.
– Depende do quê?
– Você vence no final?
– No final, anãozinho, todo mundo morre.
– Anãozinho é a mãe!

XII

Marcus Antonius Primus, por esse tempo, partira de Nárnia e ocupara a cidade de Ocriculum, apenas cinquenta milhas ao norte de Roma. Lá se deteve por alguns dias, em atenção, finalmente, aos pedidos de Mucianus por um avanço mais lento. A favor de Mucianus pode-se dizer que, para além da rivalidade nos méritos, preocupava-o a segurança do Senado e do povo: os homens de Antonius Primus haviam mostrado do que eram capazes em Cremona. A Urbe não merecia o mesmo fim.

Vitellius Augustus, assolado pelas más notícias, deu início às negociações de paz com Flavius Sabinus, *praefectus urbi* e irmão de seu inimigo Vespasianus.

Vita Dolentis, de Quintus Trebellius Nepos.

XIII

– Pão para meu filho – a mulher com o bebê nos braços pede moedas. – Pão para meu filho – sob a chuva, pede ela, ao pé dos degraus do templo da deusa Concórdia. – Pão para meu filho – o bebê e ela ocultam a miséria sob camadas de panos encardidos.

– Não tem dinheiro para comer e ainda quer criar um filho? – diz a matrona endinheirada, a caminho da casa de banhos. – Venda o infeliz como escravo!

O bebê se ouriça todo e põe para fora dos panos sua cara peluda:
— Vá você vender o cu!

A matrona grita apavorada e foge. Dolens dá um tapa na orelha de Turpis:

— Custa muito manter o disfarce?
— Turpis é homem, não neném.
— É um estorvo, isso sim. Por que não volta para os flávios?
— Volto! Flávios têm comida. Dolens não tem.
— Quando voltar, diga a Domiciano que quero que ele se foda.

Alvoroço entre os passantes; poucas palavras repetidas por muitas bocas: é o que basta para alertar Turpis, cuja audição de caçador continua tão sensível quanto era na selva de sua ilha natal:

— Ouviu? Ouviu? Ouviu?
— Do que é que você está falando?
— Punhal. Imperador. Templo.

Dolens encara Turpis com um misto de impaciência e incompreensão, mas o homúnculo insiste:

— Imperador vem aqui! Deixar punhal no altar!

Uma multidão se forma em volta do templo de Concórdia. Dolens, intrigado, segura um escravo pelo braço:

— Amigo, ave! Sabe me dizer o que aconteceu?
— Vitellius renunciou.

XIV

Aulus Vitellius Germanicus *Imperator* César Augustus, no décimo quinto dia antes das calendas de janeiro, surgiu na entrada do Palácio vestindo luto e ladeado por sua mulher e seu filho pequeno. Ante as tropas e os transeuntes, declarou que, em nome da paz e da República, abdicava de seus poderes, exigindo em troca apenas refúgio seguro a ele e aos seus. Diante do pasmo da plebe, ele sacou do cinto um punhal, não por acaso o mesmo punhal com que Nero se matara, que lhe havia chegado às mãos como presente de Flavius Sabinus, o qual, por sua vez, o confiscara do sobrinho, Domiciano, que o recebera de Desiderius Dolens, testemunha da morte de Nero. Vitellius declarou que aquele punhal simbolizava o direito do *princeps* sobre a vida e a morte dos cidadãos do Império, e que ele iria depositá-lo no altar da deusa Concórdia, como símbolo de sua renúncia.

Essa auto-humilhação chegava mesmo a superar o suicídio de Otho que, derrotado, matou-se em seus aposentos de campanha para represar o derramamento de sangue da guerra civil. Aulus Vitellius, para pôr fim à guerra de vez, se propunha a abrir mão de qualquer dignidade.

Se a história terminasse aí, Vitellius mereceria seu lugar ao lado dos Gracos e de Catão entre os romanos que viveram e morreram pela certeza de que Roma é maior que a vida.

Ele foi, porém, vítima tanto da simpatia que comprara da plebe quanto do instinto de preservação de seus legionários, os quais temiam, com motivos de sobra, a degola em massa que poderia sobrevir à deserção de seu líder. Homens da rua e homens de armas cerraram fileiras para impedir que o imperador descesse do Palatino. Barrado por milhares de braços, aclamado por milhares de vozes, Vitellius inflou-se de orgulho e voltou ao trono de césar, convencido de que era o pai da pátria. Esse foi seu erro: acreditar nos aplausos. O povo só é confiável quando vaia.

Vita Dolentis, de Quintus Trebellius Nepos.

XV

— Vamos aos flávios! Vamos aos flávios! — Turpis repete, agarrado à túnica andrajosa de Dolens e pulando como um cachorrinho.

O conselho é recheado de lógica. Com a renúncia do *princeps*, o poder sobre o Império volta às mãos do Senado, e a atitude mais sensata ao alcance dos senadores é entregar a Urbe ao *praefectus urbi* que, providencialmente, é irmão do próximo césar. Dolens sabe disso, mas hesita:

— Este pode ser o grande momento da minha vida.

— Vamos aos flávios!

Dolens abre os braços, exibindo os farrapos de seu disfarce:

— Vestido assim?

Turpis, impaciente, desfia uma penca de palavrões e abandona Dolens, que então faz o que julga o melhor a fazer: desce às galerias da *Cloaca Maxima*, onde escondeu o saco com seus atavios de guerreiro; emerge e vai até a casa de termas mais próxima, no Monte Célio. Com as moedas que ganhara fingindo-se de mãe mendiga, ele se faz banhar e barbear. Veste-se com a túnica de cavaleiro, a sobretúnica de couro, as grevas, a cota de malha, o arnês com o abutre de bronze, o elmo com o penacho preto. Saca a espada e empunha o escudo auriverde. Sai sob as nuvens dezembrinas como um titã guerreiro. Chega à casa Flaviana e não encontra ninguém.

Mais precisamente, encontra o escravo Derridarius que, morrendo de medo por trás de um imenso curativo no nariz, lhe informa que os patrões saíram.

XVI

Titus Flavius Sabinus recebeu em sua casa duas ou três dúzias de tribunos, cavaleiros e senadores que não só o informaram da renúncia de Vitellius como lhe cobraram uma atitude. Confuso diante dos acontecimentos e pouco afeito a decisões rápidas, Flavius Sabinus preferiria esperar que tudo se resolvesse sem a sua interferência. Tal opção pela inércia, o futuro próximo viria a demonstrar, teria sido a atitude mais sábia. Infelizmente, porém, o lume da sensatez brilha menos que as chamas da emergência.

Como *praefectus urbi*, Flavius Sabinus era, nominalmente ao menos, comandante das coortes urbanas. Pouco havia exercido esse poder e decidiu testá-lo. Duas centúrias, apenas, atenderam ao seu chamado. Cento e sessenta homens. Para assegurar a vitória, era pouco; para alegar desistência por falta de apoio, era muito, e assim, um tanto a contragosto, ele saiu em marcha rumo ao Palatino com a tropa de urbanicianos e o tropel dos instigadores.

À beira do lago de Fundânio, na descida do Monte Quirinal, a comitiva foi atacada pelos homens de Vitellius. Em menor número e sem comando firme, os urbanicianos buscaram proteção no terreno mais elevado. Arrastaram seu relutante líder para o templo de Júpiter *Optimus Maximus* no Capitólio e lá se aquartelaram.

Maior e mais sagrada dentre as colinas, berço de Roma, primeira praça-forte e última linha de defesa dos nossos ancestrais contra os bárbaros, o Monte Capitolino foi invadido por cidadãos romanos e sitiado por outros cidadãos romanos.

Vita Dolentis, de Quintus Trebellius Nepos.

XVII

Ao abrigo de pórticos e beirais, ou mal abrigados debaixo dos próprios escudos, mil e quinhentos legionários vitellianos, a tiritar de frio sob a chuva, montam guarda na encosta do Capitólio para impedir tanto a saída de Flavius Sabinus do templo de Júpiter quanto a chegada de qualquer reforço.

Desiderius Dolens chega com armas e insígnias de tribuno e aborda o primeiro homem que encontra:

— Ave, legionário! Identifique-se.

O legionário paralisa por instantes, até formular uma réplica:

— Ave, tribuno. Desculpe, mas... quem deve pedir identificação sou eu.

Dolens sorri com toda a maldade da qual é capaz:

— Pelo bem da sua carreira, franguinho, vou fingir que não ouvi o que acabei de ouvir. Você não sabe a qual unidade pertence?

— Sei, sim senhor.

— Então se identifique, porra!

— Gaius Silius Geta, legionário da primeira centúria do terceiro manípulo da sexta coorte da *Legio Quinta Decima Primigenia*.

— Você é da *Quinta Decima* e, ainda assim, me pede identificação?

— Foi o que me mandaram fazer, senhor.

— Quem emitiu a ordem?

— Meu oficial comandante, senhor.

— Se fosse mais atento, franguinho, você saberia que eu sou oficial comandante do seu oficial comandante.

— Desculpe, senhor, mas, neste caso, devo lhe pedir a senha.

— Quem me garante que você não é um traidor infiltrado?

— Sou fiel a Vitellius Augustus, senhor!

— Então diga a seus companheiros que temos uma nova senha.

— Nova senha?

— Isso. Fale bem alto para o inimigo ouvir.

— Desculpe, senhor – o legionário se corrige aos sussurros.

— Você não irá longe na carreira se tudo o que tem a oferecer são desculpas.

— Desculpe, senhor. Ahn...

— A nova senha é *vultur cinereus*.

— *Vultur cinereus!* Ave, tribuno.

— Ave. Continue de guarda. Não deixe nenhum intruso passar por você.

XVIII

Publius Desiderius Dolens dizia que a característica mais confiável da humanidade é a estupidez: quem apostar que seu interlocutor é estúpido ganhará a aposta quatro vezes em cada cinco. Eu, quando jovem, discordava dele. Hoje, não só concordo como temo que a estimativa de que haja um bem-pensante para cada quatro estúpidos seja excessivamente otimista.

Ajudado pela estupidez alheia e pela cara de mau que sabia fazer, Dolens ultrapassou todos os controles vitellianos e conseguiu se infiltrar no templo de Júpiter. Lá, ele disse a Flavius Sabinus que a noite que vinha e a chuva que não parava forneciam a melhor das oportunidades para romper o cerco. Poderiam enviar um mensageiro a Antonius Primus, que estava a poucos dias de marcha. E, se os homens que se entrincheiravam no templo fossem divididos em pequenos grupos de combate, poderiam se espalhar pela Urbe e incendiar depósitos de grãos, assassinar magistrados vitellianos e, mais importante, atacar a guarnição que defendia a Ponte Mílvia. A tática era simples: bater e se esconder. "Roma é a nossa Troia", Dolens jurava ter dito, orgulhoso da referência homérica, "e nós seremos os guerreiros de Ulisses que saem da barriga do cavalo de madeira". Com um pouco de sorte, muita coragem e algum sangue, eles minariam o poder de Vitellius por dentro, como vermes que lhe devorassem as entranhas, até a chegada de Antonius Primus.

Pode ser que a metáfora dos vermes e das entranhas tenha perturbado a sensibilidade requintada de Flavius Sabinus. Há que lembrar também que os urbanicianos amontoados no Capitólio não eram aqueles que Dolens treinara, e sim garotos que, arregimentados por Vitellius, não tinham nem o treino, nem a experiência. Ou, nas palavras do próprio Dolens: "Se algum deles já havia visto sangue, foi cortando o rosto ao fazer a barba, e muitos ainda nem barba tinham para fazer." O fato é que o plano de Dolens foi rechaçado, apesar do apoio de Domiciano e dos resmungos do homúnculo Turpis.

Vita Dolentis, de Quintus Trebellius Nepos.

XIX

Mal se escuta o canto dos pássaros quando o sol, ressabiado, espia o novo dia por entre as nuvens. No Palácio, Aulus Vitellius, recém-desperto, está aos bocejos em sua cadeira de imperador, a arrancar remela do cantinho do olho enquanto lê a carta que Flavius Sabinus mandou lhe enviar. Julius Priscus, *praefectus praetorianus*, aguarda ordens ao pé do trono.

Vitellius joga longe a tabuinha onde a carta foi escrita:

– Ele tem razão. A culpa é minha.

Julius Priscus não sabe o que fazer, porque o homem mais poderoso de Roma, *princeps* e *primus inter pares*, parece à beira do choro:

– Se eu queria renunciar, deveria ter renunciado! Ou metido uma faca na garganta, como Nero e Otho.

– A tropa precisa da sua liderança, senhor.

– Foda-se a tropa. Mande dizer ao velhote que me rendo.

– Senhor, é ele que está cercado, não nós.

– Flavius Sabinus está cercado no Capitólio. Nós estamos cercados pelo irmão dele na península itálica inteira! De quem é a vantagem?

– Ter reféns é sempre uma vantagem.

– Só os perdedores dependem de reféns. Nós perdemos.

Julius Priscus respira fundo e lança seu último trunfo:

– Dolens está no Capitólio.

Vitellius enfim desperta por completo:

– Tem certeza?!

– Onde mais ele estaria, senhor?

Um sorriso se espreme entre as bochechas de Vitellius:
— Às favas todos os escrúpulos de consciência. Traga-me Dolens, custe o que custar.

XX

Titus Flavius Sabinus, no estalar da manhã, enviara um embaixador a Vitellius. O teor da carta que escrevera, com substantivos ásperos e adjetivos serrilhados, não era o de um homem sitiado que deseja negociar; era o de um magistrado romano que, ofendido em sua dignidade, exigia respeito. Consta que Vitellius intimidou-se a ponto de pensar novamente em rendição, mas, para azar da causa flaviana, Flavius Sabinus tinha menos habilidade nas ações do que nas palavras.

Durante toda a noite, Desiderius Dolens havia insistido em vão no seu plano de ataque. Para não ter mais de ouvi-lo, Flavius Sabinus quis mandá-lo como mensageiro a Antonius Primus, que ele imaginava aquartelado em Nárnia, a sessenta milhas da Urbe. Dolens, porém, se recusou, afirmando que estava clandestino em Roma há exatos dezesseis dias, nos quais teve infinitas chances de fugir para se reengajar às tropas de Antonius Primus, mas não o fez porque sua guerra não era mais contra o exército vitelliano, era apenas contra Vitellius. "Faço questão de ser o primeiro a meter a espada naquela pança", ele disse. Outro mensageiro menos teimoso foi enviado e, sob treva e chuva, facilmente passou pelos inimigos, pelos becos e pelas portas da Urbe.

Pouco depois do amanhecer, começou a carnificina.

Vita Dolentis, de Quintus Trebellius Nepos.

XXI

As estátuas dos reis lendários, o escudo de Rômulo, a lança de Enéas, um dos remos do Argos de Jasão, a clava de Hércules, a harpa de Orfeu, o cetro de Júpiter e a carruagem da deusa Vitória são alguns dos tesouros que os homens de Flavius Sabinus amontoam nas portas do Capitólio para travar o avanço do inimigo.

Os homens de Vitellius, repelidos no ataque frontal, lançam uma chuva de flechas incendiárias. Em meio ao fumo negro e ao escarlate das labaredas, eles sobem os cem degraus na encosta da Rocha Tarpeia e golpeiam o Capitólio pelas costas com o ímpeto de uma ferroada de escorpião. Os atarantados flavianos, plebeus ou nobres, morrem a guinchar de pavor que nem porcos.

Desiderius Dolens, nascido em Roma, cidadão livre, filho e neto de plebeus nascidos livres, vê, paralisado de horror, a destruição a fogo e ferro dos mais sagrados símbolos da cidadania romana. Seus olhos, aguilhoados pela fumaça, lacrimejam de dor e tristeza. Ele se afasta do bojo da batalha, baixa a espada e, murcho, senta-se no pedestal derrubado onde até há pouco estivera o busto de um dos netos do divino Augustus.

– Faça alguma coisa! – Domiciano corre até ele e agarra-se-lhe à cota de malha como um filhote ao peito da mãe.

– Já fiz. Não adiantou.

O homúnculo Turpis salta-lhe nas costas:

– Guerra perdida. Vamos fugir! Vamos fugir! Vamos fugir!

– Fugir por onde? – Dolens retruca.

– Uniforme nosso é igual ao deles. Misturar e fugir!

Domiciano dá um tapa no focinho de Turpis:

– E quando nos pedirem a senha, imbecil? Vamos dizer o quê?

Os olhos turvos de Dolens se iluminam:

– Eu sei qual é a senha.

XXII

Gaius Silius Geta, humilde legionário raso, cumpriu com eficiência a ordem que lhe fora dada pelo misterioso tribuno de penacho preto: fez correr entre os seus a nova senha, *vultur cinereus* (abutre cinzento). E foi repetindo *vultur cinereus* a todo vitelliano que encontrava que Desiderius Dolens conseguiu escapar do Capitólio em chamas com Flavius Domiciano e o homúnculo Turpis. Os três buscaram refúgio na casinhola do vigia do templo, um velho liberto de nome Jovinus, que prontamente se dispôs a escondê-los, convencido pelas promessas de recompensa futura, da parte de Domiciano, ou degola imediata, da parte de Dolens.

O templo de Júpiter *Optimus Maximus* queimou como pira sacrificial e ruiu, sepultando nos escombros esbraseados um pedaço da história de Roma e um tanto maior ainda de nossa dignidade. Não foi a primeira e, infelizmente, não seria a última vez que o Capitólio ardeu.

No ano seiscentos e setenta e um da fundação da Urbe, foi a guerra civil entre Cornelius Sula e Gaius Marius que levou o fogo à casa de Júpiter, fazendo sumir nas chamas os Livros Sibilinos. Eruditos foram enviados a Cumas, Samos, Sicília e aos confins da África e da Ásia em busca de cópias daqueles misteriosos papiros. Temos, hoje, para o bem e para o mal, o melhor que se conseguiu achar. Creiam os crentes.

Reconstruído por Quintus Lutatius Catulus no ano seiscentos e oitenta e cinco da fundação da Urbe, e destruído pelos vitellianos e flavianos no ano oitocentos e vinte e dois, o Capitólio foi reerguido no ano oitocentos e vinte e oito, mas queimou de novo apenas meia década depois, quando Roma se consumiu num fogaréu tão devastador quanto o Grande Incêndio dos tempos de Nero. Ou, nas palavras de um poeta, as desgraças mais recentes são tão terríveis que: "Podem-se pôr em longo esquecimento as cruezas mortais que Roma viu, feitas do feroz Mário e do cruento Sila, quando o contrário lhe fugiu."

Da janela de meu escritório, enquanto escrevo, vejo o atual Capitólio, refeito e reconsagrado pelo falecido e infame imperador Domiciano.

Meio século antes de agora, porém, Domiciano era um adolescente apavorado que tinha apenas Desiderius Dolens entre seu pescoço e as lâminas de Vitellius.

Vita Dolentis, de Quintus Trebellius Nepos.

XXIII

— *Iuppiter, qui es in caelo* — cantam as devotas, sob capuzes de linho e guiadas por velas na noite úmida —, *Ops, qui es in terrae, cura nos, cura nos. Iuppiter, qui es in caelo, Ops, qui es in terrae, cura nos, cura nos.*

A procissão, duas vezes por ano, assinala o término do festival da Opisconsívia, que no oitavo dia antes das calendas de setembro celebra o fim da colheita e no décimo quarto dia antes das calendas de janeiro comemora o armazenamento de grãos para o inverno. As devotas da deusa Ops contornam os focos de incêndio e descem pela encosta do Monte Capitolino diante dos olhares de consternação ou indiferença das tropas vitellianas.

— *Iuppiter, qui es in caelo, Ops, qui es in terrae, cura nos, cura nos.*

— Vão nos matar — Domiciano resmunga, por trás do disfarce de mãe devota que carrega um filho pequeno.

— Feche a boca e cuide do bebê — também disfarçado, Dolens retruca.

— Cuide do bebê. Cuide do bebê — repete Turpis, que, enrolado em trapos, é o suposto bebê carregado por Domiciano.

— Esconda essa cara feia! — Dolens dá um cutucão em Turpis.

XXIV

Titus Flavius Domiciano, acompanhado por Dolens e Turpis, refugiou-se na casa de Cornelius Primus, um liberto rico, velho afilhado de Vespasianus. Lá, Dolens deu uma moeda de cobre a um escravo para que levasse a Cocceius Nerva uma mensagem na qual, em seis palavras garranchadas, revelava que ele e Domiciano estavam vivos, que o esconderijo era precário e que precisavam com urgência de uma rota de fuga.

Ao contrário do influenciável senador Flavius Sabinus, tio de Domiciano, o senador Nerva, quando ouviu o boato da renúncia de Vitellius, decidiu ficar quieto em casa, e essa decisão lhe salvou a vida.

Flavius Sabinus foi capturado vivo no Capitólio, metido em correntes e arrastado até os pés de Aulus Vitellius, que, ao vê-lo, pediu desculpas pelo mau jeito. Vitellius, sinceramente, queria poupar a vida do velho *praefectus urbi*, não por compaixão, mas por pragmatismo. O irmão mais velho de Vespasianus era uma moeda de troca valiosa demais para ser desperdiçada.

Os legionários, porém, queriam sangue. E tanto pediram que Vitellius cedeu: Flavius Sabinus foi degolado nos degraus do Palácio.

Vita Dolentis, de Quintus Trebellius Nepos.

XXV

"Eu, Publius Desiderius Dolens, tribuno angusticlávio e veterano de guerra, em plena posse de minhas faculdades mentais, deixo meu nome de família, meu título de cavaleiro romano e minhas armas, caso sejam recuperadas, a meu único filho, cuja mãe é Florônia Maurúsia, conhecida também como Galswinth. Pelas minhas contas, ele nasceu no começo de novembro e terá agora pouco mais de um mês e meio de idade. Com meu último fôlego, invoco a bênção de Ops e rogo que as deusas Parcas arrastem ao cu do inferno quem quer que ouse descumprir minha derradeira vontade."

– Que é isso? – Turpis, por cima do ombro de Dolens, espia o papiro recém-escrito.

– Meu testamento – diz Dolens.

Estão, os três, entre ânforas de vinho e azeite, no porão da casa de Cornelius Primus. Domiciano, aninhado em cobertores, dorme num canto, agitando-se ocasionalmente enquanto luta, em seus sonhos, contra legiões de insetos. Dolens escreve sob a luz de uma vela de sebo de porco. Turpis, agitado, perambula para lá e para cá.

– Você vai morrer? – o homúnculo pergunta.

– Todo mundo morre.

– E se Vitellius morrer primeiro?

– Você acredita em milagres?

– Acredito.

– Criaturas primitivas acreditam em tudo.

– Primitiva é a mãe!

– Esqueça os milagres. Pense nas oportunidades.

– Temos oportunidades?

– Não. – Dolens deixa escapar um sorriso torto. – Ainda.

XXVI

Quintus Petillius Cerialis, comandante que, graças a um vago parentesco com a casa dos flávios, era respeitado tanto por Antonius Primus quanto por Licinius Mucianus, desferiu naquela mesma noite, com mil homens a cavalo, um ataque à Urbe pela Via Salária. Mais do que entrar pelos portões como líder de tropa, sua ambição era ingressar na posteridade como libertador do Senado e do povo. A um par de milhas da Porta Collina, porém, ele foi rechaçado por contingentes vitellianos de infantaria e cavalaria; recuou com grandes perdas.

Não foi dessa vez que Petillius Cerialis mostrou seu valor. Meses depois, no entanto, ele teria outra oportunidade, quando provou fazer jus com méritos de sobra a um pedestal entre os heróis da República. Falarei disso mais adiante.

Ao sul da península, dois dias antes, um escravo fugido quis vingar-se de seus donos e mostrou ao irmão de Vitellius o caminho para invadir a praça-forte de Tarracina. Sob as asas de uma noite sem lua, as tropas flavianas em Tarracina foram massacradas. Ao amanhecer, entre cabeças espetadas em lanças, Lucius Vitellius ditou a carta em que anunciava o triunfo a seu irmão imperador.

Terminado o décimo quarto dia antes das calendas de janeiro, triste dia, Aulus Vitellius Germanicus *Imperator* César Augustus, quase por milagre, pôde dormir nos braços de uma pequena chance de vitória.

Vita Dolentis, de Quintus Trebellius Nepos.

Como bate meu coração?

20 e 21 de dezembro do ano 69 d.C.

1

Asiaticus, o jovem escravo liberto que ascendeu a cavaleiro por dividir a cama com Vitellius, não contém o horror diante das ruínas fumegantes do Capitólio:

— Se eu, que sou apenas o brinquedo de César, tenho ganas de amaldiçoar a raça humana pelo que fizemos aqui, o que fará conosco o próprio Júpiter?

— Má retórica ao amanhecer já me parece castigo suficiente — Vitellius retruca. — Você ainda deve estudar muito os gregos, se pretende enunciar uma frase de efeito que mereça ser ouvida. E não se preocupe com Júpiter. Ele tem outros templos.

Vigiles e pretorianos metem lanças nas pilhas de entulho e revolvem os escombros mais pesados em busca de corpos. Encontram um homem vivo, muito ferido e queimado. Ele tem, no cinturão, a insígnia das coortes urbanas. Cravam-lhe um punhal na garganta.

— Se Domiciano tiver morrido — Asiaticus insiste —, Vespasianus não descansará enquanto não nos matar.

— Ele nunca esteve disposto a descansar. A vida ou a morte de Domiciano não mudará meu destino. Mas, de qualquer maneira, é um gesto de cortesia dar um funeral decente ao rapaz. Como fiz com Otho.

— Quando chegamos a Brixellum, Otho já havia sido sepultado.

— Eu poderia ter mandado profanar a sepultura. O que me impediria?

— O senhor mijou na lápide.

— Qualquer chuva lava um pouco de mijo! A sepultura de Otho permaneceu de pé.

— *Imperator*, ave! – o *praefectus praetorianus* Julius Priscus saúda ao se aproximar. – Encontramos algo interessante.

A um sinal de Julius Priscus, quatro pretorianos depõem aos pés de Vitellius um cadáver cujos ossos despontam entre restos de carne queimada.

— O que isso tem de interessante? – Vitellius retruca.

Julius Priscus se abaixa e pousa o dedo no peito do cadáver, onde, nos couros esturricados do arnês, há uma medalha de bronze em forma de abutre.

— Dolens? – Vitellius diz, animado.

— Ao que tudo indica, senhor.

— Dolens é um ninguém – Asiaticus retruca. – Sua morte não significa nada.

Vitellius arranca o abutre das carnes do defunto e o prende em sua túnica de seda:

— Um inimigo morto e um troféu de batalha. Por ora, está bom. Vamos comer.

II

Servius Cornelius Martialis, Marcus Aemilius Pacensis, Gaius Casperius Niger e Lucius Didius Scaeva foram alguns dos oficiais de alta patente que, no Capitólio, morreram na inútil tentativa de proteger Flavius Sabinus da fúria dos vitellianos. E foi no cadáver de um desses – Desiderius Dolens não soube dizer qual, mas acho provável que tenha sido o de Casperius Niger, cujo porte físico era semelhante ao dele – que, pouco antes de fugir e tomado por uma inspiração de momento, Dolens pregou sua medalha de abutre. Tal artifício, além de salvar-lhe a vida, certamente poupou de aborrecimentos a todos que o acolheram. Sob a lei de Vitellius, ele era um traidor condenado à morte, e mortos seriam também os que lhe prestassem ajuda. Muito distinta era a situação do outro fugitivo, Flavius Domiciano, o qual, se encontrado vivo, seria o mais valioso dos reféns.

Dolens teria sido caçado como rato nas vielas e porões; já a procura por Domiciano foi mais gentil: tabuletas e pregoeiros por toda Urbe anunciavam que o filho de Flavius Vespasianus, caso se entregasse, seria recebido no Palácio como filho de Vitellius. Tantas e tão exageradas eram as ofertas de honra e recompensa que, no fundo da adega de Cornelius Primus, o próprio Domiciano cogitou se render. Dolens o agarrou pela gola da túnica e disse: "Daqui, ou você sai César, ou sai morto."

Vita Dolentis, de Quintus Trebellius Nepos.

III

– Nárnia é a melhor alternativa – diz o senador Nerva, sob um manto de lã e debaixo da luz do castiçal empunhado por um escravo, pois a adega é gelada e escura mesmo durante o dia. – Lá tenho parentes e afilhados. E lá está Antonius Primus.

O homúnculo Turpis concorda, saltitando com entusiasmo.

– A que distância fica Nárnia? – Domiciano rebate. – Trinta milhas?

– Sessenta – corrige Nerva, constrangido.

Turpis desanima.

– Atravessarei sessenta milhas de terreno hostil de que jeito? – Domiciano se exalta. – Voando? Mesmo se tivesse asas, ainda poderia ser abatido. Como um inseto!

Um arroto monstruoso ecoa nas paredes da adega. Desiderius Dolens, tenso e triste demais para dormir, tinha virado a noite devastando os vinhos de seu anfitrião.

– Vocês não conhecem Antonius Primus – ele diz, com voz mole. – Não conhecem os homens de Antonius Primus. Nárnia? Sessenta milhas? A esta hora, as forças flavianas devem estar quase na cara dos muros da Urbe.

– Então seremos salvos! – Domiciano exulta.

– Repito: vocês não conhecem os homens de Antonius Primus. Não viram o que aconteceu em Cremona. Quando chegarem aqui, eles vão destruir tudo, tudo, tudo. Quem garante que não nos matarão por engano? "César Vespasianus, desculpe" – Dolens fala em falsete – "Esquartejamos seu filho. Para onde o senhor quer que sejam enviados os pedacinhos dele?"

Domiciano arregala os olhos. Nerva franze a testa. Turpis resmunga: "Fodeu."

IV

Marcus Antonius Primus, em Ocriculum, recebeu sem dificuldade o pedido de socorro que Flavius Sabinus enviara, pois o mensageiro foi interceptado pelas patrulhas flavianas na Via Flamínia, e lançou-se em marcha forçada com suas tropas. Mais de quarenta milhas romanas foram corridas literalmente do dia para a noite, até Saxa Rubra, a menos de dez milhas do coração da Urbe.

Em Saxa Rubra, Antonius Primus ouviu as más notícias que faltavam: Flavius Sabinus estava morto, Flavius Domiciano desaparecera, o Capitólio desmoronara e a cavalaria de Petillius Cerialis havia sido escorraçada pelos vitellianos. Ouviu, também, um sem-número de propostas de paz feitas por Vitellius, cujos emissários eram cavaleiros, senadores e até virgens vestais. As virgens vestais foram respeitadas por temor religioso, mas alguns dos cavaleiros e senadores por pouco não foram linchados pelas tropas flavianas.

Cada emissário retornou ao Palácio com a mesma resposta: o assassinato de Flavius Sabinus e a destruição do Capitólio haviam tornado impossível qualquer negociação; Vitellius deveria ordenar a rendição incondicional de suas tropas e depois, como bom romano, se suicidar honrosamente; caso contrário, ele seria tratado como traidor da Pátria e Roma seria invadida como território inimigo.

Vita Dolentis, de Quintus Trebellius Nepos.

V

De uma colina à beira da estrada, montados em seus cavalos, Antonius Primus e o tribuno Arrius Varus observam a massa de ódio que borbulha na beira do Tibre.

Touros, bodes e dragões dos estandartes, em amarelo sobre vermelho, tremulam acima do ferro dos capacetes e abaixo do ouro das águias, sob o carvão da noite de inverno. Vinte mil legionários flavianos sedentos de sangue, vingança e recompensa, amontoam-se ao norte da Ponte Mílvia.

Antonius Primus tentara acalmá-los. Propusera que acampassem até o dia seguinte, na suposição de que um pouco de sono lhes abrandasse os ânimos. A fúria, no entanto, mesmo quando não é cega, geralmente é surda.

– Ou eles atacam Roma – diz Arrius Varus, preocupado –, ou atacarão a nós.

– Então a sorte de Roma foi lançada – Antonius Primus se conforma. – Que cortem a cabeça de Vitellius. Melhor do que cortarem a minha.

– Mando tocar as cornetas?

– Para que eu seja lembrado como o romano que mandou destruir Roma? Não. Vou negar a esses mandriões a desculpa dos covardes: "Eu só estava cumprindo ordens." Esta noite, cada homem agirá segundo o próprio arbítrio. A posteridade, se quiser, que os julgue um por um.

– Que os deuses protejam a Urbe – Arrius Varus murmura.

– Os deuses devem estar ocupados com outra coisa.

Um cavalariano, montado num macho tordilho, abre caminho entre as tortas fileiras flavianas e se posta na cabeceira da ponte.

É Trebellius Nepos.

– Irmãos de armas! – da sela do cavalo ele grita, a plena força dos pulmões. – Irmãos de armas!

– Quem é esse? – Antonius Primus pergunta, intrigado, a Varus.

– Se não me engano, é aquele centurião manco da *Decima Tertia*.

– Irmãos! – Nepos repete. – Sou um de vocês. Nem menos, nem mais. Não tenho a autoridade, nem a idade, nem os méritos para pedir que me escutem, e não é isso que peço. Quero que escutem o coração que bate atrás da couraça que lhes protege o peito – Nepos sublinha cada palavra golpeando com o punho direito a própria armadura peitoral. – Somos, cada um de nós, mais que o ferro que nos cobre. Somos mais que o sangue que vertemos. Nós temos coração! Como bate, nesta noite, o coração de vocês? Que se pergunte, cada um: "como bateria meu coração se eu visse meu pai com a ponta de uma adaga na garganta?"; "como bateria meu coração se eu visse minha mãe ser violentada?" Se apenas o ato de imaginar tais horrores não alterou o ritmo do coração de ninguém, então estou diante de um exército de fantasmas.

A chusma de legionários, que de início mal reparara em Nepos, começa a prestar atenção no que ele diz.

– O garoto é bom – comenta Antonius Primus.

— Aristocrata, segundo eu soube – Arrius Varus retruca. – Algum grego deve ter-lhe dado aulas de retórica.

— Do outro lado desta ponte – Nepos prossegue –, está Roma. O que é Roma? Uma cidade grande? Sim. Uma cidade rica? Sim. Uma cidade onde a maioria de vocês nunca botou os pés? Sim. E não. E mais. Roma é nosso pai. Nossa mãe. Falamos a língua de Roma. Adoramos os deuses de Roma. Marchamos com as águias de Roma. Vivemos sob a lei de Roma, que nos declara homens livres! Somos livres para invadir Roma. Somos livres para matar nosso pai. Somos livres para violentar nossa mãe. Esta noite, diante dos muros de Roma, que cada um se pergunte: "como bate meu coração?"

Nepos consegue o máximo prêmio que se pode obter de uma multidão revoltosa: o silêncio. Infelizmente, o silêncio dura apenas um instante.

Teso como estátua sobre a sela do cavalo na cabeceira da Ponte Mílvia, de frente para as coortes flavianas, Nepos é atingido por uma tijolada nas costas.

Milhares de plebeus, a quem as moedas de prata quotidianamente lançadas do pórtico do Palácio haviam convertido à causa de Vitellius, avançavam pela ponte, armados com pedras e paus, a gritar: "Vão embora, traidores!".

Nepos, curvado pela dor, sem conseguir respirar, vira o cavalo em direção aos que o atacaram. Num reflexo de legionário, saca a espada para se defender.

A espada de um centurião erguida contra Roma é o estímulo que faltava.

— *Invadere!* – gritam vinte mil vozes de vinte mil homens que se lançam ao ataque.

VI

Quintus Trebellius Nepos, meu nome, carregará sempre esta desonra, pela qual, contra a minha vontade, fui condecorado e promovido: na guerra civil eu estava, sem querer, juro, à frente da primeira onda de legionários que invadiu a Urbe.

Lamento pelos cidadãos ingênuos, loucos ou bêbados que se atreveram a provocar, com muita ofensa e pouca arma, tropas acostumadas à matança. Foram trucidados às centenas na travessia da Ponte Mílvia, triste Ponte Mílvia, tantas vezes profanada com sangue inocente.

A coluna improvisada que cruzou a Ponte Mílvia e se esparramou pelo Campo de Marte incentivou o restante das forças flavianas. Uma segunda coluna, mantendo-se à margem oeste do Tibre, irrompeu nos Campos do Vaticano e cruzou o rio pela Ponte de Nero. A retaguarda formou a terceira coluna que, embora tenha atravessado o Tibre pela Ponte Mílvia, como a primeira, decidiu derivar mais para o leste, até a Via Salária, para arrojar-se com garras de fera aos Jardins de Salústio, diante da Porta Collina.

Roma tinha, e segue tendo, poucas defesas. A muralha, erguida no tempo dos reis e reforçada durante os primeiros séculos da velha República, de pouco adianta, pois a cidade cresceu para muito além de seus dezesseis portões. Vários desses portões nem mais portas têm: foram convertidos em pórticos cheios de inscrições e relevos em mármore para lembrar o triunfo de algum comandante qualquer em terras distantes.

Vitellius poderia, e teve tempo para isso, mandar erguer paliçadas e cavar fossos; não o fez por temor, quem sabe, de que tais providências espalhassem o pânico entre a população citadina. Afinal, o bom imperador mantém o inimigo longe das colinas de Roma, não espera que ele chegue ao pé do Palácio para enfrentá-lo. Junte-se a isso que a guarnição vitelliana, para sua desgraça, se havia tornado parecida com o próprio Vitellius: amolecera na Urbe, entre banquetes e orgias. A plebe, que louvava seu simpático imperador a cada moeda lançada, no primeiro sangue se refugiou em casa para espiar em relativa segurança, pela fresta da janela, o combate dos césares.

Ainda assim, as forças de Antonius Primus, se quisessem garantir a vitória, precisavam conquistar algumas fortalezas do inimigo. A principal delas era a *Castra Praetoria*, quartel das coortes urbanas e da guarda pretoriana, no topo do Viminal.

Vita Dolentis, de Quintus Trebellius Nepos.

VII

Domiciano, encolhido num canto da adega, choraminga "não quero morrer, não quero morrer, não quero morrer", agarrado a seu abana-moscas de crina de cavalo e ao homúnculo Turpis, que, constrangido, tenta se soltar. O abana-moscas tem cabo de marfim, mas é menos por seu valor e mais por afeto que Domiciano o considera seu bem mais querido. Já Turpis, apesar de cheirar mal, é pequeno, peludo e quentinho, o que o torna bom de segurar numa noite de inverno. ·

O senador Nerva, que, um pouco por solidariedade e muito por prudência, permanecera escondido na adega com os três fugitivos desde as primeiras horas da tarde, vê, preocupado, Dolens vestir as grevas, a sobretúnica de couro, a cota de malha e o cinturão. O que mais o incomoda é que Dolens parece tão feliz que chega a assoviar.

– Você está em casa, não é? – diz Nerva.

– Estou em Roma.

– Roma não é sua casa. Sua casa é a guerra.

– Sou o que fizeram de mim.

– Você vai morrer lá fora.

– Melhor morrer lá fora do que no fundo deste porão que cheira a vômito.

– Quem vomitou foi você, lembra?

– Passei mal, mas estou menos bêbado do que pareço. E menos ainda do que deveria estar.

– Você é um só – Nerva insiste. – O que vai fazer?

– O que sei de melhor – Dolens mete na cabeça o capacete de plumas negras. Ergue o escudo que traz o dístico *Orbus in procella* – Não matar quem não merece morrer.

– E quem não merece morrer?

– Ninguém, senador – Dolens saca seu punhal, deixa-o sobre um barril de vinho, troca um olhar cúmplice com Turpis, desembainha a espada e sai.

VIII

Sextus Julius Priscus, *praefectus praetorianus*, mantinha a *Castra Praetoria* como último baluarte vitelliano. Para os invasores, muitos deles antigos pretorianos e urbanicianos proscritos por Vitellius depois da morte de Otho, mais que um alvo tático, o venerável quartel da Urbe era um símbolo. O lar do legionário é o quartel. Passar pelos portões da

Castra Praetoria, até mesmo aos homens de armas que nunca haviam pisado em Roma, era como voltar para casa.

O Monte Palatino, onde estava o imperador, foi sitiado, mas não invadido. Já a *Castra Praetoria* foi atacada com flechas incendiárias, balistas, torres de assalto, tartarugas de escudos e todo tipo de engenho que a guerra inventou.

Vita Dolentis, de Quintus Trebellius Nepos.

IX

– Ele é louco – diz Arrius Varus. – Louco e perigoso.

– Se for perigoso para o inimigo, melhor – Antonius Primus retruca. – Ele conseguiu se manter vivo em Roma, debaixo do nariz de Vitellius!

Os dois homens descem pela encosta do Monte Viminal, em meio à retaguarda das tropas de assédio.

– E se ele aderiu aos vitellianos?

– Nesse caso, não faria sentido se render a nós.

– Ele não faz sentido. É louco!

Cercado pelas lanças de oito legionários, Desiderius Dolens aguarda no sopé da colina. Ao ver o *legatus legionis* e seu tribuno, saúda com um sorridente "ave!".

– Prefere ser executado como desertor ou como espião? – Arrius Varus pergunta.

– Vamos ouvir o que ele tem a dizer – Antonius Primus contesta. – Dolens, você sabe mesmo onde está o filho de Vespasianus?

– O garoto está vivo e bem, na companhia de um senador da República e de um amiguinho meu. No lugar dos senhores, eu enviaria pelo menos uma centúria para protegê-los. As chances de que o pobre Domiciano seja morto por descuido não me parecem desprezíveis. Na verdade, esse amiguinho que mencionei está com meu punhal. E, se não receber notícias minhas até o amanhecer, ficará tentado a usá-lo.

– Chantagem! – Arrius Varus acusa.

– É uma boa maneira de definir a situação – Dolens concorda.

– Quanto você quer? – Antonius Primus pergunta.

— Se tudo o que já fiz por Roma pudesse ser convertido em dinheiro, eu seria o rei Midas. O que quero é ser perdoado pela deserção, reconhecido em minha dignidade de tribuno e reintegrado às legiões de Flavius Vespasianus. Ah, também gostaria que meu amiguinho peludo fosse bem tratado. Se possível, levem a ele um pedaço de toucinho.

— Feito – diz Antonius Primus, sob o olhar reprovatório de Arrius Varus.

— Domiciano está escondido com o senador Cocceius Nerva na adega da mansão de Cornelius Primus, no *Velabrum*, a meio caminho entre o Capitólio e o *Forum Boarium*. A fachada é pintada de amarelo claro com detalhes em ocre. O nome do dono da casa está gravado na porta.

— Muito bem, Dolens – Antonius Primus sorri. – O que me impede, agora, de ordenar que você seja executado?

— Nada, senhor. Inclusive, se o senhor ou o tribuno Varus preferirem, posso poupar trabalho aos executores e me suicidar agora mesmo.

Os dois oficiais trocam olhares.

— Então? – Antonius Primus pergunta a Varus.

— Sugiro que o tribuno Dolens seja reincorporado às fileiras – Arrius Varus diz, conformado. – Mesmo sendo louco.

— Ave! – Dolens ergue o braço em saudação, abre caminho na barreira de lanças e começa a subir a ladeira do Viminal. – Agora vamos trucidar os filhos da puta. Adoro trabalhar na Urbe!

X

Publius Desiderius Dolens, restituído ao posto de tribuno angusticlávio, assumiu, sem que lhe tivessem mandado mas sem que o impedissem, o comando das coortes encarregadas de fustigar o portão ocidental da *Castra Praetoria*. Alguns legionários que haviam servido na Germânia ou na Urbe o reconheceram como o carniceiro de Bonna. Os da *Septima Galbiana* se lembraram do veterano que comeu o morcego. Os da *Decima Tertia* aplaudiram o homem que sobreviveu ao desmoronamento da paliçada de Cremona. Aqueles que não o conheciam nem tinham ouvido falar dele, ao se depararem com o penacho preto, o olhar maníaco e o riso de criança que ganhou brinquedo novo, simplesmente tiveram medo de contrariá-lo.

Foi quando o reencontrei. Dolens corria de um canto a outro, orientando os atiradores das balistas e dos *scorpiones*, animando os carregadores de aríete, organizando as formações em tartaruga. Eu havia perdido meu capacete durante uma escaramuça. Ao me ver, ele exclamou: "Você está vivo!" E, para meu constrangimento, me abraçou e me deu um beijo na testa.

Eu nunca o tinha visto tão feliz.

Vita Dolentis, de Quintus Trebellius Nepos.

XI

Ferida por fogo e ferro, a porta oeste da *Castra Praetoria* não se aguenta nos gonzos e cede com estrépito, abrindo-se para o aluvião de gritos, pó, fumaça e labaredas que vem de fora.

Amanhece em Roma. Entre as nuvens do inverno e o fumo dos incêndios, uma língua de sol lambe o vulto que avança pelo portão violado. É Desiderius Dolens, com a capa vermelha voejando nos ombros, o elmo encimado pelo penacho preto, a espada baixa e o passo indolente, como se não lhe fizesse diferença entrar no quartel, no Palácio ou na casa da mãe de alguém.

– Não quero prisioneiros – ele diz, e a fúria invasora obedece.

XII

Sextus Julius Priscus era um comandante eficiente. Não obteve a vitória; não chegou, aliás, nem perto disso. Seu mérito, porém, foi fazer os mandriões vitellianos entocados na *Castra Praetoria* lutarem como bravos. Morreram todos, mas morreram como se deve: com honra.

Quando foi subjugado o derradeiro foco de resistência, entre estátuas tombadas no vestíbulo da basílica pretoriana, eu estava ao lado de Desiderius Dolens. Julius Priscus defendia a própria vida junto a não mais que seis pretorianos.

Vita Dolentis, de Quintus Trebellius Nepos.

XIII

— Vi seu cadáver no Capitólio! — Priscus grita para Dolens, por cima da trincheira improvisada. — Você devia estar morto.

— Aparentemente, não sou fácil de matar.

— Melhor — Priscus salta da trincheira. — Gosto quando é difícil.

— *Veni cum papa* — Dolens retruca, girando a espada no ar.

Dois oficiais graduados, cada um com vinte anos de prática no ofício do massacre. Dois romanos que, a seu modo, haviam perdido a Roma que amavam. Dois titãs sob a luz da manhã, vestidos em ferros e couros de guerra.

Priscus acredita sinceramente lutar por uma causa justa. Dolens tem apenas frustração e raiva.

Lâmina com lâmina. Gume. Estocada. Defesa. Gume. Defesa. Soco. Estocada. Chute. Defesa. Cuspe no olho. Gume. Gume. Estocada.

A raiva cega é uma força burra; ataca sem prudência; é vencida mais pelos próprios erros que pelos méritos do inimigo, mas é apenas um filhote que ainda não abriu os olhos. Se deixada viva, se alimentada com dores e desgostos por bastante tempo, a raiva se torna capaz de enxergar muito bem, de planejar ações e de antecipar os movimentos do inimigo. Crescida, ardilosa e fria, a raiva pode vencer batalhas não porque deseje a vitória, e sim porque violará qualquer limite para ver a derrota do inimigo.

É o joelho de Julius Priscus que toca o chão depois que Dolens o golpeia entre os olhos com o pomo do gládio. Antes que ele possa se erguer, Dolens crava-lhe a lâmina bem no ponto onde o pescoço e o ombro se encontram, e enterra de viés até o coração.

Só quando escuta o último suspiro de Priscus, Dolens arranca a espada e o deixa tombar. Não há mais nenhum vitelliano vivo na *Castra Praetoria*.

A postura de titã vingativo se desmancha, a espinha pende, os ombros curvam, o ar sai dos pulmões. Vencedor, Desiderius Dolens parece frágil, triste e terrivelmente cansado. Ele apoia a mão no ombro de Nepos:

— Centurião, avise à tropa que não permitirei saques nem profanações de cadáveres. Que cada corpo caído entre os muros do quartel seja entregue à família, ou pelo menos incinerado diante de alguém que lhe diga uma prece. Matarei pessoalmente qualquer um que desobedeça essas ordens.

XIV

Dea Roma é a deusa que personifica a Urbe; *Senatus Populusque Romanus* (O Senado e o Povo de Roma) é a fórmula que resume o modo de vida romano. Terra de Rômulo às margens do Tibre, berço e receptáculo de tudo o que é belo e bom, de tudo o que é feio e mau, e de qualquer mistura entre essas duas categorias, Roma, a nossa Roma, atacada em três frentes, caiu.

Templos foram profanados? Certamente. Inocentes foram mortos? Aos milhares. A Urbe foi reduzida a escombros, como Cremona? Não. Por quê?

É possível que algum arrependimento tenha arranhado as almas dos autores da chacina de Cremona. É possível que, ao pisar nas pedras do calçamento da capital do Império, alguma obrigação de respeito tenha surgido na mente daqueles homens embrutecidos. É possível que a própria *Dea Roma* tenha interferido, ao lado de Júpiter, que perdera seu templo, e de todos os demais deuses. É possível, embora não provável, que meu discurso na Ponte Mílvia tenha tocado alguns corações.

Tudo é possível, mas, do alto da descrença que acumulei nos meus setenta e seis anos, acredito que Roma só não teve o mesmo destino de Cremona porque é maior do que Cremona. Roma sangrou muito e não morreu. É grande demais para morrer.

Vita Dolentis, de Quintus Trebellius Nepos.

XV

– A *Castra Praetoria* caiu! – Asiaticus se esganiça diante de seu atordoado amante.

– Quantas coortes ainda temos? – o enorme e inerme Vitellius tenta se encolher em sua cadeira na sala de audiências do Palácio.

– Está vendo alguma coorte por aqui? Não temos mais nada!

Vitellius respira fundo, relaxa o corpo e ergue o queixo em pose de imperador:

— Fuja por sua vida, querido.
— E o senhor?
— Vou procurar Galéria.

XVI

Galéria Fundana, esposa de Vitellius César Augustus e mãe do pequeno Germanicus Vitellius, vivia confortavelmente esquecida no Aventino. O plano de Vitellius era fugir com ela e a criança para Tarracina, onde estavam as tropas de seu irmão Lucius.

Carregado em liteira, o imperador não teve quem lhe dificultasse a passagem, pois mesmo as patrulhas flavianas que vigiavam a descida do Palatino estavam ocupadas demais bebendo, dançando e caçando mulheres em comemoração à tomada da *Castra Praetoria*.

Infelizmente para ele, Vitellius deparou-se com uma porta fechada: Galéria tinha sido mais prudente e fugira antes que seu hesitante esposo. Sem saber o que fazer, Vitellius voltou ao Palácio, que encontrou deserto. Até os escravos haviam desaparecido. Mesmo os carregadores da liteira, mal a pousaram no chão, debandaram.

Vitellius Augustus, tão confuso que nem conseguia se desesperar, caminhou a esmo pelos salões, tendo como companhia somente o eco dos próprios passos.

Vita Dolentis, de Quintus Trebellius Nepos.

XVII

O pé descomunal do *signifer* Smerkjan arromba a porta do alojamento do porteiro-mor do Palácio. Por trás de Smerkjan e de outros legionários, surge Trebellius Nepos, baixo, manco e agitado:

— Aulus Vitellius, traidor da República, renda-se em nome do Senado e do povo.

— Não sou eu! — Vitellius berra, debaixo de uma cama menor que ele. — Não sou eu!

— Você será conduzido ao *Forum* e julgado por seus crimes.

– Tenho dinheiro! Montanhas de dinheiro!

– O dinheiro pertence ao Tesouro Público.

– Sei de muitos segredos dos figurões da República. Se eu abrir a boca, nem Vespasianus escapará impune!

– Diga isso no *Forum*.

Smerkjan arrasta Vitellius para o *vestibulum*. Os outros legionários o recebem alegremente com murros, insultos e pontapés.

– Parem com isso! – Nepos ordena. – Esse homem é senador da República.

A voz de Nepos desaparece no meio da selvagem euforia de seus comandados. Nepos avança contra eles, na tentativa de afastá-los de Vitellius. Um safanão de Smerkjan o arremessa longe. Desiderius Dolens, que acompanhava tudo a uma distância quase respeitosa, adianta-se para ajudar o pequeno centurião a se erguer:

– Depois de tanto sofrimento, você achava que ele seria tratado com delicadeza?

– Somos legionários, não juízes.

– Juízes são para tempos de paz. Vitellius não é criminoso, é um alvo de guerra, como foi a *Castra Praetoria* – Dolens sorri com o canto da boca – ou Cremona.

– O senhor não vai fazer nada a respeito?

– Claro que vou. – Dolens infla o peito, põe a mão em concha ao lado da boca e grita: – Atenção, tropa! Formação em linha!

Smerkjan e os outros legionários se perfilam. Vitellius, caído, agradece aos deuses.

– Como o senhor consegue? – Nepos não resiste a perguntar.

– Anos de prática e uma reputação de assassino.

Dolens, a passo lento, se aproxima do imperador estatelado no piso de mosaico. Abaixa-se para encará-lo nos olhos bem de perto:

– Já faz um ano de nosso último encontro. Talvez um pouco mais. Foi no pórtico da Cúria Júlia. O senhor disse: "Dolens, a partir de hoje sou seu inimigo." Algo assim, não me lembro das palavras exatas. Será que eu, um ninguém, merecia um inimigo tão poderoso? Não é de bom-tom entre os grandes demonstrar um pouco de clemência?

– Dolens – Vitellius fala, com a boca inchada e a sangrar –, não precisamos ser inimigos.

— Tem razão. Na verdade, nem sinto mais ódio. Não sinto nada — Dolens bate com o punho na própria couraça. — Meu peito está oco.

— Por favor, poupe minha vida.

Dolens responde com silêncio e olhos mortos.

— Eu imploro, Dolens! Não me mate. Não queira meu sangue em suas mãos. Nos limites de Roma, ainda sou imperador. Sou o seu imperador!

— Viva, imperador — Dolens mete a mão no peito de Vitellius e lhe arranca da túnica de seda a medalha em forma de abutre: — Viva, como eu, as consequências de cada escolha que fez.

Dolens se ergue, dá as costas a Vitellius, espeta no arnês o pequeno abutre de bronze e faz aos legionários um gesto que significa "prossigam". Vitellius volta a ser espancado. Rasgam-lhe as roupas, amarram-lhe os pulsos e o arrastam Palatino abaixo.

— Ele vai ao *Forum*, como você queria — Dolens, deliciado, diz a Nepos.

— Vai para ser morto em praça pública!

— É possível.

— Tribuno — Nepos retruca —, diga o senhor o que disser, isso é uma barbárie.

— Não, amiguinho. Isso é a História.

XVIII

Aulus Vitellius Germanicus *Imperator* César Augustus, seminu, com mãos atadas e uma corda no pescoço, desceu o Palatino. No caminho, as mesmas vozes que o haviam louvado lhe cuspiam ofensas. As mesmas mãos que o aplaudiram lançavam-lhe a merda de seus penicos. A mesma plebe que, no dia anterior, se dispusera a morrer por ele, festejava sua derrota.

No *Forum Romanum*, obrigaram-no, à ponta de espada, a manter o queixo erguido para ver suas estátuas caírem, uma a uma. E depois o trucidaram. Seu corpo, mil vezes mutilado, foi lançado ao Tibre.

Para o bem da República, a meu ver, teria sido melhor que Vitellius fosse julgado pelos senadores. Sua morte na mão de legionários ecoou a morte de Galba, e esses dois exemplos de regicídio despertaram perigosas ideias na mente dos homens de armas. Desde então nasceu a desconfiança, minha e de muitos, de que o Senado e o povo são incapazes de resistir ao avanço de qualquer ditadura militar.

Vita Dolentis, de Quintus Trebellius Nepos.

XIX

Dezesseis sacerdotes foram caçados como lebres nos templos próximos e obrigados a benzer as piras funerárias coletivas da *Castra Praetoria*. Sob a proteção dos deuses disponíveis, os mortos sobem ao céu, convertidos em fumaça.

A luz das fogueiras assusta a noite e ilumina a feroz alegria dos vencedores, que dançam e gritam e bebem qualquer coisa alcoólica que tenham conseguido encontrar.

Nepos, sentado a balançar os pés na barriga de uma estátua tombada de Vitellius, contempla a festa, murcho de melancolia: de que adianta vencer um tirano, se o preço é nos tornarmos tão cruéis quanto ele?

– Ave, centurião! – Smerkjan saúda, ao se aproximar em passos trôpegos.

Nepos ergue as sobrancelhas e meneia a cabeça, admirado. Quantas ânforas teriam sido necessárias para embebedar o gigante alamano?

– Centurião – Smerkjan prossegue com voz molenga –, a tropa quer homenagear o tribuno Dolens. Onde está ele?

– Dolens? A esta hora? Certamente com uma puta.

No pátio do templo da deusa Ceres, ao pé do Aventino, Dolens, de joelhos, está diante da oliveira cujas raízes receberam as cinzas de Rutília:

– Vinguei sua morte, como eu havia prometido. Sei que isso não adianta nada. Você não vai ressuscitar só porque Vitellius morreu. Você não pode nem me ouvir, porque não existe mais. Foi por mim, não por você, que me vinguei. Você me perdoa? – Dolens apoia a mão na árvore: – Rutília, mesmo não existindo, não esqueça: de todas as mulheres que conheci, você foi a única que eu amei.

Lágrimas beijam a terra que abrigou as cinzas.

Boca escancarada cheia de dentes

22 de dezembro do ano 69 d.C. a 13 de março do ano 70 d.C.

1

Titus Flavius Domiciano saiu da adega onde se escondia para ser aclamado como "César, filho de César" pelas tropas flavianas. Conduzido ao Palácio, ordenou que lhe trouxessem mulheres e potes de mel, e se entregou à orgia. Quando vieram as moscas, atraídas pelo mel, ele se tornou o mais feliz dos césares.

O desinteresse do jovem Domiciano pelos assuntos do Império foi recebido com alegria pelo *legatus legionis* Antonius Primus, pois Flavius Vespasianus, o verdadeiro césar, ainda estava no Egito, e Licinius Mucianus, o comandante-mor das forças flavianas, tardaria vários dias para chegar à Urbe. Assim, Antonius Primus se tornou, brevemente, ao menos, dono de Roma. Foi bem cruel esse domínio.

Vitellianos, ou supostos vitellianos, eram caçados e mortos por toda parte. Fortunas foram roubadas sob o pretexto de pertencerem a traidores da República. Convém dizer que nem todas as rapinas e atrocidades aconteceram sob ordens explícitas de Antonius Primus. Ele simplesmente não conseguia controlar o furor da tropa, como não havia conseguido em Cremona.

Lucius Vitellius, irmão mais novo de Aulus Vitellius, marchou de Tarracina com suas coortes e seus cavalarianos e se rendeu na Via Ápia, esperando, provavelmente, que os vencedores o premiassem por não lançar contra Roma um ataque suicida. Seu prêmio foi ser decapitado no *Forum*.

Asiaticus, o amante preferido do imperador deposto, foi capturado na Via Labicana e crucificado no cemitério do Esquilino. Tinha dezoito anos.

Menos pública foi a execução de Germanicus, filho de Aulus Vitellius. Considerado um perigoso traidor, ele foi degolado num barranco do Tibre, diante dos olhos desesperados de sua mãe. Havia acabado de completar sete anos de idade.

Desiderius Dolens, por sua vez, apesar de festejado pela tropa como herói, era alvo da desconfiança de Arrius Varus, lugar-tenente de Antonius Primus, que o via somente, e não sem razão, como desertor e chantagista.

Para sorte de Dolens, Domiciano não confiava nem em Antonius Primus nem nos oficiais de Antonius Primus, mesmo tendo, por puro comodismo, lhes deixado nas mãos o controle da Urbe. O recém-césar não se esquecera de algo que seu finado tio Flavius Sabinus costumava dizer: "Afaste-se dos melhores, porque eles querem tudo. Sirva-se dos estúpidos, que se contentam com pouco."

Quando contaram a Domiciano que sua vida teria sido usada por Dolens como moeda de troca, ele se recusou a acreditar, convencido de que Varus e Primus queriam privá-lo de um dos poucos aliados que tinha em Roma. Isso o motivou, só por implicância, a premiar Dolens com quinhentos mil sestércios dos cofres públicos e a nomeá-lo senador.

"Peça o que quiser, e eu concederei", Domiciano proclamou, supondo que Dolens pediria o consulado, o cargo de *praefectus praetorianus* ou qualquer outro posto de onde pudesse confrontar Antonius Primus ou Arrius Varus.

"Quero uma escolta que vá comigo à Sicília", disse Dolens.

Vita Dolentis, de Quintus Trebellius Nepos.

11

A chuva de inverno espicaça os caminhos da *Castra Praetoria*. Na frente de um dos poucos barracões não incendiados, a liberta Umbra assa castanhas num braseiro.

– Não está com frio? – ela pergunta ao ver Dolens, que veste apenas uma leve capa de linho sobre a túnica.

– Vivi muito tempo na Germânia. O frio de Roma não é frio de verdade.

Umbra põe sua mão de palma tenra e unhas pontudas no peito de Dolens:

— Pele quente e sangue gelado. Boa combinação.

Dolens, constrangido, se encolhe discretamente para escapar daquele toque:

— Seu patrão não gosta de mim – ele diz, referindo-se a Arrius Varus.

— Mas você gosta, não gosta?

Umbra apenas sorri.

— Vou em busca da minha família – Dolens se justifica. – Queria uma bênção.

— Posso lhe abençoar em meu nome. Não posso interceder junto aos deuses.

— Não pode por quê?

— Talvez os deuses tenham morrido. Ou eu fiquei meio surda. Quer uma castanha?

— Não, obrigado. Você já me salvou a vida.

— Você foi salvo pela sua raiva, Desiderius Dolens. Você tem raiva do mundo, tem raiva do que você é, tem raiva até da raiva que tanto sente. Essa raiva o faz viver.

— É? – Dolens reage, confuso. – Bom, acho que aceito uma castanha.

III

Publius Desiderius Dolens, plebeu, filho do padeiro, legionário, centurião, cavaleiro, tribuno, renegado, desertor, se tornou senador. E razoavelmente rico, com os quinhentos mil sestércios que Domiciano lhe deu. Dolens nem sequer imaginava tal possibilidade. Em outras circunstâncias, ele festejaria por um mês, ficaria mais bêbado que o ciclope Polifemo e foderia todas as putas da Urbe. Mas, naquele final de dezembro, tudo o que desejava era resgatar sua família exilada em Siracusa. Tal urgência, porém, não o impediu de mandar fazer na alfaiataria predileta dos senadores uma túnica de seda que ostentava duas tarjas púrpuras com quatro dedos de largura cada uma, vestimenta necessária para anunciar ao mundo sua nova condição. Também mandou reformar o penacho de seu elmo, substituindo as surradas penas pretas de gralha-calva por reluzentes penas douradas de águia-real que ele, para surpresa do mercador que o atendeu, decidiu tingir de preto: "combina mais comigo", dizia. Por fim comprou de um pretoriano que perdera a perna lutando por Vitellius um cavalo de pelo azeviche. Não comprou armas ou armaduras, apenas mandou polir as que já possuía, adquiridas na oficina de Zhu Rong, as quais considerava dignas de um senador. De fato, eram.

Acompanhado por cinco *contubernii*, Dolens marchou para Óstia.

Vita Dolentis, de Quintus Trebellius Nepos.

IV

No segundo andar de uma casa de cômodos perto do cais de Óstia, alguém esmurra a porta com energia titânica. Pândaro, o jovem sumo sacerdote do templo da deusa Cibele, abre assustado uma fresta na porta e vê apenas uma bolsa de couro largada no chão ao lado de um bilhete escrito num retalho de linho: "Você e Cibele me salvaram a vida. Deixei Óstia, em agosto, devendo mil sestércios à urna de esmolas do templo. Pago minha dívida pecuniária com algum acréscimo, mas a dívida de gratidão será eterna. Conte sempre com seu humilde monstro Adámastos." Dentro da bolsa há dez mil sestércios.

V

Monstro Adámastos, carniceiro de Bonna, caçador de lobisomens. Desiderius Dolens colecionou muitos desses epítetos durante a vida.

Em Óstia, ele fretou por trinta mil sestércios um navio grande o bastante para abrigar seus quarenta legionários e seu cavalo preto, e lançou-se ao Mar Tirreno, contornando a Sicília pelo oeste e pelo sul até chegar a Siracusa.

Vita Dolentis, de Quintus Trebellius Nepos.

VI

Siracusa, principal cidade da província senatorial da Sicília, permanece mais grega que romana, mesmo três séculos depois da conquista. O grego ainda é língua corrente, o que deixa Desiderius Dolens, apesar de seus atavios de senador e de sua escolta, inseguro e irritado.

Em volta do maior templo da cidade, consagrado à deusa Minerva, a qual os nativos insistem em chamar de Atena, existe um centenar de barraquinhas que vendem lembranças e oferendas. Bom latim, mau grego e alguns sopapos levam Dolens à banca de pombos para sacrifício que pertence ao ex-suboficial Canius Bibulus, que dez anos antes foi expulso da *Legio Prima Germanica* porque uma inflamação no ouvido o deixara incapaz de ouvir ordens de comando em batalha, o que, numa incursão ao leste do Reno, provocou a morte de meia centúria.

Foi a Bibulus, na falta de melhor alternativa, que Dolens confiou a proteção de sua família.

O escravo grego que toma conta da banca de pombos, depois de chorar muito e implorar pela própria vida, enfim entende que Dolens e seus quarenta capangas não querem machucá-lo, só querem informações. Atabalhoadamente, ele conta que Bibulus vive no ático de um prédio de quatro andares não distante dali, e ensina o caminho.

Em frente ao prédio, Dolens dá à tropa a mesma ordem que costumava dar quando cuidava do policiamento da Urbe:

– Montem guarda. Espantem ladrões. Joguem dados. Não matem ninguém que não mereça morrer.

Os legionários estranham, mas nada perguntam. Têm medo do homem que, após a invasão da *Castra Praetoria*, não é mais chamado de "carniceiro de Bonna", e sim de "o carniceiro", apenas. "Dolens, o carniceiro." Dolens sorri para eles, e seu sorriso mete mais medo que sua cara de mau.

Ele sobe a escada sozinho. Nos últimos degraus, é reconhecido:

– Patrãozinho! – grita a liberta Olímpia, estendendo os braços para acolhê-lo.

Dolens, embora seja muito mais alto que Olímpia e esteja todo paramentado com suas tralhas de guerra, se aninha no peito da ex-escrava como se tivesse seis anos:

– Não disse que viria buscar vocês? Eu vim! Estou aqui!

Olímpia começa a chorar. Dolens enxuga-lhe as lágrimas com a ponta de sua capa:

– Voltaremos a Roma. Sou senador agora, acredita? Vai ficar tudo bem.

— Não, patrãozinho. — Olímpia contém o choro para dizer: — Não vai ficar tudo bem.

Uma faísca de ódio incendeia os olhos de Dolens. Ele sobe os últimos degraus e irrompe no ático, onde há um terraço para as gaiolas dos pombos e tudo fede a cocô de pombo. O pó esbranquiçado das fezes secas é onipresente. Sua irmã Desidéria e a feiticeira Eutrópia amamentam, com mamadeiras de cerâmica, o pequeno Desiderius Eutropius, que já tem quase um ano de idade, e outro bebê mais novo. O cãozinho Spolium reconhece o dono e saltita em suas três patas.

— Dolens! — saúda Eutrópia.

— Está vivo?! — surpreende-se Desidéria.

— Seu irmão não é de se deixar morrer.

— Você está tão bonito!

— Onde está Galswinth? — pergunta Dolens.

Desidéria e Eutrópia se entreolham, mortificadas. O pequeno Eutropius solta uma risada de bebê. Spolium balança o rabinho.

— Onde está minha mulher? — Dolens insiste.

Por baixo do arrulhar dos pombos, um som aos poucos se impõe aos ouvidos de Dolens e cresce até obliterar qualquer outro: são gemidos femininos de gozo.

Dolens saca sua espada.

— Não, Dolens. — Eutrópia se lança na frente dele. — Não!

Dolens a empurra, avança em passo duro, derruba com o pé a porta do quarto de onde vêm os gemidos e se depara com o corpo nu, suado e sexagenário de Moderata cavalgando no pau de Bibulus.

— Filhote?!

— Mamãe?

— Quê? — diz Bibulus.

VII

Publius Desiderius Dolens, talvez pelo choque das notícias que recebeu, ou talvez por algum miasma proveniente dos excrementos de pombo, quase morreu em Siracusa, vitimado por uma crise respiratória.

Vita Dolentis, de Quintus Trebellius Nepos.

VIII

– Continue abanando! – Desidéria berra no pé da orelha de Bibulus, que abana o arquejante Dolens com uma toalha de linho.
– Se ele sobreviver – Bibulus diz, cansado de agitar a toalha –, vai me matar!
– Ou meu filho sobrevive – diz Moderata, enrolada num lençol –, ou eu mato você.
– Quê?
– Eu mato você!
– A culpa do nosso amor é só minha?
Entre tosses e ofegos, Dolens consegue dizer:
– Galswinth... Alguém chame Galswinth...
Todos em volta baixam o olhar, compungidos. Eutrópia cria coragem, acaricia os cabelos espigados de Dolens e diz:
– Você é forte. Mas precisa ser ainda mais forte.

IX

Florônia Maurúsia, nascida Galswinth, bárbara da Germânia vinda do leste do Reno e convertida em romana por Dolens, morreu de complicações no parto ao dar à luz uma menina.

Vita Dolentis, de Quintus Trebellius Nepos.

X

DIIS MANIBVS
FLORONIA MAVRVSIA
NVRVS GLOS MATER
VIXIT ANNIS XXI MENSIBVS II

"Aos deuses manes", Dolens, em silêncio, contempla a lápide, num canto humilde do cemitério romano de Siracusa, "Florônia Maurúsia. Nora, cunhada, mãe. Viveu vinte e um anos e dois meses".

Dolens saca seu punhal, apoia um joelho no chão e escreve no granito da lápide, ao lado de *FLORONIA MAVRVSIA*: GALSWINTH.

— Mandarei construir aqui um templo aos deuses germânicos — ele diz. — O caolho que manda em tudo, o fortão que carrega o martelo, todos eles, todos, todos — e chora, abraçado à lápide.

A mão da feiticeira Eutrópia lhe pousa no ombro:

— Ela nunca deixou de pensar em você.

Dolens trinca os dentes:

— Ela pensou em mim e eu estava longe. Ela estendeu a mão em busca de ajuda e a minha mão estava decepando cabeças. Ela deu o último suspiro e não ouvi. Quem eu posso culpar? Vitellius? Matei Vitellius e não me sinto melhor. Os deuses? Se os deuses existissem, a vida faria sentido!

— A vida só faz sentido — Eutrópia crava as unhas no ombro de Dolens — quando você a obriga a fazer sentido.

Dolens sorri com amargor:

— Não quero fazer sentido. Vou só beber, beber e depois me jogar no mar.

— Você tem responsabilidades.

— Como senador da República? — menospreza Dolens.

— Não. Como pai.

XI

Publius Desiderius Dolens, sob olhares de sua escrava liberta, de sua irmã, da mulher de sua irmã, do filho adotivo das duas, de sua mãe e do noivo da sua mãe, ergueu do chão com pesado desânimo o fruto nascido do ventre de sua finada esposa.

Vita Dolentis, de Quintus Trebellius Nepos.

XII

Calendas de janeiro. Sob chuva fria, nasce um novo ano do ventre das nuvens: o octingentésimo vigésimo terceiro da fundação de Roma.

— Se a deusa Ops estiver ouvindo, coisa que eu duvido — Dolens resmunga mal-humorado, ao erguer a criança ao céu chuvoso, diante de sua família e de seus legionários —, eu, Desiderius Dolens, *pater familias* e senador da República, reconheço esta criatura, coitada, que nasceu saudável, mas nasceu mulher, como minha filha legítima, e lhe dou meu nome. Que todos a conheçam, a partir de hoje, como Desidéria Dolensis. Ou Desidéria Menor, pois a família já tem uma Desidéria. Nunca quis ter filhos. Mas, diante do fato inevitável, preferia um menino. Eu me fiz senador; poderia legar a dignidade senatorial a um filho homem. Esta menina, ao contrário, só terá segurança na vida se fizer um bom casamento. Tenho pena dela. Tenho pena de mim.

Os legionários, preparados para aplaudir, congelam, constrangidos. A família boquiabre-se. Dolens deixa o bebê nos braços da avó e vai se trancar num quarto na casa de Bibulus, de onde não sairá por três dias.

Poucas crianças tiveram um batismo tão triste.

XIII

Gaius Licinius Mucianus, governador da Síria e o mais poderoso entre os líderes da causa de Flavius Vespasianus, chegou a Roma enquanto Dolens ainda estava na Sicília. Acabou então o breve reino de Antonius Primus. É possível que o próprio Antonius Primus tenha se sentido aliviado, pois, embora o ímpeto de rapinagem das tropas houvesse arrefecido, suponho que por puro cansaço dos legionários, a fúria cobiçosa dos senadores e cavaleiros aumentava: nobres homens de Roma se engalfinhavam na Cúria Júlia e conspiravam uns contra os outros num furor por novos cargos, por novos poderes e, principalmente, por fatias do velho Tesouro Público. Para o bem ou para o mal, caberia a Mucianus lidar com eles.

Bem mais versado que Antonius Primus nas lides políticas, Mucianus bajulou alguns, subornou outros, mandou cortar duas ou três cabeças e assumiu as rédeas de Roma. Tudo isso sem nem se dar ao trabalho de consultar o "filho de César" que se aboletara no Palácio.

Domiciano, solitário e cada vez mais irrelevante, tinha como conselheiro apenas o homúnculo Turpis. Infelizmente, o conselho que Turpis mais gostava de dar era: "pegue o dinheiro e fuja." Mesmo nos seus recém-completados dezoito anos, Domiciano sabia que tal opção era impraticável.

Carente de alguém que o apoiasse, ou ao menos que o obedecesse, Domiciano mandou um mensageiro a Siracusa para entregar um ultimato a Dolens: se ele não voltasse imediatamente, perderia tudo o que lhe fora concedido e seria, de novo, considerado desertor.

A curandeira Eutrópia me contou que Desidéria Menor estava no berço quando Dolens se aproximou e, depois de uma tentativa desajeitada de carinho, disse: "Não me suicidei por sua causa. Volto a Roma por sua causa. Viu como viver é difícil? Você não tem dois meses e já me deve dois favores."

Vita Dolentis, de Quintus Trebellius Nepos.

XIV

O sol, tão raro de ver naquele inverno, beija o Mar Tirreno na boca do porto de Óstia.

Dolens está na proa do navio, ansioso para desembarcar, ansioso para que termine o dia que já vai, o ano que mal veio e a vida, porque nada mais vale a pena.

Um choro de bebê arranha o entardecer. Eutrópia se aproxima de Dolens com a pequena Desidéria Menor nos braços:

– A menina quer ficar com o pai.

– Ela é nova demais para saber quem é pai dela.

– Pegue sua filha no colo, pelo amor de Ohrmazd!

A menção ao maior dos deuses do reino da Pártia intriga Dolens. Eutrópia afirma e reafirma ser grega, embora todos que a conheçam desconfiem que ela tenha nascido entre os partas, maiores inimigos de Roma no Oriente.

– Pelo amor de quem?

– Júpiter – emenda Eutrópia.

– Não foi isso que eu ouvi.

– Pegue essa coisinha barulhenta. Senão eu a jogo na água.

Dolens, desajeitadamente, toma o bebê nos braços:

– Está chorando por quê? Sou eu quem devia chorar.

Alheia ao protesto, a menina chora tanto que suas bochechas ficam roxas.

– Olhe lá – Dolens aponta. – Ali é Óstia. Aquela é a foz do Tibre. Logo adiante, está Roma. Você não tem mais mãe, mas tem Roma, que é uma cidade-mãe. Roma vai acolher você, vai lhe dar alimento, talvez até lhe dê amor. Se existe um lugar no mundo onde o impossível acontece todo dia, este lugar é Roma.

A pequena Desidéria para de chorar. Dolens, surpreso, a aninha junto ao coração e dá um longo e melancólico suspiro.

Eutrópia sorri, satisfeita porque seu pequeno fingimento teve o efeito desejado: a menina tem um pai, e o pai tem uma filha.

XV

Sextus Julius Priscus, depois de sua ascensão a *praefectus praetorianus*, tinha ido viver no Monte Célio, morada de alguns dos patrícios mais prósperos da Urbe. Um mês depois da derrota vitelliana, sua casa foi comprada por Desiderius Dolens, que inclusive pagou à viúva um pouco mais do que ela pedira, como forma de compensação por haver matado o marido dela.

O novo dono não mandou remover as estátuas dos ancestrais do falecido, não quis repintar os afrescos nas paredes, sequer mexeu na disposição dos móveis. Apenas ocupou a casa com sua família, que havia ganhado dois novos integrantes – a pequena Desidéria Menor e o semissurdo Bibulus, com quem Moderata se casara apressadamente em Siracusa – e perdido Galswinth.

Dolens detestava sustentar o padrasto, que bebia tanto quanto ele, falava muito e, obviamente, ouvia pouco, mas Bibulus sempre foi um incômodo menor. Era a vida, com seu peso, que o aplastava numa espreguiçadeira sob as arcadas do jardim da nova casa, onde ele passava dias e noites, bêbado, a ver a chuva martelar as folhagens.

Vita Dolentis, de Quintus Trebellius Nepos.

XVI

— Ave, centurião — Dolens saúda, sem se erguer da espreguiçadeira, debaixo da qual dorme o cãozinho Spolium.

— Sou tribuno agora — Nepos corrige.

— É? Quem diria? Você chegou exatamente onde deveria chegar, só que pelo caminho mais difícil. Em vez de recorrer a seus privilégios de aristocrata, seguiu mancando com essa perninha ruim, degrau por degrau até o topo. Parabéns.

— Fui promovido por liderar as primeiras tropas que atacaram a Urbe. O senhor acha que me orgulho disso?

— Minhas promoções, todas, foram por motivos bem menos louváveis. Não reclame.

— É terrível a sensação de ser beneficiado por uma injustiça.

— Mais terrível é se foder injustamente. Que é o que sempre acontece comigo.

— O senhor se tornou senador.

— Depois de perder as duas mulheres que eu amava? Foi um preço alto demais. Só não me matei para não deixar desamparada a infeliz da minha filha. Já viu a coitadinha? Careca, cor-de-rosa e feia como um filhote de rato.

— Como senador, o senhor pode prestar muitos serviços a Roma.

— Roma que se foda. Ficarei sentado aqui até morrer. Não deve demorar muito.

— O senhor tem só trinta e sete anos.

— Faço trinta e oito em março.

Bibulus, distraído, irrompe no *peristylium* com uma caneca de vinho na mão.

— Esse — Dolens diz a Nepos — é o idiota que se deita com a minha mãe. — Dolens ergue a voz: — Bibulus! Bibulus!

— Quê? — Bibulus aponta o menos danificado de seus ouvidos na direção de Dolens. — Falou comigo?

– Você não acha – Dolens grita – que eu, como herói de guerra e senador da República, tenho o direito de nunca mais sair deste jardim?
– Rathulfr – Bibulus responde.
– Quê? – desta vez, é Dolens quem parece surdo.
– Não se lembra, meu filho?
– Me chame de meu filho mais uma vez e corto seus bagos.
– Quê?
– Seus bagos! – Dolens grita e faz um gesto de cortar. – *Excidere!*
Bibulus se encolhe, protegendo o baixo ventre com a caneca:
– Só falei de Rathulfr! Aquele germano. O poeta! Em Bonna, durante a Saturnália, todo mundo gritava: "Canta, Rathulfr!"
– Minhas Saturnálias daquele tempo se afogaram em cerveja.
– O nome dele significava "lobo conselheiro" ou "aconselhado pelos lobos", uma coisa desse tipo. Ele repetia sempre uma canção que era assim: "Eu que não me sento / no trono de um alojamento / com a boca escancarada, / cheia de dentes, / esperando a morte chegar." Era um chamado à batalha. Tem certeza de que você não lembra?
Nepos cruza os braços e, cheio de inquirições, encara Dolens.
Desconfortável, Dolens se remexe na espreguiçadeira.

XVII

Gaius Julius Civilis, príncipe da tribo dos batavos, cidadão romano e comandante de coortes auxiliares postadas à margem do Reno, havia inflamado o ânimo dos germanos do oeste com um discurso pontilhado de ódio e perdigotos. Desde agosto, ele liderava uma insurreição contra Roma que, em janeiro do ano oitocentos e vinte e três da fundação da Urbe, atingiu seu auge. Depois de vários ataques a fortificações legionárias, de massivas deserções de tropas em favor dos rebeldes, do cerco ao quartel de *Castra Vetera* e dos assassinatos do governador da Germânia Superior Hordeonius Flaccus e do *legatus legionis* Dillius Vócula, a autoridade romana naquelas terras praticamente desaparecera. E Civilis, segundo se dizia, pretendia proclamar-se rei.

Roma, cujas feridas da guerra civil ainda sangravam, precisava buscar forças para enfrentar nada menos que três rebeliões simultâneas: a dos batavos nas duas Germânias, a dos brigantes na Britânia e a dos judeus na Palestina, que já se arrastava por quatro anos.

Vespasianus, o novo imperador ainda acampado no Egito, corria o risco de não ter Império para governar.

Tal avalanche de más notícias, se era péssima a Flavius Vespasianus, para seu filho caçula Domiciano se revelou uma oportunidade.

Vita Dolentis, de Quintus Trebellius Nepos.

XVIII

No pergaminho estão marcadas as praças-fortes das Germânias e a provável posição dos rebeldes batavos. Em torno da mesa, ao pé da estátua do deus Marte Vingador, Licinius Mucianus, Petilius Cerialis, Antonius Primus, Arrius Varus e César Domiciano decidem o que fazer.

– Se perdermos as Germânias, perderemos o Império – diz Antonius Primus. – Ao leste do Reno, há milhões de bárbaros à espera de que Roma fraqueje.

– Antes de mandar tropas – Mucianus argumenta –, seria útil enviar espiões. E dinheiro. Comprar apoios. Acirrar vaidades. Provocar divisões internas. Germanos gostam tanto de guerra que não seria difícil fazê-los guerrear uns contra os outros.

– Pode dar certo – pondera Arrius Varus, e logo se retrai, ante um olhar de reprovação de Antonius Primus.

– Governador, com todo o respeito – Petilius Cerialis diz a Mucianus –, esse plano seria perfeito seis meses atrás. Não temos mais tempo para política.

– O que você propõe? – Mucianus rebate.

– Ataque imediato.

– Podemos chamar as legiões da Hispânia para apoiar a ofensiva – Antonius Primus se anima.

– Mas qual ofensiva? – Mucianus insiste. – Quem mandaremos contra os germanos? Os feridos da guerra civil?

– Os feridos, os exaustos, os derrotados, os prisioneiros, os desertores, os civis, os escravos. – Petillius Cerialis ergue a voz. – Qualquer um que consiga empunhar um escudo. Se matarem dez dos nossos, mandaremos mais dez, mais cem, mais mil. Ou vencemos por mérito, ou esmagamos o inimigo só com o peso dos nossos cadáveres!

Domiciano tosse e pigarreia para atrair a atenção, mas os grandes comandantes o ignoram, até que ele bate no mapa com seu abana-moscas:

– Ninguém vai perguntar o que eu acho?

Cerialis, Primus e Varus trocam olhares de enfado. Mucianus dá um longo suspiro antes de dizer:

– Perdoe-nos, César. O que o senhor propõe?

– Ele.

Domiciano aponta para trás com o indicador. Surge das sombras Desiderius Dolens, que avança envergonhado e de má vontade em seu uniforme completo.

– Ave! – Dolens saúda com o braço estendido.

– Este homem – Domiciano pousa a mão no ombro de Dolens – não é chamado de carniceiro sem motivo.

– Sabemos disso – Arrius Varus retruca.

– Ele matou mais bárbaros do que Julius César! – Domiciano se empolga.

– Não foram tantos assim – Dolens resmunga, retraído.

– Gostaria eu mesmo de ir à Germânia destruir os traidores – Domiciano bravateia, estufando o peito –, mas acho que meu pai prefere que eu tome conta da Urbe até ele chegar. Por isso, escolhi Dolens. Como *legatus legionis*, ele será meu braço vingador.

Mucianus, Cerialis, Primus e Varus novamente trocam olhares.

– Convocarei uma nova legião especialmente para ele – Mucianus diz, com um risinho maldoso.

XIX

Gaius Licinius Mucianus chamou à Urbe os marinheiros de Ravena e, como prêmio por terem jurado fidelidade ao novo imperador, nomeou-os legionários. Para eles, e valendo-se da autoridade que Flavius César Vespasianus Augustus lhe delegara, Mucianus criou a *Legio Secunda Adjutrix* (Segunda Legião Ajudante), a qual, como símbolo, adotou Pégaso, o cavalo alado.

Desacostumados a percorrer longas distâncias a pé, pouco afeitos a formar fileiras e sem experiência no combate em campo aberto, aquele bando de homens do mar com uma criatura do céu nos estandartes não parecia, e de fato não era, uma força respeitável em terra.

Essa foi a tropa que Desiderius Dolens recebeu.

Vita Dolentis, de Quintus Trebellius Nepos.

XX

— Ave, *legatus*! — o centurião Murcus saúda com o braço estendido. — Mais do que ninguém, o senhor merece a saudação.

Dolens sorri. Dois anos antes, nas coortes urbanas, o centurião era ele, e Murcus era um legionário tão fascinado pela lenda do carniceiro de Bonna que insistia em saudá-lo como se fosse um nobre.

— Pensei que os peixes o tivessem comido há tempos — Dolens diz. — Bom saber que você está vivo, tribuno.

— Centurião, senhor.

— Você acaba de ser promovido. — Dolens o abraça e, depois de uma mirada longa e triste que percorre todo o acampamento improvisado dos marujos no Campo de Marte, completa: — Preciso montar um estado-maior que me ajude a converter essas lesmas-do-mar em legionários de verdade.

XXI

Gnaeus Floronius Maurusius, centurião *primus pilus* da *Legio Prima Germanica*, homem de confiança do finado comandante vitelliano Fabius Valens e pai adotivo da finada mulher de Dolens, estava escondido numa cabana de pescadores na costa do Adriático quando emissários enviados por Dolens o descobriram. A mensagem que lhe foi entregue dizia apenas: "Venha, tribuno."

Dolens, esbanjador por natureza, não economizou seus recém-adquiridos poderes para se rodear de oficiais de confiança na *Secunda Adjutrix*. Convém esclarecer que ele tomava de modo muito literal o conceito de confiança: mais do que competência, o que ele valorizava em seus subordinados era que não tentassem matá-lo.

Flavus Smerkjan, o gigante alamano que era *signifer* da *Decima Tertia*, foi nomeado centurião *primus pilus*. O legionário Julius Lancéolo, também da *Decima Tertia*, filho de Manius Julius Atticus, assumiu o posto de centurião *pilus prior* da segunda coorte. E eu fui convidado a me juntar à *Secunda Adjutrix* como primeiro tribuno laticlávio. Nem morto eu recusaria.

Vita Dolentis, de Quintus Trebellius Nepos.

XXII

A nova casa de Dolens, como qualquer outra da aristocracia romana, tem um *triclinium*, aposento onde as refeições são servidas numa mesa baixa em torno da qual estão três largos divãs, os *klinai*, que podem, cada um, acomodar até três pessoas. O *pater familias*, seus parentes e convidados se deitam de lado nos *klinai*, apoiam-se no cotovelo esquerdo e se servem com a mão direita. Embora seja símbolo de elegância, essa maneira de comer é um tanto incômoda para plebeus acostumados a sentar em banquinhos com um prato de barro equilibrado no colo.

Dolens e os seus raramente usam os *klinai*, preferindo alimentar-se na cozinha, ao pé do fogão, como sempre fizeram. Por isso, quando o próprio Dolens ordena aos escravos recém-comprados que arrumem o *triclinium* e à liberta Olímpia que faça para o jantar tâmaras agridoces, caracóis na caçarola e bochechas de porco ao molho de mel e garum, a família logo imagina que ele tem algo a contar.

– Quê? – pergunta Bibulus, assim que Dolens anuncia que vai combater batavos nos rincões da Germânia.

– Outra guerra, filhote? – Moderata se queixa. – Agora, que está tudo tão bem?

– Continuará tudo bem – Dolens diz, enquanto dá um caracol para Spolium comer. O cãozinho perneta encara o quitute com desconfiança. – Vocês ficarão com a casa, com uma parte do dinheiro, com o nome da família e com as honras da aristocracia.

— Honras da aristocracia? — Desidéria reclama. — Faz dois meses que sou irmã de senador e, até hoje, ninguém me convidou para um banquete.

— O que você ganharia indo a um banquete? — Dolens rebate. — Um namorado rico? Imagine só o que a alta sociedade da Urbe pensaria se soubesse que você divide a cama com uma bruxa parta.

— Grega — Eutrópia protesta. — Parta é a puta que o pariu.

Moderata esboça uma reação de contrariedade. Eutrópia se emenda:

— Nada pessoal. Desculpe.

— Amanhã é seu aniversário, patrãozinho — diz a liberta Olímpia. — Estávamos preparando uma festa.

Os olhos de Dolens se enchem d'água. Ele esvazia seu copo de vinho, pede mais e tenta manter a pose:

— Marcharei ao amanhecer. Meu aniversário será lembrado pelas trombetas de campanha.

— E a sua filha? — Olímpia insiste.

— Se eu morrer, ensine a ratinha a falar meu nome. Conte quem eu fui. Minta um pouco, para ela gostar de mim.

Dolens abandona a família no *triclinium* e sai à rua, onde a noite, repleta de polens e calores, prenuncia a primavera. Chega-lhe às narinas, mais uma vez, a tão familiar combinação de suores diversos, molho de peixe e esgoto. Um choro de bebê, quase inaudível, lhe vem aos ouvidos. Custa caro, muito caro ser romano.

XXIII

Quintus Petillius Cerialis, com a bênção de Flavius César Vespasianus Augustus nomeado comandante da campanha contra os batavos, marchou de Roma com cinco legiões, uma das quais era a *Secunda Adjutrix*, cujos homens ficaram conhecidos como "os marujos de Dolens". Para dar reforço à tamanha força de ataque, já de si assustadora, foram chamadas duas legiões da Hispânia e uma da Britânia, pois a revolta da tribo dos brigantes nas terras britanas foi considerada de menor importância. Nas palavras de Cerialis: "que os britanos se divirtam por enquanto; depois iremos lá e os massacramos", o que de fato chegou a acontecer, embora o estado de beligerância na Britânia tenha se mantido por décadas.

Licinius Mucianus, astutamente, indicou Antonius Primus e Arrius Varus para dúzias de cargos e deveres na Urbe que os impediram de ir à guerra, o que os privou do prestígio que viria com as novas vitórias e, assim, diminuiu o valor dos dois aos olhos de Vespasianus.

Desiderius Dolens, contra todas as expectativas, transformou os marinheiros de Ravena em legionários vencedores. Fez isso às custas da própria bolsa, premiando com moedas de prata os melhores guerreiros. Em compensação, clc mandava matar, na frente de toda a tropa, os medrosos e os indisciplinados. Os marujos passaram a adorá-lo como a um pai, severo, porém justo. Ele alimentava tal sentimento chamando, como Alexandre Magno fazia com suas tropas, a cada um pelo nome. Permito-me revelar que Dolens não tinha a memória de Alexandre: era eu o encarregado de memorizar os nomes para soprá-los na sua orelha.

Em agosto, as forças de Petillius Cerialis, tendo a *Secunda Adjutrix* como ponta de lança, invadiram a *Insula Batavorum*, lar dos batavos, e arrasaram cada vilarejo que lhes surgiu na frente. Durante os ataques, a pouca disposição de Dolens para gestos de clemência reforçou sua fama de carniceiro.

Um mês depois, Civilis se rendeu. Mais dois meses foram gastos na busca e eliminação dos bandos rebeldes que ainda insistiam em lutar. Em dezembro, Desiderius Dolens, vitorioso mas infeliz, montou seu acampamento de inverno na Germânia Inferior, a cento e vinte milhas romanas de seu antigo quartel em Bonna.

Por esses dias, Titus, filho primogênito de César Vespasianus Augustus, havia conseguido tomar Jerusalém, principal cidade da Judeia. O famoso templo, morada do deus sem rosto dos judeus, foi saqueado e destruído. Os tesouros da pilhagem, que incluíam um gigantesco candelabro de sete braços moldado em ouro maciço, foram levados a Roma e financiaram a construção do Anfiteatro Flaviano, que alguns malfalantes de latim insistem em chamar de Coliseu.

Na véspera dos idos de março do ano oitocentos e vinte e quatro da fundação da Urbe, um ano depois de ter deixado sua família na casa que pertencera a Julius Priscus, Dolens completou trinta e nove anos de idade e partiu da Germânia com seus marujos e comigo para lutar ao lado de Petilius Cerialis na Britânia.

"Canta, musa, a ira de Aquiles peleio!" Assim começa a *Ilíada*. Se eu quisesse ser homérico, teria começado a primeira linha do primeiro rolo de papiro deste relato com o verso: "Canta, musa, a ira de Dolens suburrano!" Infelizmente, não sou Homero, não sou sequer um Virgílio. E Dolens não é Aquiles. Não é a ira que permeia esta história, é a melancolia. Outros contaram e contarão de muitas formas o que ocorreu naqueles anos, e todos teremos razão. Cada morto em batalha e cada sobrevivente são, em si, o resumo de sua época.

Vita Dolentis, de Quintus Trebellius Nepos.

Notas diversas
(ou A Terra, O Homem e Os ovos de Páscoa)

A Terra

Georges-Antoine Rochegrosse (1859–1938) foi um pintor e ilustrador que, por vários anos, viveu no fundo de um *impasse*. Em francês, *impasse* é a palavra para beco sem saída. Chaptal era o nome do beco, na margem direita do Sena, em Paris. O prédio que Rochegrosse ocupou havia sido uma capela cristã destruída por um incêndio. Depois que ele decidiu trocar a França pela Argélia, sua casa-ateliê foi convertida num teatro de duzentas e oitenta cadeiras tornado célebre, ou infame, pelas décadas seguintes: o Grand-Guignol, que oferecia ao público fartas doses de violência cenográfica. O sucesso das peças do Grand-Guignol era medido pelo número de espectadores que desmaiavam durante a encenação. Consta que um comissário de polícia teria exigido visitar os bastidores para comprovar que as mutilações, desmembramentos, decapitações e estupros eram mesmo de mentirinha. Depois de longa decadência, o Grand-Guignol fechou as portas em 1963. Hoje, o palco centenário abriga o International Visual Theatre, dedicado a experimentos com a linguagem dos sinais e outras expressões artísticas de e para deficientes auditivos.

Querido leitor, é justo que você pergunte: "O que esse parágrafo tem a ver com as páginas anteriores?" Respondo: as pinturas de Georges-Antoine Rochegrosse são visceralmente coloridas, detalhadas, sensuais, por vezes violentas e, de um modo meio torto, bem-humoradas, embora esse humor tenda para o macabro.

Rochegrosse, aos vinte e três anos, apresentou no Salão de Paris o quadro *Vitellius traîné dans les rues de Rome par la populace* (Vitellius arrastado pelas ruas de Roma pelo populacho), que mostra o gordo imperador Aulus Vitellius amarrado, ferido e com uma adaga a lhe cutucar o pescoço, na descida de uma ladeira estreita e suja, delimitada por prédios feios de onde emergem dezenas de plebeus que o agridem. A Roma deste quadro é a Roma que li em Tácito e Suetônio. É a Roma que imagino. Sou um pouco Rochegrosse. Talvez eu seja até um pouquinho, só um pouquinho, Grand-Guignol. E também vivo num impasse. Minha pátria é o impasse.

Sua vez, leitor, de fazer outra pergunta: "Qual impasse?" O mesmo e múltiplo de sempre, eu diria. Tudo já foi escrito, vamos todos morrer e a vida não faz sentido. Nossos amores, nossos ódios e nossos porquês, diante da eternidade, não são mais perenes que uma palavra rabiscada com o dedo numa vidraça embaçada.

Em 1993, num encontro de jovens escritores em Mollina, na Andaluzia, ouvi um conselho de José Saramago. Não foi, óbvio, um conselho dado apenas a mim; ele o deu numa palestra para dezenas de criaturas parecidas comigo: "Não te ocupes da vidinha."

Foi, quem sabe, uma interpretação muito pessoal desse conselho que me levou, anos depois, a me ocupar com a saga – e a vidinha – de um plebeu romano do século I.

Um amigo, também escritor, uma vez me disse que só escrevia a partir daquilo que esbarrava nele. Suas narrativas são contemporâneas, seus personagens são adolescentes conectados ao agora. Ele faz isso muito bem. Eu, do meu jeito, também escrevo sobre o que esbarra em mim, porque, no fundo, escritores são masoquistas: a gente coça onde dói. A gente escreve para nomear, ressignificar e inflamar a dor da existência, uma dor que compartilhamos com o primeiro hominídeo que contou a primeira história ao pé da primeira fogueira.

Segundo Mario Quintana, meu poeta de estimação, "a verdade é uma mentira que se esqueceu de acontecer", e Manoel de Barros declarou: "Tudo que não invento é falso." Amparado nos dois, eu diria que tudo o que escrevo aconteceu, mesmo que não tenha ocorrido.

Há hoje, no mundo todo, é certo, porém mais agudamente no Brasil, um apego a um certo realismo exacerbado, como se você, leitor, quisesse a garantia de que cada palavra impressa é verdade. O apodo "baseado em fatos reais" vale ouro. Costumo chamar essa distorção hipertrófica do realismo de "verdadismo". E culpo a tradição verdadista por manter a literatura brasileira desconfiadamente distante do realismo fantástico, da ficção científica e do romance histórico.

Minha pátria é o impasse. A realidade não me faz fronteira.

O Homem

Há quem me pergunte a origem do nome de meu sofrido e cascudo protagonista. *Dolens* é o particípio presente do verbo latino *doleo*, e significa "aquele que causa ou que sente dor". Em português, a palavra derivada do latim *dolens* é "dolente". Segundo o Dicionário Houaiss, dolente é: "1) que sente e/ou expressa dor; lamentoso, magoado, queixoso. 2) semelhante à expressão de dor. 3) música de caráter triste." O cognome "Dolens", portanto, tem esses dois aspectos: é quem faz doer e quem sofre com a dor.

Desiderius é um nome de família que criei a partir do verbo latino *desidero*, que significa "sentir falta de" ou "desejar".

Quanto ao prenome, havia alguns que eram de uso tradicional de determinadas famílias romanas. Não é o caso de Publius que, além de ser bastante comum, ainda remete ao adjetivo latino *publicus*, que significa "do povo" ou "público".

Assim, Publius Desiderius Dolens, decifrado mais pela etimologia que pela psiquiatria, é um homem do povo que deseja ascender socialmente, sofre por esse desejo e, ocasionalmente, mata pessoas. Na maior parte do tempo, ele não gosta de ser o que é, nem gosta de fazer o que faz, mas segue em frente, refém das próprias escolhas.

Os ovos de Páscoa

Sessenta mil anos atrás, no sul da África, tribos de caçadores-coletores do deserto de Kalahari usavam cascas de ovo de avestruz como recipientes para transportar água. Obviamente, essa prática não era bem-vista pelos avestruzes. Como se trata de animais que podem ultrapassar os dois metros de altura, pesar cento e cinquenta quilos, correr a setenta quilômetros por hora e escoicear com a força de um martelo hidráulico, era preciso certa coragem para roubar seus ninhos. O ovo de avestruz, portanto, era um bem valioso, cuja propriedade tinha de ser assinalada de algum modo. Surgiu daí o costume de gravar ou pintar padrões decorativos na superfície da casca.

Muitos milênios depois, colorir e dar de presente ovos de galinha, menos perigosos de obter que os de avestruz, tornou-se parte das celebrações do início da primavera no hemisfério norte. Ao que parece, a tradição já existia entre os persas, séculos antes da era cristã. É possível que seja ainda mais remota.

Consta que foram antigos cristãos da Mesopotâmia, por influência da festa de *Noruz* dos persas, os primeiros a associar a chegada da primavera e os ovos coloridos à ressurreição de Cristo.

Ovos de chocolate surgiram pelas mãos dos *pâtissiers* franceses na primeira metade do século XIX. O hábito de escondê-los para que as crianças os encontrem no domingo de Páscoa teria surgido pela mesma época.

Essa longeva história nos leva a 1979, quando foi lançado o videogame *Adventure*, para o console Atari 2600. Na época, a Atari não divulgava os nomes dos seus *game designers*. Warren Robinett, criador do *Adventure*, resolveu sair do anonimato na marra e incluiu no jogo, sem comunicar aos chefes, uma pequena sequência de ações que, quando executadas, faziam aparecer na tela a mensagem "Criado por Warren Robinett". A trapaça ganhou, na própria Atari, o apelido de *Easter egg* (ovo de Páscoa). Surgia, assim, um novo conceito. Que, como todo bom conceito, pode ser usado retroativamente.

O autorretrato de Jacques-Louis David entre os espectadores da *Coroação de Napoleão*; as breves aparições de Hitchcock em cada um de seus filmes; a caveira que só pode ser vista de um determinado ângulo no quadro *Os embaixadores*, de Holbein, o Jovem, podem ser considerados *Easter eggs*.

Agora, querido leitor, ponha-se no meu lugar. Eu escrevo *depois*. Não tanto e nem só cronologicamente, mas também no sentido de *a partir de*.

Sófocles, Tácito, Suetônio, Camões, Cervantes, Shakespeare, Machado de Assis, Conan Doyle, James Joyce, Monteiro Lobato, Jorge Luis Borges, Carl Barks, Billy Wilder, Arthur C. Clarke, Isaac Asimov, Ray Bradbury, Goscinny & Uderzo, Sergio Leone, The Monkees, Monty Python, David Chase, Alan Moore, Jerry Seinfeld, Quentin Tarantino. *Depois* deles. E depois de muito mais gente.

Vivemos no depois, você e eu. Vivemos também no antes, mas nisso não se pode confiar. Quando o futuro se tornar agora, chegará curvado por carregar nas costas tudo o que já foi.

Há muitas maneiras de dialogar com a herança que nos cabe. Podemos amá-la ou combatê-la. Podemos sofrê-la ou louvá-la. Podemos sublimá-la ou assumi-la.

Ou podemos, como eu fiz, esconder uma porção de *Easter eggs* no caminho. Quer saber quais são?

Memória do sangue

As mil mortes de César é o segundo volume da *Vita Dolentis*, a saga de Desiderius Dolens. No primeiro, *O centésimo em Roma*, brinquei com alguns elementos do romance policial: há um crime a ser solucionado, embora isso não seja o foco da trama; há uma certa dinâmica de Sherlock Holmes e Dr. Watson entre Dolens e Nepos; há nas entrelinhas, ou pelo menos eu espero que haja, um debate sobre justiça e culpa.

Nesta segunda aventura, resolvi brincar com o mais cinematográfico dos subgêneros narrativos: o *western*.

Trata-se de um *para-western* sem revólveres, por motivos óbvios, e sem as imensidões desoladas do Monument Valley, pois a península itálica da era imperial era mais verde e mais "civilizada", no sentido de ser um território há milênios domesticado pela presença humana e pontilhado de grandes cidades. Mas os onze episódios, se posso chamá-los assim, de *As mil mortes de César* têm três ingredientes que compõem a receita de todos os filmes de faroeste que já vi: perda, vingança e solidão.

Sou brasileiro e falo em *western*? Por que não? O filme *Per un pugno di dollari* (*Por um punhado de dólares*, 1964), do italiano Sergio Leone, é um que muito me agrada citar, ao lado de *Yojimbo* (1961) do japonês Akira Kurosawa, uma espécie de "*western* de samurai" no qual o *Per un pugno* se baseou.

Claro que Desiderius Dolens não se parece com o inabalável "Homem Sem Nome" que Clint Eastwood interpreta nos filmes de Sergio Leone. Dolens não só tem nome como gosta de alardeá-lo; ele chora, fraqueja, se deprime e bebe muito; ele não tem olhos azuis frios e brilhantes, nem os quase dois metros de Eastwood. Dolens é alto para os padrões de sua época, que não são lá grande coisa, e tem olhos acastanhados, como a maioria dos romanos. Olhos nos quais o brilho que por vezes aparece é o da loucura que ele teima em conter.

Para chegar a Óstia, Dolens cruza três cursos d'água. Meu plano inicial era que fossem cinco, como os rios do Hades, reino dos mortos do mundo greco-romano: Aqueronte, o rio das aflições; Cócito, o rio dos lamentos; Flegetonte, o rio de fogo; Estige, o rio dos juramentos inquebráveis; Lethe, o rio do esquecimento. Tive, porém, um par de problemas: soaria repetitivo narrar cinco travessias e seria um anacronismo, pois não havia cinco cursos d'água no caminho de Óstia; mesmo um dos canais que mantive talvez nem existisse em 69 d.C. Então, digamos que a trajetória de Dolens, neste *As mil mortes de César*, tem as aflições, os lamentos e o fogo. Faltou espaço para os juramentos inquebráveis e o esquecimento.

No final do capítulo VI desse primeiro episódio faço uma breve citação ao bruxo Machado de Assis, ao mencionar a "região do inesperado". Essa expressão vem do capítulo II de *Iaiá Garcia*: "'O coração humano é a região do inesperado', dizia consigo o céptico subindo as escadas da repartição."

Também no primeiro episódio surge a primeira citação que faço aos *Lusíadas* de Luís de Camões: *Adámastos*, o pseudônimo que Dolens sem querer inventa para si, é uma referência ao gigante *Adamastor*, que se apresenta na estrofe 51 do Canto V como um dos titãs que combateu Júpiter:

> Fui dos filhos aspérrimos da Terra,
> Qual Encélado, Egeu e o Centimano;
> Chamei-me Adamastor, e fui na guerra
> Contra o que vibra os raios de Vulcano.

O que os *Lusíadas* têm a ver com Roma? Muito, pois uma das grandes influências de Camões foi a *Eneida*, de Virgílio. Além do mais, como vivo dizendo, tudo no lado ocidental do mundo tem a ver com Roma. Dou o mais crucial exemplo: só conhecemos a Grécia Clássica porque os romanos gostavam dos gregos. Sem Roma, as palavras de Sócrates, Platão e Aristóteles, ou de Homero, Hesíodo e Sófocles teriam virado pó de mármore. Nossa cultura, ou passou por Roma, ou veio de Roma, ou começou em Roma. Num texto ficcional ambientado em Roma, qualquer interpolação, ainda que anacrônica, não será de todo impertinente. E isso inclui os *Lusíadas*, *westerns*, Machado de Assis, quadrinhos e, por que não, rock brasileiro.

Cito os *Lusíadas* mais onze vezes no correr da narrativa. No episódio *Um bicho da terra tão pequeno*, o próprio título vem da estrofe 106 do Canto I; essa mesma estrofe é apresentada integralmente mais adiante; também volto a me referir à estrofe 51 do Canto V quando Dolens declama dois versos ao se apresentar a um jovem tribuno, e Nepos intercala cinco versos da estrofe 42 do Canto IV no poema que escreveu, do qual voltarei a falar em breve neste posfácio. No episódio *Por um punhado de denários*, a alcunha do misterioso Zhu Rong, "grão ferreiro sórdido", vem da estrofe 78 do Canto VI; já o lamento de Dolens diante de seus captores vem da estrofe 40 do Canto III. No episódio *Coisa do pântano*, Nepos menciona dois versos da estrofe 48 do Canto III e dois versos da estrofe 66 do Canto X. No episódio *As cruezas mortais que Roma viu*, o título vem da estrofe 6 do Canto IV, da qual Nepos menciona quatro versos; mais adiante, ele transcreve toda a estrofe 22 do Canto IV. No último verso dessa estrofe, "Com letras e tenções de seus amores", aparece uma palavra caída em desuso que mantive com prazer: "tenção", com cedilha, que tanto pode significar propósito, desígnio, *in*tenção quanto devoção ou conteúdo, sendo que essas duas últimas acepções parecem mais adequadas ao contexto.

Um bicho da terra tão pequeno

O leitor deve ter percebido que citei *Hallelujah*, música de Leonard Cohen do álbum *Various Positions*, de 1984. A versão em hebraico foi feita por Kobi Meidan; a versão hebraica transliterada para o alfabeto latino é de Michael Fallik; a versão em português é minha, e apenas a mim devem ser debitados os erros que porventura existam. Só me defendo de antemão do erro mais óbvio: o hebraico que decidi usar é o moderno, bem diverso, certamente, daquele que a comunidade judaica de Roma falava no século I. A jovem Yehudit cantaria em hebraico clássico, talvez em hebraico mishnaico, ou quem sabe nem cantasse em hebraico, mas em aramaico. Não há como saber. Peço, portanto, que a generosidade do leitor considere essa falha proposital como licença poética.

Também neste episódio, Nepos tem um surto poético. O resultado é uma paráfrase em dodecassílabos, os meus tortos dodecassílabos, de alguns versos do poema "L'Expiation", do francês Victor Hugo (1802–1885), que fala da derrota de Napoleão em Waterloo. No meio desta pequena transgressão, ainda ousei encaixar cinco belos decassílabos da estrofe 42 do Canto IV dos *Lusíadas*.

Preciso confessar que meu primeiro contato com "L'Expiation" foi também através de uma paráfrase, ou melhor, de uma paródia, em *Asterix entre os belgas*, de Goscinny & Uderzo.

Por um punhado de denários

Nem seria necessário mencionar, mas menciono: esse título deriva do já citado *Per un pugno di dollari*. A trama do monstro Adámastos, que começou no episódio *Memória do sangue*, é inspirada no *Per un pugno* e em *Yojimbo*, com leves referências a *Sindicato de ladrões* (*On the Waterfront*, filme de 1954 dirigido por Elia Kazan) e a *O poderoso chefão* (*The Godfather*, obra-prima de Francis Ford Coppola, de 1972).

Os primeiros parágrafos do episódio são uma paráfrase do início de *Um conto de duas cidades* (*A Tale of Two Cities*, 1859) de Charles Dickens, que se passa na época da Revolução Francesa.

Zhu Rong, o armeiro sérico que Dolens encontra em Óstia, tomou seu nome de um antigo deus do fogo da religião tradicional chinesa. A espada que ele vende a Dolens é feita do lendário aço wootz, conhecido pela resistência, fruto de técnicas criadas por ferreiros indianos três séculos antes de Cristo. Dizia-se, com algum exagero, que o fio das lâminas de aço wootz era praticamente eterno. O fato é que, por mais de mil anos, a metalurgia asiática esteve sempre a um passo ou dois à frente da europeia. Um gládio de aço wootz certamente poderia "flutuar como borboleta e ferroar como abelha", maneira pela qual o supercampeão de boxe Muhammad Ali descrevia seu estilo de luta. Já o aço nórico da cota de malha vinha, como o nome sugere, da Nórica, província romana famosa por sua metalurgia, correspondente mais ou menos à Áustria de hoje. O aço que saía das forjas nóricas era extremamente duro e muito valorizado pelos romanos.

Quanto à magia da invisibilidade, nada mais é que uma bomba de fumaça feita à base de pólvora. É sabido que a pólvora foi inventada na China. Claro que a menção mais antiga que se tem do fabrico da pólvora, num tratado do alquimista Qing Xuzi, é muito posterior ao século I. Data do início do século IX. A grande busca dos alquimistas chineses era pelo elixir da vida eterna, e o primeiro uso que se tentou fazer da pólvora foi medicinal. Imagino que certos efeitos colaterais ("doutor, o crânio do paciente explodiu") tenham desencorajado essa abordagem. Rapidamente, a pólvora se converteu em matéria-prima de fogos de artifício. Mas, já no século XI, começou a ser usada para fins bélicos, com a invenção das primeiras granadas.

Nada de pólvora no mundo greco-romano? Não necessariamente. O nitrato de potássio, ou salitre, ou *salnitrum*, principal ingrediente da pólvora, era conhecido dos chineses pelo menos desde o século I *antes* de Cristo. Logo, embora pouco provável, não é impossível que a pólvora tenha surgido bem antes do século IX, não se tornando popular simplesmente por falta de interesse do mercado. Mencionei, no volume anterior, minha regra como ficcionista: altamente improvável é diferente de impossível.

Aos que acham que tomei liberdades demais, invoco em minha defesa um fato: a primeira máquina a vapor é contemporânea de Dolens. Chamava-se Eolípila e surgiu no século I pelas mãos do inventor Heron de Alexandria. O povo da época observava aquela geringonça de cobre cheia de água fervente e brasas girar durante horas e achava bonitinho. Ninguém pensou em construir um trem.

E eis que chego ao trecho mais "acadêmico" deste volume: falarei de *écfrase*. Em poucas palavras, écfrase é a representação verbal de uma representação visual. Complicado? Vejamos um exemplo: no Museu Britânico, em Londres, há uma colossal estátua, bastante mutilada, do faraó Ramsés II, a quem os antigos gregos chamavam de Ozymandias. A estátua jazia tombada há séculos nas ruínas de um templo funerário em Tebas. O transporte desse gigante de pedra do Egito até Londres levou três anos e causou sensação na época, inícios do século XIX. A estátua, as ruínas e a curiosidade popular inspiraram o poeta Percy Shelley a compor o soneto "Ozymandias", que cito aqui em tradução de Alberto Marsicano e John Milton (do excelente *Sementes aladas – Uma antologia poética de Percy Bysshe Shelley*. Ateliê Editorial, Cotia/SP, 2010):

> "(...)
> Semienterrada, a cabeça em partes disformes
> franze o cenho, e o escárnio de um comando glacial
> mostra-nos que o escultor captou bem o seu estado,
> que ainda sobrevive estampado nessas pedras estéreis:
> a mão que dele troçou e o coração que foi alimentado.
> E, no pedestal, estão grafadas as seguintes palavras:
> 'Meu nome é Ozymandias, rei dos reis,
> ó Poderosos, rendei-vos ao olhar minhas obras!'
> Nada além permanece. Ao redor do desolamento
> da ruína colossal, infinitas e desertas,
> as areias planas, solitárias, se estendem ao vento."

Pode-se dizer que a estátua é uma representação do poder de Ramsés, e que o poema de Shelley é uma representação daquilo que a estátua representa. Essa representação de uma representação, que transforma uma obra de arte visual em texto, é o que se chama de écfrase. O exemplo mais citado de écfrase é a descrição do escudo de Aquiles na *Ilíada*. Foi seguindo essa tradição homérica que me arrisquei a descrever o escudo de Dolens em toscos alexandrinos, nos quais encaixei uma citação quase literal do verso que Manuel Bandeira considerava o mais bonito da nossa língua: *Tu pisavas nos astros distraída*, de "Chão de estrelas", letra de Orestes Barbosa para música de Sílvio Caldas.

O leitor atento certamente terá percebido qual foi minha inspiração para o desenho do escudo.

Vamos agora a um pouco de polêmica: apresentei os cristãos de Óstia como um bando intolerante, violento e assassino. Parece errado, não? O senso comum nos faz imaginar romanos malvados e cristãos bonzinhos, mas acontece, caro leitor, que a verdade raramente se encaixa nos padrões de bem e mal. Os primeiros cristãos não eram bonzinhos, eram indefesos, e não se mantiveram assim por muito tempo. Quando podiam se defender, faziam o que faz qualquer minoria oprimida: eles se vingavam. De maneira brutal. A partir do século IV, quando o imperador Constantino legalizou a religião cristã, teve início uma perseguição aos "pagãos" tão cruel quanto a que os próprios cristãos haviam sofrido.

Sempre vale lembrar de Hipátia de Alexandria. Filósofa, matemática e astrônoma, era uma das mentes mais brilhantes, senão a mais brilhante, do século IV. Numa sociedade patriarcal, onde a mulher tinha um status pouco maior que o da mobília doméstica, Hipátia era mestra, líder e referência. Seu crime foi ser adepta da antiga religião politeísta. Os cristãos a mataram a pedradas e a esquartejaram.

Por essa perspectiva, cristãos violentos no século I já não parecem mais tão incongruentes, parecem?

O chamado de Catulo

O título acima, um tanto infame, admito, é uma dupla referência. A primeira e mais óbvia é a Catulo, poeta latino nascido em Verona por volta do ano 85 a.C. Embora tenha vivido não mais que trinta anos, Catulo deixou uma obra extensa, da qual chegaram até nossa época cento e dezesseis poemas. A segunda é ao escritor americano H. P. Lovecraft (1890–1937) e à sua mais famosa criação, o deus-monstro Cthulhu. O nome do obscuro poeta Agapóscafo de Camiros é na verdade a junção de duas palavras do grego antigo: ἀγάπη (*agapē*, que significa amor ou, em inglês, *love*) e σκάφη (*skaphē*, pequeno barco, bote ou, em inglês, *craft*). Mais um trocadilho, eu sei.

Também neste episódio fiz minha "desomenagem" ao pai da desconstrução, o filósofo francês Jacques Derrida (1930–2004), cujo obituário que o *New York Times* publicou em 10 de outubro de 2004 tinha como título: "Jacques

Derrida, teórico abstruso, morre aos 74." Abstruso, obscuro e obscurantista são alguns dos adjetivos que acompanham Derrida e sua obra. Os franceses criaram o Racionalismo com Descartes e o mataram com Derrida. Entre um e outro, é perfeitamente possível estabelecer uma relação edipiana. Descartes, o pai, formulou o "Penso, logo existo". Derrida, o filho destrutivo, poderia resumir sua obra na frase: "Quando penso, nada existe." Foi uma trajetória necessária? Talvez sim, talvez não. Derrida criou uma ferramenta de discurso que equivale a um canivete teórico de mil utilidades; a tentação de usá-la é irresistível. Levante o braço quem nunca desconstruiu alguma coisa.

Um bom canivete serve para descascar frutas, apertar parafusos, abrir garrafas, cortar as unhas ou ameaçar pessoas. A desconstrução serve, em infinitas variantes, tanto para libertar quanto para oprimir. Combinada com certos exageros do relativismo cultural, torna-se uma máquina de criar disparates. Pode-se empregá-la para justificar a censura, que passa a ser vista como proteção do Estado a mentes indefesas. Pode-se revogar a Lei da Gravidade com ela, acusando Newton de eurocentrismo. Pode-se até absolver as tribos que, por ditames religiosos, ainda hoje nos rincões mais pobres da África e da Ásia arrancam o clitóris de meninas para que elas jamais conheçam o orgasmo; basta afirmar: "quem somos nós, supostamente civilizados, para entender a complexidade de uma cultura que não é a nossa?", ou qualquer outra formulação parecida.

Imagino que Derrida não tenha previsto nem desejado tais usos para a desconstrução, mas foi esse o mundo que ele ajudou a criar. Não foi sem motivo, portanto, que associei Derrida a Domiciano.

O Domiciano que apresento em *O centésimo em Roma* e *As mil mortes de César* é um adolescente estúpido e quase inofensivo. Aos trinta anos, porém, ele se tornou imperador e, por uma década e meia, foi dos mais sanguinários dentre os césares, afogado numa loucura paranoica comparável à de Stalin, ditador soviético que adorava "desconstruir" a história em proveito próprio.

Coisa do pântano

Esse título faz referência a um dos trabalhos mais conhecidos do autor inglês Alan Moore: o *Swamp Thing*. Criado em 1971 por Len Wein e Bernie Wrightson para o universo de super-heróis da DC Comics, o monstro-planta-homem-semideus só veio a ganhar dimensões épicas e metafóricas a partir de 1982, pelas mãos de Moore.

Tradicionalmente, nas publicações em português, o nome *Swamp Thing* é traduzido como *Monstro do Pântano*, mas preferi uma versão mais literal.

O primeiro parágrafo do primeiro capítulo do episódio vem do começo da história *Down Amongst the Dead Men*, de *Swamp Thing Annual*, volume 2 (DC Comics, New York, 1985).

Também faço uma breve menção a Ozzy Osbourne (quando Dolens encontra um morcego na cama) e à sua conhecida música "Diary Of a Madman", do álbum homônimo de 1981, a qual, por sua vez, é levemente inspirada no conto "Diário de um louco", do russo-ucraniano Nikolai Gogol (1809–1852), que narra em primeira pessoa o irremediável declínio da sanidade mental de um modesto funcionário público sufocado pela burocracia do Império Czarista.

O leite da adversidade

Aqui volto a Shakespeare, tão citado em *O centésimo em Roma*. Como a trajetória de Dolens neste segundo volume passa por Verona, seria impossível não citar o bardo inglês, que escreveu três peças cuja ação se desenrola nessa bela cidade italiana: *A megera domada*, *Os dois cavalheiros de Verona* e *Romeu e Julieta*. Desta última vem o título do episódio, tomado de uma fala de frei Lourenço (Ato 3, cena 3):

> *I'll give thee armour to keep off that word:*
> *Adversity's sweet milk, philosophy,*
> *To comfort thee, though thou art banished.*

Filosofia, o leite doce da adversidade; curiosamente, no mundo greco-romano, o ópio, por costume consumido na forma líquida, era chamado de "leite de papoula".

A adversidade, tomada como a soma dos desgostos da vida, nos põe diante de um copo de filosofia e de um copo de ópio. Beber de um ou de outro não é uma decisão fácil, porque as duas alternativas têm sua dose de alívio e de sofrimento.

O episódio, como o leitor percebeu, não é só uma transposição de *Romeu e Julieta* para o século I, mas também uma tentativa de mostrar o que poderia ter acontecido *depois* do final da peça. Há dois adolescentes mortos. Dolens, contra sua vontade, é obrigado a assumir mais uma vez o papel de detetive.

Na peça, o trágico fim dos jovens amantes propicia a reconciliação das famílias rivais. Faz tempo que me pergunto: "E o frei Lourenço?" Se ele não tivesse decidido ajudar, talvez Julieta e Romeu não ficassem juntos, mas também não teriam se suicidado. A interferência do bondoso sacerdote, ainda que bem-intencionada, foi decisiva para a morte do casal. Confesso que, se Julieta fosse minha filha, eu até poderia fazer as pazes com o pai de Romeu, mas mandaria matar frei Lourenço.

Também faço pequenas alusões às duas outras peças veronesas do bardo. Foi de Christopher Sly, o vagabundo bêbado de *A megera domada*, que veio o nome do mendigo capturado no cemitério de Verona: Critóbulo Silius ou Silius Critóbulo. E foi do criado Launce e de seu cachorro Crab, de *Os dois cavalheiros de Verona*, que vieram Lancéolo e seu cão Cancrius.

No capítulo XIII do episódio, até me permiti uma paródia do mais conhecido monólogo de Launce (Ato 2, cena 3 de *Os dois cavalheiros*).

A queda da Casa de Ísis

Nesse episódio, fiz alusões paródicas a Edgar Allan Poe (1809–1849), a começar pelo título, tomado de "A queda da casa de Usher", belíssimo conto sobre o qual muito já se escreveu. Tomo a liberdade de citar agora alguns trechos da monografia "O insólito prazer do fantástico: o discurso metalinguístico em 'A queda da casa de Usher', de Edgar Allan Poe", do professor Paulo Sérgio Marques, publicada na *Revista Crítica Cultural*, do Programa de Pós-Graduação em Ciências da Linguagem da Universidade do Sul de Santa Catarina – UNISUL – (Palhoça/SC, 2010). Diz o professor Marques, a respeito de Roderick, personagem central do conto: "É um herói trágico, confrontado com um dilema do qual não pode evadir-se: tem uma doença e uma irmã doente, ambas as enfermidades provavelmente originadas do costume familiar de conservar descendências diretas."

A casa de Usher não é apenas a decrépita mansão da família, mas também a própria família e, mais que isso, o peso aterrador das tradições familiares. A "casa" exige que os gêmeos Roderick e Madeline, últimos remanescentes da linhagem, não a deixem morrer. Torno a citar o professor Marques: "Por outro lado, manter viva esta casa maldita significa lançar sobre os filhos e netos a pena que eles mesmos herdaram, seu crime incestuoso e o castigo de suas enfermidades. Roderick é desses caracteres mais típicos do Romantismo, homem aprisionado entre os poderes antagonistas – mas complementares – do desejo e do medo: quer e deve querer a irmã para preservar a genealogia dos Usher; mas recusa e deve recusá-la para interromper a sucessão de incestos que alimentam a maldição de suas enfermidades. Por isso encerra vivo, na tumba, o objeto de sua luxúria e sua perdição, unindo, por este gesto, o erotismo à morte e repetindo um dos temas prediletos de Poe, o do amor maldito."

Ou seja, pode-se ler "A queda da casa de Usher" como um conto de horror que trata do tabu do incesto. Foi a partir desse viés de leitura que teci minha paródia.

Também ousei, sacrilegamente, traduzir ao português um trecho de "The Raven", o mais famoso poema de Poe. Há traduções bem melhores, sendo as mais notáveis a de Machado de Assis e a de Fernando Pessoa.

Mas os tigres vêm à noite

Escrevi esse episódio durante um janeiro frio, mas não muito, nas férias que passei no Trastevere, em Roma. O leitor pode achar graça, pode me achar brega, mas a verdade é que me inspirei em Susan Boyle e sua interpretação de "I dreamed a dream" no show de calouros *Britain's Got Talent*, em 2009. Virei noites digitando enquanto a voz de Miss Boyle rodava em *looping* nos meus fones de ouvido.

"I dreamed a dream" é uma canção do musical *Les Misérables*, adaptado do romance homônimo de Victor Hugo (a quem também citei no episódio *Por um bicho da terra tão pequeno*) pelo compositor francês Claude-Michel Schönberg, com libreto e letras de Alain Boublil e Jean-Marc Natel. As letras em inglês são de autoria de Herbert Kretzmer. Na versão francesa não há tigres. Foi de Kretzmer que veio o verso: "But the tigers come at night", que é o mais belo da canção. Evoca a primeira estrofe do poema "The Tyger", de William Blake (1757–1827):

> *Tyger! Tyger! burning bright*
> *In the forests of the night,*
> *What immortal hand or eye*
> *Could frame thy fearful symmetry?*

Augusto de Campos traduziu o poema lindamente (*Viva Vaia – Poesia 1949-1979*. Ateliê Editorial, Cotia/SP, 2001):

> *Tygre! Tygre! Brilho, brasa*
> *que a furna noturna abrasa,*
> *que olho ou mão armaria*
> *tua feroz symmetrya?*

O leitor perguntará: o que Hugo, Schönberg, Kretzmer, Blake, Campos e Boyle têm a ver com Roma? Respondo: o tigre.

É difícil de entender quando se nasce nas Américas. Nossas principais cidades mal têm quinhentos anos. Roma existe há quase três milênios. Tempo suficiente para não ser mais só um pedaço de terra ou um conjunto de prédios. Roma é uma criatura viva. Ao caminhar à noite pelas ruelas perto do Tibre, consegui prestar atenção em algo além da beleza arquitetônica, dos nativos em seus afazeres, dos outros turistas iguais a mim e de possíveis assaltantes ávidos pela minha carteira; numa sombra rajada de sombras, entressenti a pedra que pulsa, tocada por mil mãos, pisada por mil pés; a brisa que, de tanto soprar, desfez a face de tantas estátuas; a memória que ainda reluz séculos depois da morte dos que se lembravam. Sei que essa experiência, insight ou seja lá como se defina não é incomum. Eu chamo o que vivenciei de "o tigre". Há um tigre em Roma, rajado de sombras na sombra de cada esquina.

As cruezas mortais que Roma viu

Nesse outro episódio de título camoniano, ponho na boca de Vitellius a frase "Às favas todos os escrúpulos de consciência". Talvez tenha sido um erro, porque essa não é a fala de um vilão, é uma fala de ajudante de vilão, desejoso de se mostrar tão malvado quanto o chefe. Foi dita em 1968, em Brasília, durante a reunião ministerial convocada pelo ditador militar Costa e Silva para aprovar o Ato Institucional Nº 5, que dava aos generais usurpadores que controlavam o país o poder de fechar o parlamento e de suspender direitos políticos de qualquer cidadão, sendo que, entre os "direitos políticos", estavam incluídos não só o de votar e ser votado, mas também o de livre manifestação e até o de ir e vir. Eram lobos legislando para ovelhas, e essa lei lupina serviu de pretexto para prender, torturar e matar muita gente. O AI-5, como ficou mais conhecido, tinha doze artigos redigidos num razoável dialeto de jurista, mas podia ser resumido em seis palavras: "Nós temos canhões, vocês não têm." Terminava com as assinaturas de Costa e Silva e de dezesseis cúmplices, alguns poucos ainda vivos. Não citarei nomes, nem dos vivos nem dos mortos, em parte porque não acho que eles mereçam ser lembrados, em parte porque a lembrança do nome do autor da fala infeliz poderia dar a impressão de que os outros são menos culpados, o que é injusto. Que todos os dezesseis, se ganharem a posteridade, que seja numa nota de pé de página ao lado da frase: "Às favas, senhor presidente, neste momento, todos os escrúpulos de consciência."

Como bate meu coração?

Esse é o episódio mais pobrinho em *Easter eggs*. Mencionarei um: Nárnia. É quase certo que o escritor britânico C. S. Lewis tenha encontrado em mapas da península itálica o nome do universo de fantasia que criou na saga *As crônicas de Nárnia*, pois, no meio da Itália, na Úmbria, fica a terra natal de Marcus Cocceius Nerva, Narni, uma antiga cidade que os romanos chamavam de *Narnia*. Não há por lá feiticeiras ou leões falantes mas, ainda assim, é um lugar para conhecer.

Boca escancarada cheia de dentes

Nesse episódio, as referências culinárias que faço têm como base o *De re coquinaria*, livro de receitas tradicionalmente atribuído a Marcus Gavius Apicius, romano do século I a.C. Já o título vem da música "Ouro de tolo", do álbum de 1973 *Krig-ha, Bandolo!*, do cantor e compositor brasileiro Raul Seixas (1945–1989), um dos pais do rock brasileiro, gênero que viveu seu auge na década de 1980. Naqueles anos, o rock'n'roll, invenção americana, foi reivindicado pelos jovens brasileiros, que o aclimataram, reinterpretaram e ressignificaram para a nossa língua e para as nossas questões. É o que eu, hoje nem tão jovem, tento imodestamente fazer com a Antiguidade Clássica e o subgênero dos romances históricos.

Essa, leitor, é a chave para entender as extensas citações em latim que pipocam no texto a partir do episódio *Por um punhado de denários*. São trechos de conhecidas canções do rock brasileiro dos anos 80: em *Por um punhado de denários*, cito "Vida louca vida", de Lobão e Bernardo Vilhena, do álbum *Vida bandida* (1987), eternizada por Cazuza no álbum *O tempo não para* (1989); em *O chamado de Catulo*, cito "O tempo não para", de Cazuza, Arnaldo Brandão e Howard Ashman, também do álbum *O tempo não para*, e "Lanterna dos afogados", de Herbert Vianna, do álbum *Big Bang*, dos Paralamas do Sucesso (1989);

em *Mas os tigres vêm à noite*, cito "Por você", de Mauro Santa Cecília, Roberto Frejat e Maurício Barros, do álbum *Puro êxtase*, do Barão Vermelho (1998).

O que me falta explicar? Talvez a epígrafe em klingon. O klingon é um idioma criado pelo professor de linguística Marc Okrand e pelo ator James Doohan, que interpretava o personagem Scotty em *Star Trek* (1966-1969). Na segunda metade dos anos 70, o mundo vivia na paranoia da Guerra Fria. Os klingons, vilões de *Star Trek*, eram uma espécie de versão alienígena dos russos soviéticos.

Star Trek, um seriado de ficção científica que durou apenas três temporadas, criou legiões de entusiastas que o fizeram renascer em outros seriados, filmes, livros, quadrinhos, jogos, brinquedos e *fanfics* – narrativas escritas por fãs–, tornando-se um fenômeno multimídia tão relevante que, em 1984, para o filme *Star Trek III: The Search for Spock*, os produtores e o diretor, Leonard Nimoy, que também interpretava Spock, decidiram contratar alguém que criasse um idioma de verdade para os vilões. Assim nasceu o klingon.

Hoje há dicionários de klingon, gramáticas klingon, Shakespeare em klingon e até a Bíblia em klingon. Para compor o provérbio que cito na epígrafe, consultei o *Klingon Dictionary* de Marc Okrand (Simon & Schuster Inc. New York, 1992) e contei com a ajuda do *Klingon Imperial Diplomatic Corps* (www.klingon.org).

Paro por aqui. Há outros *Easter eggs*, mas os manterei escondidos em nome da diversão da busca.

Max Mallmann
CLFC 455
Rio de Janeiro, 1º de outubro de 2013

Personagens

AGAPÓSCAFO (Agapóscafo de Camiros): poeta grego do século VI a.C. (590–544 a.C.).

ANGÍCIA: escrava, aia e antiga ama de leite de Juliânia.

ANTONIUS PRIMUS (Marcus Antonius Primus): legado da *Legio Septima Galbiana* e um dos principais aliados de Flavius Vespasianus.

APOPHIS: escravo egípcio do senador Cocceius Nerva.

ARCHIGALLUS: sumo sacerdote do templo da deusa Cibele no porto de Óstia.

ARRIUS VARUS (Quintus Arrius Varus): tribuno laticlávio das legiões fiéis a Flavius Vespasianus. Braço direito de Antonius Primus.

ASIATICUS: escravo liberto, cavaleiro e amante do imperador Aulus Vitellius.

BASSUS (Sextus Lucilius Bassus): comandante da frota do Mar Adriático, aliado do imperador Aulus Vitellius.

BELISARIUS: grego de Alexandria, escravo camareiro de Maronius.

BIBULUS (Gaius Canius Bibulus): ex-suboficial das legiões, dono de uma barraca de venda de pombos para sacrifício em frente ao templo da deusa Minerva, em Siracusa.

BOBIUS (Septimus Liburnius Bobius): suboficial da segunda centúria do primeiro manípulo da quinta coorte da *Legio Prima Germanica*.

CAMILUS: escravo e ajudante de cozinha no Palácio imperial.

CAPULUS (Sextus Julianius Capulus): aristocrata de Verona, rival de Montícola.

CÉCINA (Aulus Cécina Alienus): um dos principais comandantes das legiões do imperador Aulus Vitellius.

CORNELIUS PRIMUS (Gaius Cornelius Primus): escravo liberto rico, afilhado de Flavius Vespasianus.

CRITÓBULO SILIUS (ou Silius Critóbulo): mendigo que dorme na soleira dos mausoléus do cemitério de Verona.

DERRIDARIUS: escravo, filósofo e professor de grego de Flavius Domiciano.

DESIDÉRIA (Desidéria Lina): irmã mais nova de Desiderius Dolens, casada com a curandeira Eutrópia.

DIÁTORO (Diátoro de Tégea): grego, líder cristão no porto de Óstia, nasceu na Arcádia, terra dos lobisomens.

DOLENS (Publius Desiderius Dolens): cavaleiro romano e tribuno das legiões. Nasceu no bairro pobre da Suburra, na véspera dos idos de março do ano 785 da fundação de Roma (14 de março do ano 32 d.C.), filho de um padeiro que enlouqueceu.

DOMICIANO (Titus Flavius Domiciano): jovem aristocrata romano. É filho de Flavius Vespasianus, irmão mais novo de Titus e sobrinho de Flavius Sabinus.

EUTRÓPIA (Eutrópia de Samos): curandeira. Nasceu em Samos, na Grécia (segundo ela própria), ou em Ecbátana, no território dos partas (segundo alguns maledicentes).

FABIUS VALENS (Gaius Fabius Valens): um dos principais comandantes das legiões do imperador Aulus Vitellius e antigo comandante de Dolens na *Legio Prima Germanica*.

FILIUS (Gaius Vibius Andolinus Filius): filho do grão-mestre do *Collegium Gerulorum*.

FLAVIUS SABINUS (Titus Flavius Sabinus): senador romano. Irmão mais velho de Flavius Vespasianus, é tio de Domiciano e Titus.

GALÉRIA (Galéria Fundana): esposa do imperador Aulus Vitellius e mãe do pequeno Vitellius Germanicus.

GALERIUS TRACHALUS (Publius Galerius Trachalus): senador romano, famoso *ghost-writer* de discursos para os imperadores.

GALSWINTH (Florônia Maurúsia): germana romanizada; esposa de Desiderius Dolens. Filha adotiva do centurião Gnaeus Floronius Maurusius.

GETA (Gaius Silius Geta): legionário meio burro da primeira centúria do terceiro manípulo da sexta coorte da *Legio Quinta Decima Primigenia*.

HORDEONIUS FLACCUS (Marcus Hordeonius Flaccus): governador da Germânia Superior.

JULIÂNIA (Juliânia Capulensis): jovem filha de Julianius Capulus.

JULIUS ALEXANDRE (Tiberius Julius Alexandre): governador do Egito e um dos comandantes das legiões de Flavius Vespasianus.

JULIUS ATTICUS (Manius Julius Atticus): centurião *pilus prior* da primeira centúria da primeira coorte das coortes urbanas, subordinado a Dolens nas tropas do imperador Otho César.

JULIUS CIVILIS (Gaius Julius Civilis): líder dos batavos.

JUNIUS BLESO (Quintus Junius Bleso): governador da Gália Lugdunense.

LANCÉOLO (Manius Julius Lancéolo): filho de Julius Atticus e legionário da *Legio Prima Italica*, a serviço do imperador Aulus Vitellius.

LAUDABILIS: dono do bordel onde Rutília trabalha.

LAURENTIS (Quintus Hortensius Laurentis): sacerdote cristão de Verona.

LUCIUS VITELLIUS: irmão mais novo do imperador Aulus Vitellius.

MARIUS CELSUS (Aulus Marius Celsus): um dos comandantes das legiões do imperador Otho César.

MARONIUS (Gaius Maronius Montícola): jovem filho de Maronius Montícola.

MAURUSIUS (Gnaeus Floronius Maurusius): centurião *primus pilus* da *Legio Prima Germanica*, braço direito de Fabius Valens e pai adotivo de Galswinth.

MELINA (Sextília Melina): sacerdotisa da deusa Ísis e irmã gêmea de Sextilius Rogatus.

MERCURIANUS (Gaius Maronius Mercurianus): irmão mais novo de Montícola e tio do jovem Maronius.

MODERATA (Pompônia Moderata): mãe de Desiderius Dolens e de Desidéria.

MONTÍCOLA (Gaius Maronius Montícola): aristocrata de Verona, rival de Capulus.

MUCIANUS (Gaius Licinius Mucianus): governador da Síria e um dos principais aliados de Flavius Vespasianus.

MURCUS (Gaius Statius Murcus): antigo legionário das coortes urbanas, promovido a centurião por Dolens. Tornou-se oficial da marinha de Otho César.

NEPOS (Quintus Trebellius Nepos): centurião romano. Jovem aristocrata, filho de senador e sobrinho do governador da Britânia. Nasceu no ano 799 da fundação de Roma (46 d.C.). Escreve a *Vita Dolentis* aos 76 anos, no ano 122 d.C., durante o principado de Adriano.

NERVA (Marcus Cocceius Nerva): senador romano. Patrono de Desiderius Dolens. Cunhado de Aulus Vitellius. Tio de Sálvia Othonis, que também é sobrinha de Otho César.

OLÍMPIA: ex-escrava de Moderata. Depois de liberta por Dolens, continuou a serviço da antiga ama.

OTHO (Marcus Otho César Augustus): antigo governador da Lusitânia. Tornou-se imperador romano depois de mandar matar Galba César.

PÂNDARO (Pândaro de Tarquínia): sacerdote do templo da deusa Cibele no porto de Óstia.

PAPIRIUS CARBO (Gaius Papirius Carbo): jovem tribuno das legiões do imperador Otho César.

PETILLIUS CERIALIS (Quintus Petillius Cerialis): senador romano e comandante militar vagamente aparentado a Flavius Vespasianus.

PLOTIUS FIRMUS (Lucius Plotius Firmus): comandante da guarda pretoriana, a serviço de Otho César.

PRISCUS (Sextus Julius Priscus): comandante da guarda pretoriana do imperador Aulus Vitellius.

PRÓCULO (Licinius Próculo): um dos comandantes das legiões do imperador Otho César.

ROGATUS (Aulus Sextilius Rogatus): primo do imperador Vitellius, duúnviro e homem mais rico de Mevânia.

RUTÍLIA (Lupa Rutília): prostituta da Suburra e amante de Dolens.

SÁLVIA OTHONIS: jovem madrasta de Nepos, filha de Lucius Salvius Otho Ticiano e de Cocceia Menor. É sobrinha de Otho César e do senador Nerva.

SALVIUS OTHO COCCEIANUS: filho de Lucius Salvius Otho Ticiano e de Cocceia Menor. É sobrinho de Otho César e do senador Nerva, e irmão de Sálvia Othonis.

SHLOMO (Shlomo Ben Ephraim): livreiro judeu da Suburra, pai de Yehudit.

SMERKJAN (Lucius Domitius Flavus): *signifer* das coortes urbanas, a serviço de Otho César.

SPOLIUM: cãozinho perneta de Dolens.

SUETONIUS PAULINUS (Gaius Suetonius Paulinus): herói das guerras da Britânia e um dos comandantes das legiões do imperador Otho César.

TEBASSUS (Gaius Julianius Tebassus): sobrinho de Capulus e primo de Juliânia.

TIBERIUS CATIUS SILIUS ITALICUS: senador e poeta romano.

TICIANO (Lucius Salvius Otho Ticiano): irmão mais velho de Otho César, marido de Cocceia Menor, pai de Sálvia Othonis e de Salvius Otho Cocceianus. Cunhado do senador Cocceius Nerva.

TITUS (Titus Flavius Vespasianus): filho primogênito e lugar-tenente de Flavius Vespasianus; é irmão mais velho de Domiciano.

TRISTANUS: escravo britânico da casa Trebellia e amante de Nepos.

TURPIS: homúnculo trazido de terras muito distantes.

UMBRA: escrava liberta, cozinheira de Arrius Varus, bruxa, vidente e astróloga.

VERGINIUS RUFUS (Lucius Verginius Rufus): ex-governador da Germânia Superior e um dos comandantes das legiões de Otho César.

VESPASIANUS (Titus Flavius Vespasianus): comandante das legiões da Judeia.

VIBIUS ANDOLINUS (Gaius Vibius Andolinus): grão-mestre do *Collegium Gerulorum* e líder dos estivadores do porto de Óstia.

VITÉLIA (Aula Vitélia): esposa do senador Cocceius Nerva e irmã mais nova de Aulus Vitellius.

VITELLIUS (Aulus Vitellius Germanicus Imperator César Augustus): imperador romano, sucessor de Otho e irmão mais velho de Vitélia, esposa do senador Cocceius Nerva. Inimigo jurado de Desiderius Dolens.

VITELLIUS GERMANICUS (Aulus Vitellius Germanicus): filho pequeno do imperador Vitellius Augustus.

VOLUSIUS (Gaius Volusius Páris): centurião da *Legio Tertia Gallica*, a serviço de Antonius Primus.

YEHUDIT: jovem judia, filha de Shlomo.

ZHU RONG: mestre de armas vindo dos confins da Ásia.

Cidades mencionadas

ALBA POMPEIA: Alba – Piemonte, Itália.

ALEXANDRIA: Alexandria – Egito.

ANTIUM: Anzio – Lazio, Itália.

AQUILEIA: Aquileia – Friul-Veneza Juliana, Itália.

ARIMINUM: Rimini – Emilia-Romagna, Itália.

ATENAS: Atenas – Ática, Grécia.

ATESTE: Este – Vêneto, Itália.

AUGUSTA TAURINORUM: Turim – Piemonte, Itália.

BEDRÍACO: vilarejo próximo a Calvatone – Lombardia, Itália.

BERYTUS: Beirute – Líbano.

BONNA: Bonn – Renânia do Norte-Vestfália, Alemanha.

BRIXELLUM: Brescello – Emilia-Romagna, Itália.

CAMIROS: Kameiros – Egeu Meridional, Ilha de Rodes, Grécia.

CORINTO: Corinto – Peloponeso, Grécia.

CREMONA: Cremona – Lombardia, Itália.

CUMAS: destruída em 1207, próxima a Bacoli e Pozzuoli – Campânia, Itália.

DELOS: ilha de Delos, hoje quase desabitada – arquipélago de Cíclades, Grécia.

FALACRINA: provavelmente próxima a Cittareale – Lazio, Itália.

FANUM FORTUNAE: Fano – Marche, Itália.

FLUENTIA: Florença – Toscana, Itália.

HOSTÍLIA: Ostiglia – Lombardia, Itália.

JERUSALÉM: Jerusalém – Israel.

LOCUS CASTORUM: vilarejo entre Cremona e Bedríaco – Lombardia, Itália.

LUGDUNUM: Lyon – Ródano-Alpes, França.

MÂNTUA: Mântua – Lombardia, Itália.

MEVÂNIA: Bevagna – Úmbria, Itália.

MISENUM: Bacoli – Campânia, Itália.

MOGUNTIACUM: Mainz – Renânia-Palatinado, Alemanha.

MÔNACO: Principado de Mônaco.

MUTINA: Modena – Emilia-Romagna, Itália.

NÁRNIA: Narni – Úmbria, Itália.

OCRICULUM: Otricoli – Úmbria, Itália.

ÓSTIA: Ostia Antica – Lazio, Itália.

PATAVIUM: Pádua – Vêneto, Itália.

PISA: Pisa – Toscana, Itália.

RAVENA: Ravena – Emilia-Romagna, Itália.

SAÍS: hoje em ruínas – oeste do delta do Nilo, Egito.

SAMOS: ilha de Samos – Egeu Setentrional, Grécia.

SAVÁRIA: Szombathely – Hungria.

SAXA RUBRA: Saxa Rubra – subúrbio de Roma, Lazio, Itália.

SIRACUSA: Siracusa – Sicília, Itália.

TARQUÍNIA: Tarquínia – Lazio, Itália.

TARRACINA: Terracina – Lazio, Itália.

TÉGEA: Tégea – Peloponeso, Arcádia, Grécia.

URVINUM: Urbino – Marche, Itália.

VERONA: Verona – Vêneto, Itália.

VICUS MARTANUS: Massa Martana – Úmbria, Itália.

Medidas romanas

Distância

NOME LATINO	EQUIVALÊNCIA
digitus	1,8525 cm
palmus	7,41 cm
pes	29,64 cm
cubitus	44,46 cm
gradus	0,741 m
passus	1,482 m
stadium	185,25 m
mille passuum, milliarium, mille ou milha romana	1.482 m (a milha romana é pouco menor que a milha inglesa, que equivale a 1.609,344 m)

Massa

NOME LATINO	EQUIVALÊNCIA
obolus	0,568 g
drachma	3,408 g
libra	327,168 g (a libra romana é menor que a libra inglesa – ou *pound* –, que equivale a 453,59237 g)
mina	436,224 g

Agradecimentos

Gostaria de agradecer a:

Ana Cristina Rodrigues, Andrea Oliveira Alves, Jorge Gervásio Pereira, Luiz Felipe Vasques e Rodrigo Salomão por terem lido as primeiras versões.

Isabel Rios Cavalcante Corrêa por tanto me ouvir.

Antonio Marcos Gonçalves Pimentel, meu *personal latinist*, pela ajuda com o latim.

Sílvia Grossmann e Michael Fallik pela ajuda com o hebraico.

Elimar Andrade Moraes e equipe do *Aventura de Ler* pela torcida. (www.aventuradeler.com.br)

Blog *Mundo Tentacular* por algumas sugestões de leitura. (mundotentacular.blogspot.com.br)

Natalie Araújo Lima pelo olhar atento.

Eugênia Vieira por acreditar.

Vivian Wyler pela paciência.

Adriana Lunardi para sempre.

Impressão e acabamento
Intergraf Ind. gráfica Eireli.